DAS GROSSE SAGENBUCH

DAS GROSSE
SAGENBUCH

Die schönsten Götter-, Helden- und Rittersagen des Mittelalters

Nacherzählt von Johannes Carstensen mit vielen Bildern von Tatjana Hauptmann

Weltbild

Für
Katharina Forrer

Besuchen Sie uns im Internet:
www.weltbild.de

Genehmigte Lizenzausgabe für Verlagsgruppe Weltbild GmbH,
Steinerne Furt, 86167 Augsburg

Umschlaggestaltung: bürosüd°, München
Umschlagmotiv: Tatjana Hauptmann
Gesamtherstellung: aprinta Druck GmbH & Co. KG,
Senefelderstraße 3 – 11, 86650 Wemding
Printed in Germany

ISBN 3-8289-8697-8

2009 2008 2007 2006
Die letzte Jahreszahl gibt die aktuelle Lizenzausgabe an.

Inhalt

Nordische Sagen

Vom Anfang der Welt

Es gab eine Zeit, da alles nicht war. Da war nicht Sand noch See, nicht das Meer und die Erde, nicht der Himmel mit seinen Sternen. Im Anfang war nur Ginnungagap, das gähnende, lautlose Nichts. Da schuf Allvaters Geist das Sein, und es entstand im Süden Muspelheim, das Land der Glut und des Feuers, und im Norden Niflheim, das Land der Nebel, der Kälte und Finsternis. Aus dem Norden, in Niflheim, entsprang ein tosender Quell, aus dem zwölf Ströme hervorbrachen. Die stürzten in den Abgrund, der Norden und Süden trennte, und erstarrten zu Eis.

Aus Muspelheim flogen Funken auf das Eis, die Starre begann zu schmelzen, und der Riese Ymir taute daraus hervor und danach Audhumbla, eine riesige Kuh, von deren Milch Ymir sich nährte. Eines Tages sank Ymir, nachdem er sich satt getrunken hatte, in tiefen Schlaf, und aus seinen Achselhöhlen wuchsen zwei Riesenwesen, Mann und Weib. Diesen beiden entstammt das Geschlecht der Frost- und Reifriesen.

Audhumbla, die nirgends Gras fand, leckte an den salzigen Eisblöcken, und ihre Zunge löste am dritten Tage einen Mann aus dem Eis. Der war stark und schön und nannte sich Buri. Er erschuf aus eigener Kraft einen Sohn, der hieß Bör, und nahm Bestla, die Tochter des Riesen Bölthorn, zum Weibe.

Bör zeugte mit Bestla drei Söhne: Odin, Wili und We. Mit ihnen kam das Göttergeschlecht der Asen in die Welt.

Odin, Wili und We zogen aus, um die Herrschaft über die Schöpfung zu gewinnen. Sie erschlugen den alten Riesen Ymir. Die Blutströme aus Ymirs Wun-

den überfluteten die Welt, und alle Frostriesen ertranken. Nur ein einziger, Bergelmir, rettete sich mit seinem Weibe in einem Boot. Diese beiden wurden die Ahnen der späteren Riesengeschlechter.

Den toten Leib Ymirs warfen die Brüder Odin, Wili und We in den Abgrund zwischen Muspelheim und Niflheim und schufen aus ihm die Erde. Aus Ymirs Blut entstanden die Wasser der Ströme und Meere, aus seinem Fleisch die Erde, aus Knochen und Zähnen Berge und Felsen, aus seinem Schädel wurde die Wölbung des Himmels geschaffen. Als die Asen das Hirn des Riesen in den Himmel schleuderten, blieb es als Wolken in den Lüften hängen. Die Haare wurden zu Bäumen, die Augenbrauen bildeten einen Wall, der Midgard, das Land der Menschen, gegen das Meer und die Riesen schützen sollte.

Aus Funken, die von Muspelheims Feuer herüberstoben, schufen die Götter die Sterne, denen sie Namen gaben, und jedem wiesen sie seine Bahn.

Die Erde ward trocken und war vom Meere umgeben, und die Erde begann zu grünen.

Als Odin und seine Brüder einst am Ufer des Meeres wanderten, sahen sie am Strande zwei Bäume, die Esche und die Ulme. Die gefielen ihnen sehr.

Odin formte aus dem einen Baum, der Esche, den ersten Menschen, einen Mann. Aus der Ulme aber wurde ein Weib geschaffen. Odin hauchte ihnen Leben und Geist ein, Wili gab ihnen Verstand und Gefühl, und We schenkte ihnen die Sinne des Gesichts und des Gehörs, dazu die Sprache.

Neun Reiche erschufen die Götter in der Welt, drei unterirdische, drei irdische und drei himmlische.

Tief im Innern der Erde liegt Niflheim, das Land des Eises und der Toten. Niflhel ist der tiefste Abgrund, in dem die Verbrecher und Meineidigen ihre Strafe erleiden. Schwarzalfenheim heißt das Land der Nachtzwerge, die verwachsen und häßlich sind, so daß von ihnen in der Edda gesagt wird, es sei besser, sie nicht zu beschreiben. Sie sind vieler Künste kundig, schmieden köstliche Kleinodien und scharfe Schwerter und Waffen. Sie schrecken und quälen bei Nacht die Menschen, sind aber auch dankbar, wenn jemand ihnen in der Not hilft.

Auf der Erde liegen Midgard, das von den Menschen bewohnt wird, und Riesenland, in dem die Frost- und Reifriesen hausen, dann Wanenheim, das Reich der Erd- und Wassergötter, die sich das Geschlecht der Wanen nennen.

Im Himmel ist Muspelheim, das Feuerland, gelegen, und Lichtalfenheim, wo die Lichtzwerge leben, schön von Gestalt und immer fröhlich. Sie sind Freunde der Menschen. Vor allem aber ist Asgard zu nennen, das heilige Land der Asen.

Dort wohnen die Götter in zwölf Schlössern, die sie sich erbaut haben. Eine gewaltige Brücke, Bifröst, der Regenbogen, verbindet Erde und Himmel. Nur die Götter können die Brücke überschreiten, die von dem klugen Heimdall bewacht wird. Er trägt ein Horn, Giallar genannt, mit dem er am Tage der Götterdämmerung die Asen zum Kampf rufen wird.

Aus Leib und Blut des gewaltigen Riesen Ymir haben Odin und seine Brüder die Welt erschaffen. Midgard heißt die Erde, wo die Menschen wohnen. Niflheim ist das Reich der Toten. Genau in der Mitte der Welt, in Asgard, bauten sich die Götter, die Asen, ihre eigenen Wohnungen.

Dort thront Odin, der höchste Gott, den die Menschen auch Wodan nennen, in Walhalla, der größten und prächtigsten Halle, und waltet über der Welt und über den Menschen. Auf seinen Schultern sitzen zwei Raben, Hugin, der Ge danke, und Munin, das Gedächtnis, die auf sein Geheiß täglich ausfliegen, und raunen ihm ins Ohr, was sie gesehen und gehört haben.

In heiligen Nächten sprengt Odin auf weißem Rosse mit seinem Gefolge in wilder Jagd über die sturmgepeitschten Baumwipfel durch die Lüfte dahin. Oft steigt er auch in menschlicher Gestalt, einen blauen sternbesäten Mantel um die Schultern und einen breitkrempigen Hut auf dem Haupt, zur Erde hinab, um den Sterblichen sein Mitgefühl zu zeigen, ihnen zu helfen und ihre Gastfreundschaft zu erproben.

Im Getümmel des Kampfes trägt der Waffengewaltige eine strahlende Rüstung und Gungnir, seinen mächtigen Speer. Er nimmt am Kampfe nicht selbst teil, sondern reitet auf seinem achtfüßigen Roß Sleipnir über die Walstatt und zeichnet mit dem Speer die Männer, denen er den Tod bestimmt hat. Die Walküren, Schlachtenjungfrauen von herrlicher Schönheit, begleiten ihn und tragen die Gefallenen auf ihren feurigen Rossen nach Walhalla empor.

Odins Sohn Thor, der auch Donar heißt, ist der kraftvolle Donnergott. Er hilft Göttern und Menschen und gewährt besonders den Schwachen seinen Beistand; er hat Gewalt über Wind und Wogen, über Blitz und Donner. Im rollenden Wagen, der von Böcken gezogen wird, fährt er auf den Wolken dahin, in der Rechten Mjöllnir, den Hammer, der nach dem Wurfe in seine Hand zurückkehrt. Wie alle Götter wird auch er von den Menschen nicht in Tempeln verehrt, sondern in Hainen; von den Bäumen ist ihm die sturmfeste Eiche heilig.

In der Reihe der Göttinnen ist Odins Gemahlin Frigga, die mit Walvater den Thron in Asgard teilt, die Königin der Götter und Menschen; sie wird verehrt als gütige Frau, die für die Menschen sorgt, als Beschützerin der Ehe und der häuslichen Arbeit, sie gilt als Spenderin des Kindersegens. Der Wagen, auf dem sie durch die Lande fährt, wird von Katzen gezogen; diese und andere Haustiere, auch Schwalbe und Storch und der wahrsagende Kuckuck gelten als ihre heiligen Tiere.

Segenspendend und Licht schenkend schreitet Baldur, der Gott der Frühlingssonne, der für das Gute und Gerechte kämpft, über die Erde. Sein Bruder ist der blinde Hödur, der Gott des Winters, der Finsternis und Kälte. Niemand liebt ihn unter den Menschen, und überall, wo er herrschen darf, erstickt das Leben.

Odins Bruder Loki, der Gott des Feuers, das die Leichen verzehrt, zeigt wankelmütigen, oft tückischen Sinn und hält es bald mit den Asen, bald mit den Riesen, die im rauhen Nordland hausen und den Frieden in der Welt zu stören trachten; der Fenriswolf und die Midgardschlange sind Lokis furchtbare Kinder.

Eine alte Prophezeiung verkündete den Asen, daß der Wolf Fenris ihren Untergang herbeiführen werde. Da fesselten die Götter ihn mit List, banden das Untier an einen Felsen im Meer und sperrten ihm den Rachen mit einem Schwert. Schauerlich heulte der Wolf in Schmerz und Wut. Es heißt aber, am Tage der Götterdämmerung wird er sich befreien und gegen die Asen kämpfen, ebenso wie die Midgardschlange, die auf dem Grunde des Meeres ruht und die ganze Erde mit ihrem Leib umschlingt.

In der Mitte von Asgard steht Yggdrasil, die immergrünende Weltesche, die mit ihrer Krone hoch über das Himmelsgewölbe hinausragt und ihre Äste über die ganze Welt hin breitet und mit ihren Wurzeln die Hel, das Reich der Gewesenen, deckt. Am Urdbrunnen, an dem die Esche steht, wohnen die Nornen, sie heißen Urd, Werdandi und Skuld und wissen um das Schicksal aller Götter und Menschen. Denn niemand sonst kennt ganz das zukünftige Geschick, selbst Odins Wissen ist Stückwerk.

Nicht immer wird Yggdrasil grünen, denn Nidhogg, der Drache, nagt an ihren Wurzeln, und einst wird der Tag kommen, da die Weltesche welken muß. Dann bricht Ragnarök, der Tag der Götterdämmerung, über Asgard herein; der Fenriswolf reißt sich von seinen Fesseln los, die Midgardschlange erhebt sich aus dem Meer, und die Riesen kommen, Götter und Helden sammeln sich zum letzten Kampf. Dann werden Asgard und Midgard vergehen, und alles Leben erlischt.

Thor holt seinen Hammer

Eines Morgens bemerkte Thor mit Schrecken, daß sein Hammer fehlte. Vergebens durchsuchte er, wild sich den Bart raufend, alle Räume seines Hauses.

Da kam Loki, der listenreiche Gott, daher. Er konnte sein schadenfrohes Lächeln kaum verbergen, als Thor ihm sein Mißgeschick erzählte. »Die Riesen werden ihn gestohlen haben«, versetzte Loki jedoch gleichmütig. »Wenn du willst, werde ich bei ihnen nachforschen.« Und Thor willigte ein.

Von Frigga entlieh sich der verschlagene Loki das Federgewand, flog nach Riesenheim und brachte schnell in Erfahrung, daß der Riese Thrym, der König der Unholde, den Hammer gestohlen und acht Meilen tief unter der Erde verborgen habe.

»Nur um einen Preis werde ich den Hammer herausgeben«, rief der Riese hohnlachend, »nur wenn Frigga, die schönste Göttin, meine Frau wird!«

Als Loki den Asen diese Forderung überbrachte, schrie Frigga auf vor Scham und Zorn, und in großer Sorge versammelten sich die Götter und hielten Rat; denn wenn Thor den Hammer nicht zurückerhielt, so drohte für Asgard der Untergang.

Widerstrebend ließ Thor sich schließlich durch Odins klugen Sohn Heimdall, der als Gott des Frühlichts auch der Wächter des Himmels ist, zu einer List überreden. Als Braut verkleidet, sollte er in Friggas Gewand und Schmuck nach Riesenheim ziehen und selber den Hammer holen. Loki, der verschlagene Gott, erbot sich, ihn als seine Dienerin zu begleiten.

Voller Freude empfing der Riese Thrym die Braut, die tief verschleiert vor ihn trat. Er ließ sogleich ein Festmahl herrichten. Man nahm mit den Gästen in der Halle Platz und tat sich gütlich bei fettem Ochsenbraten und schäumendem Met. Mit Verwunderung sahen Thrym und seine Gäste, wie die vermeintliche Braut einen ganzen Ochsen, dazu acht Lachse verzehrte und drei Kufen Met hinuntergoß.

»Acht Tage lang hat meine Herrin nicht gegessen, so sehr quälte sie die Sehnsucht nach dir!« sagte der kluge Loki zur Erklärung des seltsamen Gebarens.

Das hörte der Riese gern. Mit plumpen Fingern lüftete er ein wenig den Schleier, um das holde Antlitz der Braut zu sehen. Doch entsetzt fuhr er zurück vor den Augen, die wie loderndes Feuer blitzten. »Meine Herrin«, versetzte der als Magd verkleidete Loki, »hat acht Nächte kein Auge geschlossen, so sehr verzehrte sie das Verlangen nach dir.«

Solche Worte erfreuten Thrym über alle Maßen, darum rief er befehlend: »Bringt jetzt den Hammer des mächtigen Thor!«

Wie frohlockte Thor in seinem Herzen, als man ihm, der vermeintlichen Braut, feierlich den Hammer als Hochzeitsgabe in den Schoß legte!

Mit ingrimmiger Wut ergriff er den Hammer, wog ihn in der Hand und schleuderte ihn gegen den Riesen Thrym, so daß dieser mit zerschmettertem Schädel von seinem Sitz sank. Ein wildes Getümmel erhob sich, als Thor nun mit dem Hammer Mjöllnir auf die übrigen Riesen einhieb, bis keiner aus Thryms Geschlecht mehr am Leben war.

Der Himmel lachte und donnerte zugleich, als Thor und Loki vom rauhen Riesenheim hinauffuhren zu Asgards leuchtenden Höhen.

Baldurs Tod

Baldur, Odins und Friggas Sohn, war der Schönste und Edelste unter den Göttern. Der blühende Jüngling, der Gott des Lichtes und des Frühlings, des Guten und des Gerechten, wurde von allen Asen am meisten geliebt.

Eines Tages träumte die Göttermutter Frigga einen bösen Traum. Sie sah, wie Hel, die Todesgöttin, ihren Lieblingssohn Baldur entführte. Auch Baldur träumte, daß sein junges Leben von Gefahren bedroht sei. Da beschwor Odin die uralte Wala, die Seherin der Hel, aus ihrem Grab, um sichere Kunde zu erfahren. Auf die Frage, wen man im Reiche der Hel erwarte, erhielt er die Antwort: »Baldur, den Guten, erwartet man. Hödur, sein blinder Bruder, wird ihn töten.«

Die Asen und Göttinnen hielten, voll Sorge um das Leben ihres Lieblings, Rat und faßten den Beschluß, daß alle Geschöpfe, die im Himmel und auf Erden sind, einen heiligen Eid schwören sollten, Baldur niemals etwas anzutun. Frigga selbst nahm Feuer und Wasser, Riesen und Elben, Menschen, Tiere und Pflanzen in strenge Eidespflicht.

Von nun an verfehlte jede Waffe, die man, um den neuen Bund zu erproben, gegen Baldur richtete, ihr Ziel. Ja es wurde zu fröhlicher Kurzweil unter den Asen, nach Baldur Geschosse zu werfen; doch keines traf ihn.

Am Rate der Götter hatte auch der verschlagene und ränkesüchtige Loki teilgenommen. Während die Götter nun mit Baldur ihr Spiel trieben, wandte er sich, als Bettlerin verkleidet, an die gütige Frigga und entlockte ihr ein Geheimnis: Auf einer Eiche vor Walhallas Tor wuchs der Mistelstrauch. Diesen, so verriet Frigga, hatte sie nicht schwören lassen, weil er ihr zu schwach und unbedeutend erschienen war.

Schnell entfernte sich Loki, nahm seine wahre Gestalt an und eilte zur Eiche. Er schnitt ein Zweiglein der Mistelstaude ab und kehrte in den Kreis der Götter, die immer noch ihr fröhliches Spiel trieben, zurück. Untätig abseits stand nur Baldurs Bruder, der blinde Hödur. »Wie soll ich mitspielen, da ich doch des Augenlichts beraubt bin?« versetzte er mißmutig auf Lokis Frage.

»Spanne den Bogen, hier ist ein Pfeil«, sagte Loki und reichte ihm den Mistelzweig, »ich werde für dich zielen!«

Der blinde Hödur tat nach dem Geheiß des bösen Gottes, und, wie vom Blitz getroffen, sank Baldur entseelt zu Boden.

So hatte sich die Weissagung der Wala grausam erfüllt.

Nur Odins Wort, daß Hödur ein dem Baldur vorherbestimmtes Schicksal vollzogen habe, schützte den Mörder vor der Rache der Götter.

Dann schickten sie sich auf Geheiß des Göttervaters an, Baldurs Leichnam zu bestatten.

Nie zuvor hatte in Asgard und auf der Menschenerde so tiefe Trauer geherrscht wie jetzt um Baldur, den lieblichen Gott.

Am Strande des Meeres hatten die Asen Baldurs Schiff aufgestellt und auf ihm den Scheiterhaufen errichtet. Als sie den Leichnam obenauf legten, konnte Nanna, die Gattin Baldurs, den Anblick nicht länger ertragen, und ihr Herz brach vor Gram. So betteten die Asen sie an Baldurs Seite.

Alle Götter gaben dem toten Sonnengott Worte der Hoffnung mit auf den Weg. Niemand jedoch weiß, was Odin dem edlen Toten ins Ohr flüsterte.

Thor legte die Flamme an den mächtigen Scheiterhaufen. Dabei stieß er ein Zwerglein, Lit mit Namen, das ihm vor die Füße kam, mit einem Tritt in die Flamme, daß es verbrannte.

Dann schoben die Riesen das Schiff in die Fluten und ließen es die hohe See gewinnen. Immer mächtiger griff in dem wilden Fahrtwind die Flamme um sich, und einer riesigen Opferfackel gleich jagte Baldurs Schiff zum letzten Male über das Meer.

Als die Springflut gierig nach den brennenden Balken griff und ihre Glut in

die Tiefe zog, war es den am Gestade harrenden Asen, als versinke die ganze Welt ringsum in Dämmerung.

Niemand trauerte mehr um Baldurs Tod als seine Mutter Frigga. Mußte Baldur, der Frühlingsgott, den Asen und der Menschenwelt für immer entrissen sein? Sollte Hel, die Göttin des Totenreichs, sich nicht erweichen lassen, den Götterliebling freizugeben?

Auf Friggas inständige Bitten entschloß sich Hermodur, der Götterbote, seinen Bruder zu befreien.

»Ich gebe dir Sleipnir, mein Roß, für die lange Wegstrecke«, sagte Odin zu seinem Sohne, »es wird dich sicher ans Ziel führen, denn ihm ist der Weg bekannt.«

Neun Nächte ritt der Götterbote, bis der achtfüßige windschnelle Renner die Brücke, die zur Hel hinabführt, erreichte.

Hermodur wagte es kühn, in das Reich der Toten einzudringen. Bald sah er Baldur, den geliebten Bruder, schlafbefangen und bleich, an Nannas Seite sitzen. Er flüsterte ihm Worte des Trostes zu. Aber lange mühte sich der Götterbote vergeblich, die düstere Hel zur Milde zu stimmen. Mit eisiger Kälte blickte sie ihn an. Dann ließ sie ihre Stimme vernehmen: »Wer gestorben ist, bleibt meinem Reiche verfallen. Auch Baldur gehört der Hel. Trotzdem will ich die Bitte der Götter erfüllen und ihm die Freiheit wiedergeben, wenn alle Geschöpfe der Welt, ob lebende oder tote, ihn beweinen. Verweigert auch nur ein einziges Geschöpf diesen Anteil der Tränen, so bleibt Baldur für alle Zeit im Reiche der Toten!«

Hermodur eilte, zum Asenhof zurückzukehren. Baldur und Nanna gaben ihm Geschenke mit auf den Weg, die er Odin und Frigga mitbringen sollte.

Dort in Walhalla warteten alle voller Spannung auf den abgesandten Boten. Und voller Hoffnung sandte Frigga sogleich die Alben, ihre Boten, in die Welt hinaus, um alle Geschöpfe für Baldurs Heimkehr zu gewinnen. »Denkt an meinen geliebten Sohn, den Frühlingsgott«, ließ sie ihnen sagen, »und weinet über seinen Tod, so wird die Göttin der Unterwelt ihm die Heimkehr gewähren.«

Friggas Mühen schien nicht umsonst: Alle Geschöpfe, zu denen ihre Boten kamen, waren voller Erbarmen und weinten um den toten Lichtgott. Schon machten sich die Alben auf den Heimweg.

Alle Wesen, sogar die starren Steine, hatten Anteil an Baldurs Schicksal gezeigt. Da trafen die Alben in düsterer Felsenhöhle eine grimmige Riesin, Thögg mit Namen, die hatte um Baldurs Tod keine Träne geweint, und kein Bitten und Flehen konnte sie rühren.

So blieb Baldur im Reiche der Hel.

Nicht wenige der Asen, die mit Betroffenheit die Weigerung des finsteren Weibes vernahmen, glaubten, daß hier Loki sein haßerfülltes Werk fortsetze.

Wo war der hinterhältige Mörder geblieben? Inmitten des Entsetzens, das bei Baldurs Ermordung alle gepackt hielt, hatte der heimtückische Loki entkommen können. Er floh nach Riesenheim und verbarg sich dort in einem einsamen Versteck. Die Götter aber fanden seine Spur. Doch als sie sich dem Hause, dessen vier Fenster nach allen Himmelsrichtungen gingen, näherten, machte sich Loki eilig davon. Er verwandelte sich, wie so oft, in einen Lachs und verbarg sich unter einem Wasserfall. Vorher hatte er ein Netz, das er sich eben fertigte, um zu erproben, ob man ihn damit fangen könne, ins Feuer geworfen.

Das wurde ihm zum Verhängnis, denn in der Asche noch erkannten die Götter die Form des Netzes und wußten nun, wo und mit welchem Mittel sie ihn fangen sollten. Mochte Loki sich auch immer wieder der Verfolgung entziehen, die Götter fingen ihn schließlich in den Maschen des von ihm geknüpften Netzes.

Die Rache der Asen war so schrecklich wie das Verbrechen, das Loki begangen hatte. Sie führten ihn auf eine Insel im Reiche der Hel und schmiedeten ihn dort an einen scharfkantigen Felsen, daß er kein Glied regen konnte. Über dem Haupte des Verräters befestigten die Rächer eine Natter, die ihm unablässig ihr Gift aufs Antlitz träufelte. Zwar teilte Sigyn, Lokis Gattin, das schwere Los des Verdammten. Tag und Nacht saß sie neben dem Gefangenen und fing das Natterngift in einer Schale auf. Doch wenn die Schale voll war und das treue Weib sich erhob, um sie auszuleeren, wurde Loki von brennendem Schmerz gequält, dann streckte und wand er sich, daß nicht nur die Felsen, sondern ganz Midgard erschüttert wurde und die Erde erzitterte. Dieses Erzittern nennen die Menschen Erdbeben. In solchen grausigen Nächten heult der Fenriswolf, und die Midgardschlange regt sich in der Tiefe des Meeres, die Wogen rauschen wild empor, und Sturmfluten branden wider den Wall, mit dem die Götter Midgard gegen die See geschützt haben.

Die Götterdämmerung

Bei Menschen und Göttern herrschte tiefe Trauer, seit der Todespfeil Baldur ins Herz getroffen hatte. Nur die finsteren Riesen, die Unholde und die mißgestalteten Zwerge frohlockten, denn mit dem Erlöschen des Sonnenglanzes wuchs ihre Macht der Finsternis.

Böse Zeichen kündeten dem Walvater das Ende der goldenen Zeit, die Blätter der Weltesche Yggdrasil wurden welk, und die Asen begannen zu altern. Denn die schöne Iduna, die Göttin der Jugend, tränkte Yggdrasil nicht mehr mit lebenspendendem Met.

Die Göttin Iduna war vermählt mit Odins Sohn Bragi, dem Skalden, der die Gabe der Weisheit und der Dichtkunst besaß. Wenn er in Asgard im Kreise der Götter die Harfe erklingen ließ, dann hingen alle an den Lippen des edlen Sängers und priesen die hohe, bezwingende Macht seines göttlichen Gesanges. Und wie Bragi, den liebenswürdigen Odinssohn, verehrten die Asen seine Gemahlin Iduna, deren Name »Immergrün« bedeutet und die im wundertätigen Met den Zauberschatz ewiger Jugend bewahrte.

Auf Iduna und ihre Hilfe setzte Odin seine Hoffnung. Er sandte nach ihr, doch mit Schrecken erfuhr er, daß die schöne Göttin verschwunden sei. Vergebens ließ Odin seine Raben ausfliegen, um nach der Entschwundenen zu suchen. Als sie nach langer, langer Zeit zurückkehrten, brachten sie schlimme Kunde: Iduna, die strahlende Göttin, weilte im Totenreich der Hel, von wo es keine Rückkehr gibt, und auch Bragi, ihr Gatte, war ihr dorthin gefolgt, und noch andere unheilvolle Zeichen wußten die Raben zu berichten. Den Geschöpfen auf der Erde entschwinde die Lebenskraft, und in Mimirs heiligem Brunnen beginne die Weisheit zu versiegen.

Voll düsterer Ahnungen hatte Walvater die unheilschwere Botschaft vernommen. Er erkannte, daß das schicksalhafte Verhängnis unaufhaltsam seinen Lauf nehmen würde, nachdem der lichte Baldur und die jugendfrische Iduna zur Hel gefahren waren. In den Nächten hörten die Asen aus den Abgründen der Unterwelt den Fenriswolf heulen, Lokis schrecklicher Sohn zerrte gierig an seinen Ketten, denn er witterte, daß die Stunde seiner Befreiung nahe.

Als mit Baldurs Tod die Sonne ihren Glanz verlor, fiel ein harter langer Winter, der Fimbulwinter, ins Land. Schneegestöber dauerte an und starker Frost, rauhe Winde tobten, und der Winter schien kein Ende mehr zu nehmen.

In dem Wüten der Elemente war es, als liege Dämmerung auch in den Seelen der Menschen. Arges geschah unter Göttern und Menschen. Krieg erfüllte die Welt, Brüder töteten einander aus Habgier, Meineid und Mord, Ehebruch und Verletzung der Gastfreundschaft geschahen, und Gier und Gottlosigkeit herrschten.

Mit bitterer Sorge sahen die Götter im hohen Asgard, wie alle Ordnungen sich auflösten. Vergeblich schleuderte Thor seinen Hammer Mjöllnir gegen die Riesen; denn unverletzlich saßen sie hinter den schützenden Eiswänden des Fimbulwinters. Vergebens ritt Odin auf pfeilschnellem Roß zum alten Mimir, dem Weisen; der Weisheitsbrunnen war wie von wildem Sturm bewegt – in ratloser Ohnmacht stand Mimir vor dem Verhängnis.

Da sprengt der Göttervater auf windschnellem Renner zurück nach Walhall, um Götter und Helden zum Kampfe zu rufen; denn das Unheil naht. Laut kräht der hellrote Hahn auf Asgards Dach, und krächzend antwortet der dunkelrote auf Hels Halle. Die Midgardschlange erhebt ihr furchtbares Haupt aus den Fluten des Meeres, und der Grenzwall, der Midgard schützt, bricht. In Todesangst fliehen die Menschen in die Gebirge und bergen sich in Höhlen, denn nun reißt sich der Fenriswolf aus seinen Banden los, daß die Erde im Innersten erbebt. Stürmisch braust das Meer über seine Ufer, und es kommt ein Schiff gefahren, das von Loki gesteuert wird, und alle Riesen sind bei ihm. Es ist Naglfari, das Nägelfahrzeug: Es ist aus Finger- und Zehennägeln der Toten erbaut, welche die Menschen ehrfurchtslos seit langem zu schneiden unterlassen hatten. Der Fenriswolf, dessen gähnender Rachen Himmel und Erde berührt, verschlingt Sonne und Mond, und Finsternis breitet sich über die Welt.

Ragnarök, der Tag der Entscheidung, bricht an. Es birst der Himmel, und in unendlichen Scharen kommen Muspelheims Söhne geritten. Sutur, der Urweltriese, reitet an der Spitze, und rings um ihn her lodert alles von Brandfackeln. Wild entschlossen ziehen sie nun hinaus auf das Feld Wigrid, die Kampfebene, und mit ihrem Heereszuge sammeln sich zum Streite alle Mächte der Finsternis.

Da dröhnt über Asgard hin das Giallarhorn, mit dem Heimdall die Götter zum Kampfe ruft. Wenn es zum drittenmal gellt, öffnen sich Walhalls Tore weit, und der glänzende Heerwurm der Götter und Helden reitet hervor. Die Spitze führt Walvater in leuchtender Rüstung, den Goldhelm auf dem Haupte, und Gungnir, den nie fehlenden Speer, in der Faust.

Auf Wigrid, der Walstatt des Weltenringens, beginnt die letzte entsetzliche Schlacht. Wodans Waffe wütet unter den herandrängenden Riesen, und gleich

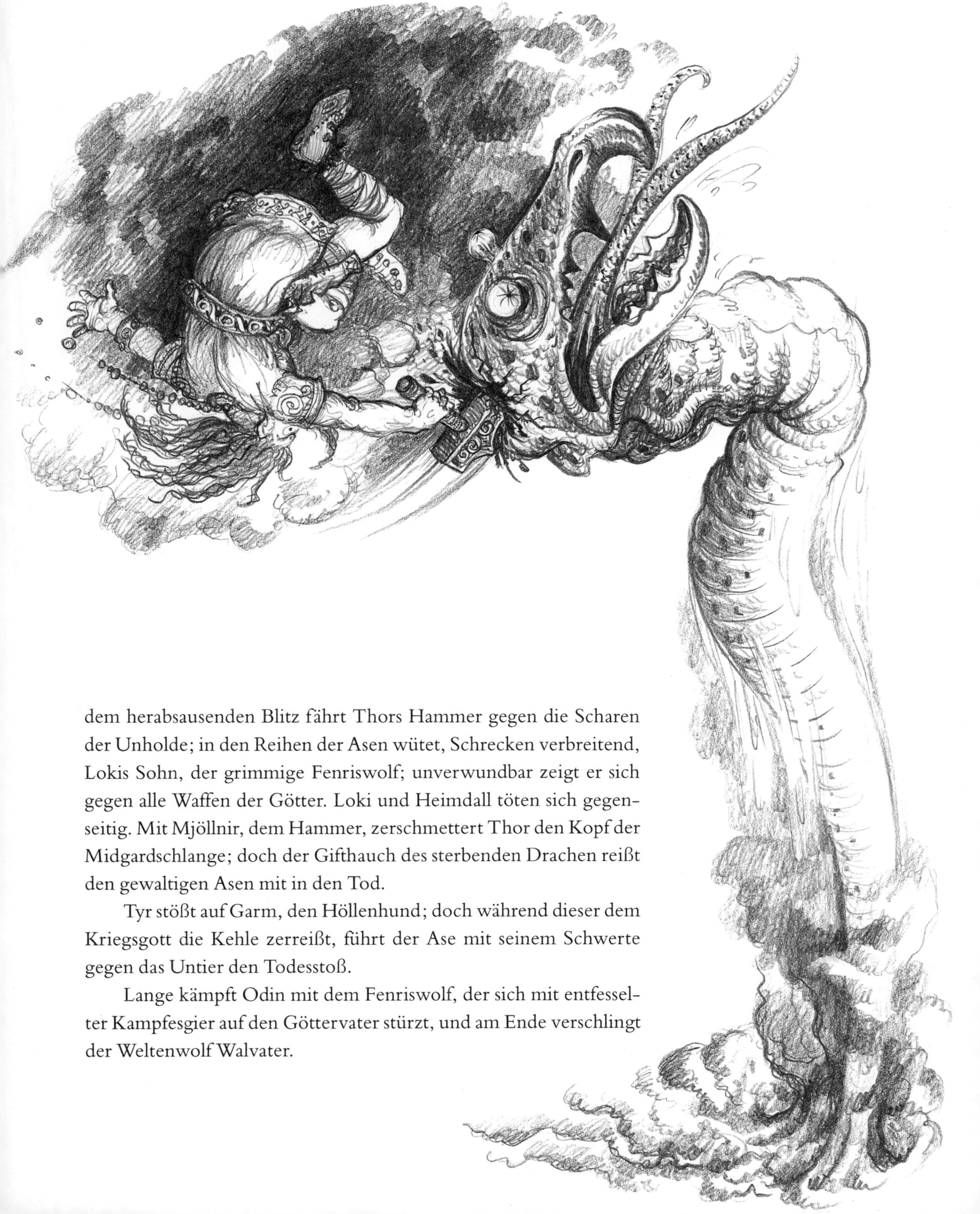

dem herabsausenden Blitz fährt Thors Hammer gegen die Scharen der Unholde; in den Reihen der Asen wütet, Schrecken verbreitend, Lokis Sohn, der grimmige Fenriswolf; unverwundbar zeigt er sich gegen alle Waffen der Götter. Loki und Heimdall töten sich gegenseitig. Mit Mjöllnir, dem Hammer, zerschmettert Thor den Kopf der Midgardschlange; doch der Gifthauch des sterbenden Drachen reißt den gewaltigen Asen mit in den Tod.

Tyr stößt auf Garm, den Höllenhund; doch während dieser dem Kriegsgott die Kehle zerreißt, führt der Ase mit seinem Schwerte gegen das Untier den Todesstoß.

Lange kämpft Odin mit dem Fenriswolf, der sich mit entfesselter Kampfesgier auf den Göttervater stürzt, und am Ende verschlingt der Weltenwolf Walvater.

Was hilft es, daß Widar, Odins gewaltiger Sohn, zur Rache herbeieilt und den Wolf zermalmt? Walvater, der Herr von Asgard, ist tot! Für die Asen ist das Ende gekommen.

Sutur dringt in Asgard ein und schleudert den Feuerbrand in die Halle, daß ringsum die glühende Lohe zum Himmel emporschlägt, und auch Midgard geht in der gierigen Flamme auf. Der Abgrund der Hel öffnet sich und verschlingt die Toten.

Schwarz wird die Sonne, die Erde versinkt.
Vom Himmel fallen die heiteren Sterne.
Glutwirbel umwühlen die allnährende Weltesche.
Die heiße Lohe bedeckt den Himmel.

So heißt es in dem Liede aus altersgrauer Zeit, und wenn Yggdrasil, der Weltenbaum, donnernd zusammenstürzt, ist die Welt der Götter und der Menschen in den Wassern versunken.

Doch bedeutet nach der Sage der ungeheure Weltenbrand, der Asgard und Midgard vernichtet hat, nicht das Ende. Aus dem Meere, dessen Wogen die Welt der Asen verschlungen haben, erhebt sich eine neue Erde mit grünen Fluren, die keines Menschen Hand besät hat.

Auch die Sonne hat eine Tochter geboren, die nicht minder schön ist als die Mutter und die nun in ihrer Bahn wandelt.

Und unter den Wurzeln der Weltesche in Urds Brunnen haben sich zwei Menschenkinder verborgen gehalten, Lif und Lifthrasir, das Leben und die Lebenskraft. Aus ihnen erwächst ein neues Geschlecht, das die Erde bewohnt.

Ein neues Asgard ersteht. Baldur, der strahlende Lichtgott, und sein Bruder Hödur, der Gott der lichtlosen Winterzeit, kehren aus Hels Totenreich zurück. Auch Thors Söhne, die ihres Vaters gewaltigen Hammer auf dem Schlachtfelde fanden, nehmen Besitz von den goldenen Götterstühlen. Nicht gilt es mehr, die Frost- und Eisriesen zu zermalmen, denn das finstere Riesengeschlecht ist nicht zu neuem Leben erstanden. Von nun an dient der Hammer nur friedlichem Tun. Ungetrübter Friede herrscht jetzt in den himmlischen Höhen.

Deutsche Heldensagen

Gudrun

Vor Zeiten lebten in Irland der König Hagen und seine Gemahlin Hilde; sie hatten eine liebliche Tochter, die den Namen ihrer Mutter trug. Jedermann pries ihre Anmut und ihren Liebreiz, und bald drang der Ruf von Hildes Schönheit über Meer und Land, und viele edle Freier aus königlichem Blut kamen an den Hof, um sie zum Weibe zu gewinnen.

»Ich werde nur dem die Hand meiner Tochter geben«, erklärte König Hagen hart, »der mich selber im Wettkampf besiegt.« Viele Bewerber hatte er schon im Kampfe bezwungen und erschlagen.

Damals herrschte im Hegelingenland König Hetel, dessen Reich sich von Jütland bis zu den Niederlanden erstreckte. Sein Wunsch war es, die schönste Fürstentochter als Gemahlin an seiner Seite zu haben, und so entsandte er drei getreue Helden zur Brautwerbung: seinen Waffenmeister Wate, den gewaltigen Recken, den sangeskundigen Horand, seinen Schwestersohn aus Dänemark, und den klugen Frute, dessen Rat dem König schon so manches Mal aus der Bedrängnis geholfen hatte.

»Nicht mit Waffengewalt, nur durch List werden wir zum Ziele kommen«, mahnte Frute, »denn König Hagen pflegt die Boten derer, die seine schöne Tochter gewinnen wollen, sehr übel aufzunehmen.« Auf seinen Rat reisten die Helden darum als fremde Kaufleute verkleidet nach Irland.

Am Strande von Baljan gingen sie an Land, baten um Gastfreundschaft, die man ihnen gewährte, und schlugen die Zelte auf, um ihre Waren feilzubieten: Waffen und Geräte, wertvolle Stoffe und kostbaren Schmuck an Spangen und Ringen.

Die Leute aus Hagens Burg strömten voll Neugierde herbei, und bald zog das Lob der köstlichen Waren und Kleinodien auch die Königin mit ihrer schönen Tochter in die Zelte der Fremden. Selbst König Hagen fand Gefallen an den Kaufleuten, die gar nicht wie gewöhnliche Krämer erschienen, und eines Tages lud er Wate und seine Gefährten an den Hof.

Im Königssaale saßen die Gäste aus dem Hegelingenlande der Königin und ihren Edelfrauen gegenüber. Mit welcher Freude schauten sie auf Hilde, die liebliche Königstochter, der ihre Reise galt; doch ließen sie nichts von ihrem Vorhaben verlauten und gebärdeten sich weiterhin, als wären sie Kaufleute. »Nicht Krämer, sondern edle Recken sind sie«, flüsterte Hagen seinem Marschall zu und blickte dabei wohlgefällig auf den starken Wate mit dem breiten Bart.

Lächelnd trat Königin Hilde vor Wate hin: »Sagt ehrlich Eure Meinung«, fragte sie scherzend. »Behagt Euch mehr der Umgang mit schönen Frauen, oder blickt Ihr lieber im Waffenspiel dem Gegner ins Auge?«

Der wackere Streiter ließ sich durch die Scherzfrage überrumpeln und gestand freimütig ein, jeder Gesellschaft schöner Frauen ziehe er den harten Waffenstreit vor. Da gab es fröhliches Gelächter, und als Hagen den Gast, der ein Kaufmann sein wollte, zum Wettkampf herausforderte, mußte er ihn bald voller Erstaunen und Beschämung als seinen Meister anerkennen.

Besonderes Gefallen aber fanden Frauen und Recken des Königshofes an Horand, dem Sänger, der durch seine Stimme aller Herzen gewann. Er sang so bezwingend, daß die Waldvögel in ihrem Gesang innehielten und die schöne Hilde in ihrer einsamen Kemenate voll heimlichen Entzückens seiner Stimme lauschte. Niemals hatte sie solch bezaubernden Gesang vernommen. Schließlich konnte sie den lockenden Tönen nicht länger widerstehen und ließ den Sänger zu sich kommen.

Dort in ihrem Frauengemach sang Horand für sie eine Weise, die er noch niemandem gesungen hatte; auf der Meerfahrt hatte er sie von einer Nixe vernommen, die schöner sang als jedes Menschenwesen.

Jetzt offenbarte Horand der Königstochter die volle Wahrheit und berichtete ihr von Hetel, seinem Herrn, der nichts sehnlicher wünschte, als sie zur Frau zu gewinnen.

Die schöne Hilde schien nicht abgeneigt, ihr Jawort zu geben. »Mein Vater wird niemals einwilligen, daß ich mit Euch in die Ferne ziehe«, meinte sie jedoch zögernd.

»Gerade darum haben wir ja vorgetäuscht, Kaufleute zu sein«, versetzte Ho-

rand, und so lockend wußte der kluge Sänger ihr seines Herrn Werbung vorzutragen, daß Hilde schließlich einwilligte. Auch ohne die Zustimmung ihres Vaters wollte sie Horand folgen, und sie war bereit, sich von ihm und seinen Gefährten entführen zu lassen.

»Erbitte dir deines Vaters Erlaubnis, unsere Schiffe zu besichtigen«, schlug er ihr vor, »dann werden wir die Anker lichten und in König Hetels Land fahren.«

Die Flucht gelang. Ein günstiger Fahrtwind führte die Hegelingen zur Heimatküste, und König Hetel, dem Boten den glücklichen Ausgang der Fahrt berichtet hatten, nahte mit seinen Recken und einem glänzenden Brautgeleite, um die schöne Hilde heimzuführen. In fröhlichem Einverständnis gelobten sich beide Liebe und Treue. Aber noch ehe es Abend wurde, kam erschreckende Botschaft: König Hagen war mit seiner kampfstarken Flotte bereits nahe der Küste, um die geraubte Tochter zurückzuholen. Denn nicht anders glaubte der Irenkönig, als daß Hilde von Seeräubern entführt worden sei.

»Rüstet euch alle zum Kampfe!« gebot Hetel seinen Mannen, und so standen die Hegelingen zur Abwehr bereit, als König Hagen mit seinen Recken an Land ging.

Ein hartes, erbittertes Ringen begann. Wild flogen die schweren Speere, und dann standen die Kämpfer, das Schwert in der Faust, einander gegenüber. Hagen drang grimmig auf König Hetel ein und traf ihn schwer, und als man den Verwundeten vom Kampfplatz führte, ging Hagen kühn den starken Wate an. Zwei ebenbürtige Gegner standen einander gegenüber, Hagen durchschlug Wates Helm und verwundete ihn schwer. Der alte Recke ließ aber nicht vom Kampfe ab und brachte den König in harte Bedrängnis.

»Trenne, wenn du mich liebst, die beiden erbitterten Kämpfer!« bat Hilde, die alles mit angesehen hatte, König Hetel. »Sie werden nicht ablassen von ihrem furchtbaren Streit, bis sie beide zugleich erschlagen zu Boden sinken.«

Da raffte Hetel, trotz seiner Verwundung, sich auf und eilte auf die Walstatt. »Laßt es genug sein der Toten, König Hagen!« rief er, »und stellt den unnützen Kampf ein, ihr Helden!« König Hagen, der Achtung hatte vor der Tapferkeit seines Gegners, folgte der Aufforderung König Hetels. Die beiden starken Streiter senkten die Waffen, und König Hetel bekannte, daß er Hagens Tochter habe entführen lassen, um sich mit ihr zu vermählen. »Als Königin der Hegelingen soll sie über Land und Meer herrschen«, gelobte König Hetel.

Da willigte Hagen ein und erklärte sich zur Versöhnung bereit. Er geleitete selber seine schöne Tochter in die neue Heimat und feierte auf Hetels Burg Matelane ihre Hochzeit mit dem König der Hegelingen: in guter Freundschaft und mit vielen Gastgeschenken schied Hagen von dannen.

In hohen Ehren lebte die schöne Hilde viele Jahre an der Seite König Hetels, der sein Reich in Gerechtigkeit und Kraft regierte und schirmte. Sie hatten zwei Kinder, Ortwin, der unter der Obhut des alten Wate zu einem edlen Recken heranwuchs, und Gudrun, die an Schönheit sogar ihre Mutter überstrahlte.

Wie einst Hagen über seine Tochter Hilde, so wachte nun König Hetel über die schöne Gudrun. Nur dem sollte sie gehören, den er ihrer würdig erachtete. Vergeblich warb Sigfrid von Morland, der über sieben Reiche gebot, um sie; vergeblich bat auch Hartmut, der Sohn König Ludwigs von der Normandie, um ihre Hand.

Gudrun selber hätte sich dem edlen Recken, der sich durch stattlichen Wuchs und ritterliches Wesen auszeichnete, vielleicht wohl anvertraut; denn er brachte ihr aufrichtige Liebe entgegen. Doch ihr Vater Hetel wies den Freier stolz und hochfahrend ab, als bedeute dessen Werbung eine Kränkung seiner Ehre; Hartmuts Vater Ludwig nämlich war ein Lehnsmann von König Hagen von Irland, und somit galt Hartmut ihm als nicht ebenbürtig.

Voller Zorn nahm der junge Normannenfürst die Abweisung hin, er fühlte sich in seiner Ehre gekränkt und sann auf Rache.

Während Hartmut unverrichteter Dinge heimkehrte, erschien König Herwig von Seeland mit einem Heere vor Hetels Burg. Die Hegelingen mußten der Übermacht der Feinde weichen, und Herwig gelang es, mit seinen Mannen in die Burg einzudringen. König Hetel stellte sich Herwig im Burghof zum Kampfe. Aber als die schöne Gudrun Herwigs Heldenkraft und den Ernst seiner Werbung sah, entbrannte ihr Herz in Liebe zu ihm, und sie bat ihren Vater, um ihretwillen Frieden zu schließen. König Hetel gewährte ihr die Bitte, weil er erkannt hatte, daß Herwig seiner Tochter würdig war.

So wurden Gudrun und Herwig miteinander verlobt. Aber ein Jahr sollte die Brautzeit währen; denn Hetel und Hilde wollten sich nicht so bald von ihrem geliebten Kinde trennen.

Doch ehe Herwig daran denken konnte, seine Braut heimzuführen, hatte er einen schweren Krieg zu bestehen. Der mächtige König Sigfrid von Morland hatte in seinem Zorn über die Abweisung am Hegelingenhofe Rache geschworen und wandte sich nun gegen Herwig von Seeland, der glücklicher gewesen war als er. Herwig war nicht zum Kampfe gerüstet und geriet in schwere Not. Nur mit Hetels Hilfe, in dessen Heer auch der junge Ortwin, dazu Wate, Frute und Horand

kämpften, wurde der mißgünstige Nebenbuhler in seine Burg zurückgeworfen. Dort belagerten ihn die Heere der Hegelingen und der Seeländer. »Nicht eher werde ich von hier weichen«, rief König Hetel drohend, »als bis Sigfrid, der Friedensbrecher, gefangen vor mir steht!«

In dieser Zeit aber, da die wehrhaften Männer fern der Heimat waren, brach das Verhängnis über Hetels Sippe herein. Hartmut, den jungen Normannenfürsten, trieb die Rache wegen der demütigenden Abweisung, die er an Hetels Hof erfahren hatte, wie auch die Liebe zu Gudrun zu schnellem Entschluß. Seine Späher meldeten ihm, daß König Hetel auf Heerfahrt sei.

Doch ehe Hartmut ins Hegelingenreich einfiel, sandte er noch einmal Brautwerber nach Matelane. »Ich bin Herwig anverlobt«, erklärte die stolze Gudrun, »und mit keinem anderen werde ich mich vermählen.«

Da griff der junge Normannenfürst zur Gewalt, wie er es angedroht hatte, berannte mit seinen Mannen die unbewehrte Königsburg und ließ Gudrun mit mehreren ihrer Jungfrauen, zu denen auch ihre Gespielin Hildburg gehörte, ergreifen und zu den Schiffen schleppen.

Nur Königin Hilde blieb in einsamem Schmerz zurück. Sie sandte Boten mit der Trauerkunde an König Hetel, und als dieser vernahm, was sich ereignet hatte, wollte ihn der Schmerz überwältigen. Aber Herwig rief: »Wir müssen sogleich den frechen Räuber verfolgen und ihm seine Beute abjagen.« Auch Wate stimmte ihm zu, und er drängte darauf, mit Sigfrid Frieden zu schließen. Der hartbedrängte König von Morland war auch dazu bereit, und als er erfuhr, daß Hartmut die schöne Gudrun geraubt hatte, entschloß er sich, an der Verfolgung teilzunehmen. Ohne zu säumen, bestiegen sie die Schiffe, setzten die Segel und nahmen unter Wates Führung die Verfolgung auf.

Die Normannenkrieger dachten nicht an Gefahr und rasteten auf einer Insel, dem Wülpensande. Plötzlich entdeckten die ausgestellten Wächter Segel auf dem Meer. Die Normannen hatten kaum Zeit, sich zu rüsten, so schnell waren die Schiffe heran. Die bewaffneten Hegelingen sprangen an Land, und die Schlacht begann.

In wütendem Ringen wogte das Kampfglück hin und her. Die Wellen röteten sich vom Blute der Erschlagenen, und rot färbte sich auch das Gras der Dünen, ringsum war die Walstatt von Toten und Verwundeten bedeckt. Hetel stellte in wildem Zorn den Normannenkönig Ludwig, Hartmuts Vater, zum Zweikampf; aber nach schwerem Ringen traf ihn Ludwigs Schwert, daß er sterbend zu Boden sank. Da wurde der Zorn des alten Wate zum Grimm eines reißenden Tieres.

Brüllend vor Kampfeswut stürzte er sich in die Reihen der Kämpfer, um seinen Herrn zu rächen, zahlreiche Normannen fielen unter seinen Streichen.

Als der Abend herabsank, war die Schlacht immer noch nicht entschieden. Erst die hereinbrechende Finsternis trennte die Kämpfenden. In tiefer Ermattung sanken hüben und drüben die Streiter in den Schlaf. König Ludwig wußte, daß er mit seinen Mannen auf die Dauer den Hegelingen nicht werde standhalten können. Deshalb führte er im Schutze der Nacht seine Krieger lautlos zu den Schiffen, gewann unbehindert die See und steuerte mit günstigem Wind der normannischen Heimat entgegen.

Als Wate in der Morgenfrühe das Heerhorn ertönen ließ, um den Kampf von neuem zu beginnen, war ringsum kein Feind mehr zu erblicken. Nur seine Toten bedeckten den Strand. Groß war die Enttäuschung der Hegelingen; denn sie mußten erkennen, daß sie nicht mehr die Kraft besaßen, den entwichenen Feinden zu folgen.

Da begruben die Überlebenden in tiefem Schmerz ihre Toten; auf das Grab des erschlagenen Königs Hetel wälzten sie einen gewaltigen Stein. Sechs Tage währte es, bis die Toten auf der breiten Meeresdüne bestattet waren. Auch die gefallenen Feinde begruben sie, damit die Leichen nicht den Raben zum Fraß dienten.

Dann ging die Fahrt heimwärts ins Hegelingenland. Ohne den Heerkönig, den starken Hetel, und ohne die schöne Gudrun, um deretwegen sie ausgezogen waren, mußten Wate und Herwig vor die Königin Hilde treten, fast die ganze waffenfähige Mannschaft hatte den Tod gefunden.

Laut klagte Königin Hilde, als sie diese Kunde vernahm. »Wir müssen sogleich zum Kampf gegen die räuberischen Normannen rüsten!« rief sie; doch Herwig zögerte, und Wate, der starke Kämpfer, wiegte bedächtig das Haupt: »Allzusehr sind von dem zweifachen Kriegszuge unsere Kräfte erschöpft; erst wenn eine neue Waffenjugend herangewachsen ist, können wir daran denken, gegen die Normannen den Kampf zu erneuern.« Auch Herwig versprach, nicht eher zu ruhen, als bis er Gudrun befreit und an Hartmut gerächt habe.

Währenddessen rauschten die Schiffe der Normannen durch das Meer nach Süden. »Seht jene Burgen, Herrin«, sagte Hartmut zu der von Kummer gebeugten Gudrun, »über sie und all meine Lande sollt Ihr gebieten, wenn Ihr mich erhöret.« Und auch König Ludwig redete ihr gut zu.

»Lieber will ich sterben, als meinem Verlobten die Treue brechen«, erwiderte Gudrun. In jähem Zorn ergriff sie der alte König und stieß sie ins Meer. Aber Hartmut sprang ihr nach und rettete sie aus den Wellen. Drohend trat er vor seinen Vater. »Hätte ein anderer sich solchen Tuns erkühnt«, rief er, »so hätte er es mit dem Leben büßen müssen!« Da reute den rauhen König, was er getan hatte, und er tat Abbitte bei Gudrun.

Als die Schiffe in den Heimathafen einliefen, standen Hartmuts Mutter, die Königin Gerlind, und seine Schwester Ortrun am Strande, um Gudrun freundlich zu empfangen. Doch diese wehrte weinend jeden Gruß ab. Trotzdem versuchte die Königin zunächst, die Entführte versöhnlich zu stimmen. Aber gegen sie wie auch gegen Hartmut und alle andern blieb Gudrun abweisend und unzugänglich; nur zu Ortrun, die ihr stets freundlich und liebreich entgegenkam, fühlte sie sich hingezogen.

Hartmuts Hoffnung, daß Gudrun ihm allmählich ihre Liebe zuwenden werde, erfüllte sich nicht. Zu sehr zürnte Gudrun dem Manne, der die Schuld an ihrem Unglück trug, und sie zeigte sich unversöhnlich, obwohl sie durch Ortrun wußte, daß Hartmuts Liebe aufrichtig war.

Als Gudrun sich weiterhin weigerte, mit Hartmut Hochzeit zu halten, riet Gerlind dem Sohne, die Widerspenstige ihrer Zucht zu übergeben, so werde sich alles wohl fügen. Da willigte Hartmut ein, bat jedoch die Mutter, Gudrun in Ehren zu halten, wie es ihr zustehe. So kam Gudrun, die Königstochter, in Frau Gerlinds Zucht und mußte schwere Magddienste verrichten. Gerlind quälte sie auch durch kränkende Worte und durch Strafen und gab ihr kärgliche Nahrung.

In schweigendem Stolz nahm Gudrun alle Pein geduldig auf sich. Aber die bittere Not verscheuchte die frische Farbe ihrer Wangen. Als Hartmut von Gudruns Behandlung durch seine Mutter erfuhr, stellte er diese zur Rede, und Frau Gerlind versprach, Gudruns Los zu mildern. Trotzdem trug sie der Königstochter immer härtere Arbeiten auf.

Fortan mußte Gudrun am Strande die Wäsche waschen. Ihr einziger Trost war, daß Hildburg, ihre Gespielin, die Not mit ihr teilte. Mitten im Winter standen die beiden Mädchen am Meeresstrande und gingen ihrer schweren Arbeit nach.

Immer wieder richtete die Königstochter den Blick über die weite See, dorthin, wo sie die ferne Heimat wußte. Hatte man sie denn dort ganz vergessen, glitt kein Segel von Norden her, kam nicht der Verlobte, sie zu suchen und ihr Rettung zu bringen?

Die Jahre gingen hin. Immer quälender und drückender wurde Gudruns Los in der Fremde, und immer mehr schwand ihre Hoffnung auf Rettung und Heimkehr. Ob Herwig, ihr Verlobter, und ihr Bruder Ortwin und ihre Mutter Hilde nicht mehr am Leben waren?

Eines Tages standen Gudrun und Hildburg wieder bei ihrer harten Arbeit am Strande. Das Wetter war rauh und kalt; aber die grausame Gerlind hatte sich nicht gescheut, den beiden Jungfrauen sogar die Schuhe zu versagen; barfüßig, halb erstarrt vor Schmerz und Erschöpfung, so standen sie im Schnee am Meeresufer. Da sahen sie einen Seevogel in den Wellen treiben, und in ihrer Sehnsucht riefen die Jungfrauen ihn an. Der Vogel aber antwortete ihnen mit Menschenstimme: »Harret mutig aus, ihr beiden Dulderinnen; die Rettung ist nahe!« Dann hob er sich in die Luft und flog davon.

Hatte der Vogel wahr gesprochen? Gudrun und Hildburg faßten neuen Mut.

Als sie tags darauf wieder am Strande die Wäsche spülten, schraken sie auf; ein Boot, in dem zwei Männer standen, näherte sich dem Ufer. Gudrun schämte sich und wollte sich verbergen, aber Hildburg überredete sie zu bleiben.

»Wessen Wäsche wascht ihr denn?« fragten die Männer; sie schienen Mitleid zu haben mit den beiden Mädchen, die zitternd und windzerzaust so schwere Arbeit verrichten mußten. Bereitwillig gaben die Jungfrauen Auskunft; doch eine Belohnung, die man ihnen anbot, schlugen sie aus.

»Ihr seid im Normannenlande«, sagte Gudrun, »und die Burg, die ihr dort seht, gehört dem König Ludwig und seinem Sohne Hartmut.«

Begierig vernahmen die Fremden alles, was Gudrun ihnen über die Bewohner der Burg zu berichten wußte.

»Habt ihr etwas gehört von den Jungfrauen, die vor Jahren als Gefangene hierher verschleppt worden sind und von denen die eine Gudrun heißt?« fragte der eine der beiden Männer.

»Ich kannte sie, denn ich gehöre selber zu den Gefangenen, die einst hierhergebracht worden sind«, antwortete Gudrun.

Da vernahm sie, wie der eine der beiden von seinem Gefährten Ortwin genannt wurde. »Ihr fragt nach der armen Gudrun«, sagte sie dann; »ich muß euch kundtun, daß sie schon längst ihrer Qual und Mühsal erlegen ist.«

Da wurden die Augen der beiden Helden naß. »Bis an mein Lebensende«, rief Herwig, »muß ich nun klagen um sie, die mir zur Ehe versprochen war!«

»Ihr wollt mich täuschen, wenn Ihr Gudrun Eure Braut nennt«, sagte die Jungfrau da. »Denn wäre Herwig am Leben, längst wäre er gekommen, mich zu befreien!«

Damit hatte Gudrun sich verraten. Nun wußten Ortwin und Herwig, daß Gudrun vor ihnen stand. Herwig zeigte ihr den Ring, den er einst aus ihrer Hand empfangen hatte, und sah an ihrer Hand den gleichen, den er ihr einst gegeben hatte.

Da umarmten und küßten sich die beiden Verlobten in unendlichem Glück. Ohne Verzug wollte Herwig die Mädchen mit sich zu den Schiffen führen. Dem widersetzte sich Ortwin: »Nicht feige wegstehlen wollen wir sie«, sagte er, »sondern nach ehrlichem Kampfe werden wir Gudrun und die Mädchen befreien!«

»Sollen wir sie auch nur eine Stunde länger in der Knechtschaft leben lassen?« brauste Herwig auf. »Ich habe meine geliebte Braut wiedergefunden! Nun bringe ich sie in Sicherheit, und dann soll der Rachekampf beginnen, der Kampf um die Gefährtinnen Gudruns und Hildburgs!«

Aber der edle Ortwin bestand auf seiner Forderung: »Eher bleibe ich selber hier«, rief er, »und lasse mich an der Seite meiner Schwester von den normannischen Feinden niederstrecken. Nur in Ehren, Gudrun, sollst du befreit werden! Aber vertrau auf unsere Treue!« Da fügte Herwig sich dem Willen des Schwagers, das Versprechen der beiden Tapferen war für Gudrun Trost genug. Mit herzlichem Abschied gingen sie auseinander.

Freudige Hoffnung hatte Gudrun ergriffen, ihr Antlitz gewann wieder die blühende Farbe, und die Augen erhielten leuchtenden Glanz. »Wir müssen an die Arbeit gehen, sonst erwartet uns Strafe«, mahnte Hildburg; aber Gudrun wollte vom Waschen nichts mehr wissen. »Bin ich etwa eine Magd, die niedrige Dienste zu leisten hat?« rief sie, und lachend warf sie die Wäsche, die für sie das Zeichen der Knechtschaft war, ins Meer. Königin Gerlind geriet in großen Zorn, als sie erfuhr, was Gudrun mit der Wäsche gemacht hatte. Sie ließ eine Rute binden und befahl, die Jungfrau zu züchtigen. Da antwortete Gudrun: »Ehe ich die Strafe erdulde, will ich zum Manne nehmen, den ich bisher nicht nahm. Bald wird das Normannenland mir, der Königin, dienen!«

Durch solche Worte ließ sich die Königin in ihrem Zorn besänftigen. Sie glaubte wirklich, Gudrun habe nun endlich ihren Sinn geändert und sei entschlossen, Hartmut die Hand zum Ehebunde zu reichen. Sogleich ließ Gerlind ihn rufen. Doch als Hartmut in ungläubiger Freude herbeieilte und die stolze Gudrun als seine Braut in die Arme schließen wollte, wies sie ihn zurück: »Seht, wie ich hier stehe, barfuß und im nassen Gewand, wie ich soeben vom Strande heimgekommen bin. Nicht eher sollt Ihr mich berühren, als bis ich Euch ebenbürtig bin und die Krone auf meinem Haupte trage!«

Hartmut fügte sich ihrem Willen und fragte nach ihren Wünschen. Da verlangte Gudrun königliche Gewänder für sich und angemessene Kleidung für ihre Jungfrauen. »Als Fürstin will ich morgen meinen Bräutigam empfangen!« sagte sie bedeutungsvoll.

Gerlinds Dienerinnen waren nun voller Eifer bereit, der eben noch so schmählich Mißhandelten behilflich zu sein. Nur Gerlind mißtraute Gudruns Sinneswandlung, als sie die Königstochter so fröhlich mit den Jungfrauen aus ihrer Heimat scherzen sah, und sie glaubte, ihren Sohn Hartmut warnen zu müssen. Doch seine Liebeshoffnung hatte Hartmut blind gemacht, und unbesorgt schlug er alle Mahnungen der Mutter in den Wind.

Als die Frauen aus dem Hegelingenlande dann zu später Abendzeit allein waren, offenbarte Gudrun ihnen die Wahrheit. »Habt Geduld bis morgen«, sagte sie tröstend, »dann wird unser Leid endlich in Freude verwandelt werden!«

Ortwin und Herwig waren inzwischen zur Flotte der Hegelingen zurückgekehrt und hatten mit ihrem Bericht überall frohe Hoffnung erweckt. Nun mußte das kühne Wagnis gelingen! Als die Nacht herabsank, lichteten sie die Anker und steuerten bei Mondenschein zur Felsenbucht, wo die Normannenburg herüberdrohte. Glücklich gelangten die Helden ans Ufer, und voller Tatendurst rüsteten sie sich zum Kampfe. Gudrun selber, von einer ihrer Jungfrauen geweckt, sah mit heller Freude vom Fenster aus, wie die ganze Bucht von Schiffen voll war und wie die Schlachthaufen der Hegelingen sich zum Sturme bereitstellten. Die Burg war von allen Seiten umstellt. Erst jetzt ließ der normannische Wächter sein Horn erschallen, um die schlafenden Recken zum Kampfe zu rufen; doch zugleich tönte Wates Heerhorn schreckenerregend durch die Morgenfrühe.

Ein harter Kampf entbrannte. Kühn hatten die Normannen die Tore geöffnet, um den Feinden draußen vor den Burgmauern entgegenzutreten; doch bald zeigte es sich, daß sie der Kampfeswut der Hegelingen nicht gewachsen waren. König Ludwig stieß auf Herwig, aber der junge König von Seeland, dem der Gedanke an die wiedergefundene Gudrun die Kraft verdoppelte, schlug so wuchtig drein, daß König Ludwig ihm unterlag: Sterbend sank er zu Boden, und Herwig schlug ihm das Haupt ab.

Hoch auf den Zinnen der Burg stand Gudrun inmitten ihrer Jungfrauen und sah dem wechselvollen Kampfe mit fliegendem Atem zu. Immer stärker wurde die Überlegenheit der vordringenden Hegelingen. Selbst den tapferen Hartmut, der überall im Vorkampfe gestanden hatte, verlangte es nach Rast. Aber als er sich mit seinen Mannen ins Tor zurückziehen wollte, versperrte der starke Wate ihm den Weg und stellte ihn zum Kampfe. Schwer fielen die Streiche der beiden gewaltigen Helden.

Da hörte Hartmut, der noch nicht wußte, daß König Ludwig gefallen war, seine Mutter laut den Tod des Gemahls beklagen. Zugleich äußerte sie das Verlangen, Gudrun tot vor sich zu sehen, und entsandte einen ihrer Knechte auf die Burgzinne. Gudrun schrie auf, als sie den Mann mit dem blanken Schwert auf sich zukommen sah, und mit diesem Notschrei aus Todesfurcht zog sie Hartmuts Blicke auf sich, der immer noch in schwerem Zweikampfe mit dem grimmen Wate stand. Hartmut eilte herbei, und furchtbar drohte der Normannenfürst, sich an dem gedungenen Mörder zu rächen; da ließ dieser das Schwert sinken und entfloh.

So hatte Hartmut, obwohl selber in Todesnot, Gudrun das Leben gerettet, der immer noch seine Liebe galt.

Bedrängter wurde seine Lage, schon schien er verloren; da eilte Ortrun herbei und warf sich Gudrun zu Füßen. »Wende den Tod von meinem Bruder ab!« bat sie flehend. »Mein Vater ist erschlagen und all die Meinen, nun erspare mir ein Schicksal, wie du es selber erlebt hast!«

Da hatte Gudrun Erbarmen mit der Königstochter, die stets freundlich zu ihr gewesen war, und von der Höhe herab winkte sie Herwig heran und bat ihn, die Kämpfenden zu trennen. Nur mit Mühe konnte Herwig ihre Bitte erfüllen. Zwar wurde Hartmut dem Zorne des unbezwinglichen Wate entrissen; aber gefesselt führten Herwigs Mannen ihn zu den Schiffen.

Damit war das Geschick der normannischen Königsburg entschieden. Furchtbar wütete Wate, der sich den Eingang erzwungen hatte, durch alle Gemächer. Er wollte Gericht halten mit Gerlind, die die Tochter seines Königs so grausam behandelt hatte. In ihrer Verzweiflung suchte die Königin Hilfe bei Gudrun, die schon Ortrun vor der Wut der Hegelingen beigestanden hatte. Voller Großmut gewährte die edle Gudrun auch ihrer Feindin Schutz und versteckte sie hinter sich. Aber Wate, furchtbar anzuschauen in seiner Kampfeswut, zerrte Gerlind hervor und ließ die Königin mit dem Tode büßen, was sie seiner Herrin angetan hatte.

Damit hatte der erbitterte Kampf ein Ende gefunden. In unendlichem Glück umarmte Gudrun den Verlobten und den Bruder, die ihr die Freiheit gebracht hatten.

Mit reicher Siegesbeute trat er sodann die Heimfahrt an, Hartmut und Ortrun wurden als Gefangene mitgeführt.

Frau Hilde, die Hegelingenkönigin, hatte schon durch Boten den glückhaften Ausgang vernommen. Bald lag Gudrun in den Armen der Mutter. Nun endlich wußte sie, daß ihre lange Leidenszeit ein Ende gefunden hatte.

Die beiden normannischen Königskinder verwies Hilde zunächst streng aus ihren Augen; später jedoch fügte sie sich Gudruns Fürsprache. Ortwin nämlich hatte die schöne Ortrun liebgewonnen und warb um ihre Liebe, und auch Hartmut gegenüber ließ die Königin von ihrem Groll und gewährte ihm Verzeihung und Freiheit. Da bat der junge Normannenfürst die treue Hildburg um ihre Hand, und als bald darauf Gudrun und Herwig den Lebensbund schlossen, für den Gudrun sich neun Jahre lang bereitgehalten hatte, da sah die Hochzeitsfeier im Hegelingenlande drei glückliche Brautpaare.

Eine lange Friedenszeit folgte nach den schrecklichen Jahren der Entbehrung und des Krieges. Gudruns Schönheit erblühte von neuem, und ihre Treue, die sie so viele Jahre hindurch bewahrt hatte, wurde in allen Landen besungen.

Wieland der Schmied

In Seeland am Ostmeer lebte einstmals der Riese Wate, der aus königlichem Geschlecht stammte, seine Mutter Waghild aber war eine Meerfrau. Wate besaß drei starke Söhne. Die beiden älteren, Slagfider und Egil, wurden Krieger; Wieland, den Jüngsten, aber tat der Vater in die Handwerkslehre, damit er ein tüchtiger Schmied werde. Mime, der berühmte Meister in Nordland, unterwies den geschickten Knaben drei Jahre, und nachdem Wieland lange bei kunstfertigen Zwergen gearbeitet hatte, galt er im Lande als ein unübertrefflicher Meister seines Handwerks.

Mit seinen beiden Brüdern zog Wieland in die Einsamkeit; sie hausten gemeinsam am Wolfsee in einem Tal, das ihnen bei Jagd und Fischfang alles Nötige zum Leben bot. Eines Tages gewahrten sie über dem See drei Schwäne, die sich herabsenkten. Als die Schwäne das Ufer des Sees erreicht hatten, warfen sie ihr Federkleid ab und standen da als drei wunderschöne Jungfrauen. Es waren Walküren.

In schnellem Entschluß schlichen die drei Brüder hinzu und nahmen die Schwanenhemden an sich. So hatten sie die Jungfrauen, die sich ohne Hemden nicht verwandeln konnten, in ihrer Gewalt; die Walküren mußten in Menschengestalt bei den Brüdern bleiben, und diese vermählten sich mit ihnen.

Sieben Jahre lebten die drei Paare in ungetrübtem Glück, und die Brüder ahnten nicht, wie sehr sich die Walküren nach ihrem früheren Leben zurücksehnten. Wielands Weib Herwör schenkte ihrem Gatten einen kostbaren Ring, der die Kraft haben sollte, ewige Liebe zu erhalten. Der kunstfertige Mann schmiedete nach diesem Muster andere und reihte sie alle auf eine Schnur.

Eines Tages aber, als die Brüder von der Jagd heimkehrten, war das Haus leer. Die drei Frauen hatten ihre Federhemden, die ihre Gatten vor ihnen versteckt gehalten hatten, gefunden und waren davongeflogen. Da zogen Wielands Brüder bekümmert in die Welt hinaus, um die verlorenen Geliebten zu suchen; Wieland aber blieb zurück, denn er vertraute auf die Kraft des Ringes.

Nidung, der König der Njaren, hörte von Wielands Kunstfertigkeit und sann darauf, ihn sich dienstbar zu machen und seinen Reichtum zu gewinnen. Heimlich ließ er Wieland in seinem einsamen Hause gefangennehmen.

Er raubte den Ring der Schwanenjungfrau samt den Kostbarkeiten und entführte Wieland in sein Reich.

Zornbebend fügte sich dieser der Gewalt.

»Hüte dich vor seiner Rache! Sieh nur, wie seine Augen glühen!« raunte die Königin ihrem Gatten zu. »Zerschneide ihm die Sehnen, damit er nicht entfliehen kann.«

Da folgte König Nidung dem heimtückischen Rat seiner Frau und ließ den Unglücklichen danach auf eine nahe Insel bringen. Lange dauerte es, bis die schrecklichen Wunden heilten. »Nun wirst du deine Kunstfertigkeit zeigen«, sagte der König, »und für mich alles schmieden, was in deinen Kräften steht.«

Tagsüber stand der einst kraftvolle, nun verkrüppelte Mann am Amboß und mußte für den König arbeiten; doch im Schutze der Nacht schuf er ein Werk, das noch keinem Menschen gelungen war: ein Federkleid, das ihn befähigte, sich in die Luft zu erheben.

Eines Morgens kamen die beiden jungen Königssöhne, ohne daß es jemand wußte, auf Wielands Insel, um seine Werkstatt anzusehen. Nun fand der so schändlich Verstümmelte endlich die Gelegenheit zur Rache. Er erschlug die beiden Knaben und warf sie in die Grube unter der Esse. Mit den Schädeln aber vollbrachte er ein grausiges Werk. Er faßte sie in Silber und fertigte Trinkschalen daraus, die er König Nidung zum Geschenk machte.

Bald darauf geschah es, daß die Königstochter Bathild den Ring der Herwör, den sie als ihren schönsten Schmuck trug, aus Unachtsamkeit zerbrach. Niemand anders als Wieland konnte, wie sie wohl wußte, das Kleinod wiederherstellen, und so vertraute sie sich aus Furcht vor des Vaters Zorn dem kunstfertigen Schmiede an. Mit heuchlerischer Freundlichkeit empfing Wieland die schöne Bathild und beschwichtigte ihre Sorge. Dann betörte er die Königstochter mit einem Zaubertrank, daß sie zu heimlichem Ehebund mit ihm bereit war.

Damit sah Wieland seine Rache erfüllt. Während die verführte Königstochter weinend sein Haus verließ, schlüpfte er in sein Federkleid und flog auf König Nidungs Burg. Auf der höchsten Zinne ließ er sich nieder.

»Wie? Bist du ein Vogel geworden?« rief Nidung aus, als er den Schmied mit Entsetzen dort oben gewahrte. Er ahnte jetzt, wer ihn seiner Söhne beraubt hatte.

Aber bevor Wieland ihm auf seine Frage die letzte Gewißheit gab, ließ er den König schwören: »Bei Schildes Rand und Rosses Bug, bei Schwertes Schärfe und Schiffes Bord sollst du mir geloben, daß nicht Wielands Weib noch seinem Kind ein Leid geschieht!«

König Nidung leistete den Eid, und nun ließ Wieland ihn das Schicksal seiner Söhne wissen. »Verstehst du nun, was es mit den silbernen Trinkbechern auf sich hat?« rief er mit Hohnlachen. »Da du einen Eid geschworen hast«, fügte er hinzu, »sollst du auch wissen, daß deine Tochter heimlich mein Weib geworden ist und dir einen Enkel schenken wird!«

Diese Nachricht dünkte den stolzen König die schwerste Schmach. In ohnmächtigem Zorne richtete er die Waffe auf den Schmied, der sich so grausam an ihm gerächt hatte; doch kein Pfeil erreichte den flügelbewehrten Wieland, der sich in die Lüfte hob und in den Wolken entschwand.

Das ist die Sage von Wieland dem Schmied. Sein Sohn, den die Königstochter gebar, wurde Witege genannt. Als Witege groß und stark geworden war, sandte ihn seine Mutter Bathild in die Ferne zu seinem Vater, der ihn freundlich aufnahm und in allen Fertigkeiten unterwies, deren ein Held bedurfte, um in Ehren zu bestehen.

In einer prächtigen Rüstung, die sein Vater ihm geschmiedet hatte, zog Witege in die Welt hinaus und wurde später Kampfgefährte des Helden Dietrich von Bern, dessen Tatenruhm schon damals die Lande erfüllte.

Walther und Hildegund

Als Etzel, der König der Hunnen, mit seinen Heerscharen die Völker unter seine Macht zwang, stellten viele Könige ihm Geiseln, damit er ihr Land verschone. So gab Gibich, der Frankenkönig zu Worms am Rhein, den adeligen Knaben Hagen von Tronje zugleich mit vielen Schätzen als Unterpfand ins Land der Hunnen; in Châlons lieferte der Burgundenkönig Herrich sein Töchterchen Hildegund als Geisel an Etzel aus, und auch der König der Goten, Alpherr von Aquitanien, erkaufte sich den Frieden seines Landes, indem er seinen jungen Sohn Walther an den Hunnenhof sandte. Walther und Hildegund waren nach dem Willen der Eltern miteinander verlobt.

König Etzel und seine Frau Helche behandelten die Geiseln mit Respekt.

Die jungen Menschen führten in der Verbannung ein Dasein voller Lebensfreude, das nur durch die Trennung von der Heimat getrübt war. Hagen und Walther wuchsen zu kräftigen Männern heran, und die Erziehung, die Etzel ihnen angedeihen ließ, machte sie zu streitbaren Recken; bald übertrafen sie des Königs Mannen an Kraft und Kühnheit, und in den wilden Kriegen, die Etzel zu führen hatte, taten sie sich durch Tapferkeit und Klugheit hervor. Hildegund erblühte zu einer schönen Jungfrau, und in allen Frauenarbeiten zeigte sie sich so geschickt, daß Königin Helche ihr bald volles Vertrauen schenkte und ihr die Verwaltung der Schatzkammer übertrug.

In jener Zeit starb König Gibich in Worms. Auf dem Throne folgte ihm sein Sohn Gunther, der zur Zeit des Hunneneinfalls noch ein Kind gewesen war. Da wollte Hagen von Tronje nicht länger als Geisel bei König Etzel bleiben. Heimlich floh er vom Hunnenhofe und erreichte glücklich den Rhein und die Heimat.

»Wir müssen verhindern, daß auch Walther flüchtet«, sagte Etzel zu seiner Gemahlin, und um ihn zu binden, versuchten sie ihn mit einer hunnischen Fürstentochter zu vermählen. Doch Walther wich diesem Anerbieten klug aus.

Als er bald darauf ruhmbedeckt von einem Kriegszuge heimkehrte, traf er Hildegund einmal allein in ihrem Gemach. Da gestanden sich beide ihre Liebe und gelobten sich die Treue. Und von nun an suchten auch sie die Gelegenheit zur Flucht.

Auf einem Festmahl, zu dem Walther das Königspaar und die hunnischen Fürsten eingeladen hatte, setzte er seinen Gästen so viel schweren Wein vor, daß bald alle Hunnen in tiefen Schlaf sanken. Währenddessen hatte Hildegund auf Walthers Geheiß zwei große Kästen mit goldenen Armringen und Edelsteinen aus der Schatzkammer gefüllt und sich zur Flucht aus Etzels Burg gerüstet.

Walther hängte beide Kästen seinem starken Roß, das Hildegund führte, über den Rücken. In der Hand trug sie Angel und Leimrute, die ihnen auf dem langen Wege die Nahrung liefern sollten. Heimlich verließen die beiden den Königspalast. Walther, der Etzels kostbare Rüstung angelegt hatte, schritt voraus. Und so gefürchtet war der junge Held unter den Hunnen, daß keiner von ihnen den Flüchtigen nachzureiten wagte.

Durch einsame Wälder führte der Weg das Paar dem fernen Ziel entgegen. Vom Wildbret, das der Recke erlegte, und von Fischen fristeten Walther und Hildegund das Leben. Nach vierzig Tagen gelangten sie auf ihrer Flucht endlich an den Rhein und in die Nähe von Worms. Dem Fährmann, der sie übersetzte, gab Walther zur Entlohnung zwei Fische, die er unterwegs gefangen hatte.

Anderntags verkaufte der Mann die Fische am Königshofe zu Worms, und verwundert über die seltsame Speise fragte König Gunther beim Mahle nach der Herkunft der fremdartigen Fische. So erfuhr er von dem stolzen Recken und der schönen Jungfrau, die der Fährmann übergesetzt hatte. »Bei jedem Tritt des Rosses«, erzählte der Ferge, »erklang es in den Truhen wie von Gold und Edelsteinen!«

»Das kann nur mein Blutsbruder Walther sein, der aus dem Hunnenlande mit Hildegund in die Heimat zurückkehrt«, rief Hagen froh, als er das hörte. Kö-

nig Gunther aber empfand eine Freude anderer Art. »Nun ist durch Schicksalsfügung der Schatz, den mein Vater einst ins Hunnenland gesandt hat, in mein Reich zurückgekehrt!« rief er, und sogleich wählte er zwölf seiner Recken aus, die ihm helfen sollten, dem Heimkehrer das Gold abzujagen. Vergeblich riet Hagen ab und warnte vor Walthers Reckenkraft; voller Betrübnis zog er mit aus zum Kampf gegen seinen alten Waffengefährten.

Unterdessen war Walther in den wilden Wasgenwald gelangt, der jenseits des Rheins liegt. Am Wasgenstein, in einer Schlucht, die so eng war, daß nicht zwei nebeneinander reiten konnten, gedachte er zu rasten. Auf der langen Flucht hatte Walther nie anders geschlafen als gewappnet und gestützt auf seinen Schild. Jetzt tat er die Rüstung ab und legte sein Haupt in Hildegunds Schoß, und die Jungfrau wachte für ihn.

Doch schon nach kurzer Zeit mußte sie seinen Schlaf stören; denn in der Ferne bemerkte sie eine Staubwolke und den blinkenden Schein von Waffen. Schnell legte Walther seine Waffenrüstung wieder an und trat vor den Eingang der Felsenschlucht.

Gunther folgte Hagens Rat und schickte zunächst einen Boten hinüber, ließ nach Namen und Weg fragen und an den jungen Recken die Forderung stellen, den Schatz freiwillig herauszugeben. Vergebens bot Walther hundert Goldringe und noch weitere hundert als Lösegeld, Gunther forderte den ganzen Schatz. Da ergrimmte Walther und tötete den Boten.

So kam es zum Kampf. In der engen Schlucht mußte einer nach dem andern gegen Walther anreiten; doch niemand war seiner Heldenkraft gewachsen. Alle elf Streiter aus König Gunthers Gefolge erschlug Walther mit dem Schwert.

Da wandte sich Gunther in seinem Zorn an Hagen, der sich vom Kampfe gegen seinen alten Waffenfreund ferngehalten hatte. Erst als der von Tronje vernahm, daß sein eigener Neffe von Walther erschlagen sei, war er zum Kampfe bereit.

»Wir müssen ihn aus der schützenden Schlucht hervorlocken«, sagte er, und so ritt er mit Gunther fort, um sich mit ihm auf die Lauer zu legen.

Unterdessen war es Abend geworden. »In Worms soll man mir nicht nachsagen, ich sei wie ein Dieb in der Nacht entwichen«, stieß Walther grimmig hervor, legte einen Zaun von Dornen vor den Eingang der Schlucht und halfterte die erbeuteten Rosse an. Todmüde nach dem schweren Kampfe warf sich der Recke auf seinen Schild, und Hildegund wachte über seinen Schlaf. Nachdem Walther sich ausgeruht hatte, übernahm er die Wache für den Rest der Nacht.

Als der Morgen dämmerte, belud er vier der erbeuteten Rosse mit den Waffenrüstungen der Erschlagenen, hob Hildegund auf das fünfte und ritt mit ihr davon. Aber sie waren noch nicht weit vom Wasgenstein entfernt, als sie Gunther und Hagen heranstürmen sahen. »Reite in den Wald«, gebot der Held der verängstigten Hildegund und gab ihr das Roß mit, das die Goldschreine aus dem Hunnenlande trug. Dann stellte er sich den beiden Angreifern zum Kampf.

Traurig sah Walther seinen alten Blutsbruder gegen sich anreiten, und auch Hagen ging schweren Herzens in diesen Streit; doch er mußte seinem König Folge leisten. Mehr als sieben Stunden währte nun der ungleiche Kampf, den Walther gegen die beiden Helden zu bestehen hatte. Schließlich schleuderte er seinen Speer mit unwiderstehlicher Gewalt auf Hagen, und gleich darauf stürzte er sich mit dem Schwert auf Gunther und schlug ihm das Bein von der Hüfte. Schon wollte er zum Todesstreich ausholen, da warf Hagen sich vor seinen König. In dem wütenden Schlagwechsel zersprang Walthers Schwert, und Hagen traf ihn am rechten Arm. Mit der Linken griff Walther zu seinem krummen Hunnenschwert und schlug dem Tronjer ein Auge und sechs Zähne aus.

Da waren die drei grimmigen Recken kampfesmüde und ließen die Waffen ruhen, gemeinsam verbanden Hagen und Walther den schwerverwundeten Gunther. Hildegund, die herbeigeeilt war, reichte ihnen Wein zur Stärkung. Die Kämpfer schlossen Frieden miteinander, und Walther und Hagen erneuerten bei labendem Trunk und grimmigen Scherzen die alte Waffenbrüderschaft, bevor sie sich trennten. Gunther und Hagen kehrten in die Königsstadt am Rhein zurück, während Walther sich nach Süden wandte.

Bald nach der Rückkehr in die Heimat feierte Walther Hochzeit mit der schönen Hildegund, und nach seines Vaters Tode lenkte er sein Volk noch viele Jahre als König von Aquitanien mit Weisheit und Kraft.

Dietrich von Bern

In den Zeiten, da Germanen als die Herren im Römerreich lebten, regierte in der Stadt Verona, die auch Bern genannt wurde, der mächtige Gotenkönig Dietrich. Er hatte sein Reich als Vatererbe von König Dietmar übernommen und war von Hildebrand, einem tapferen Recken, erzogen und in allen Tugenden des Kampfes wohl unterwiesen worden. Schon bei Dietrichs Geburt war geweissagt worden, daß er zu großen Taten berufen sei. Als Zeichen der Wahrheit dieses Spruches sollte Feuer aus seinem Munde sprühen, sobald er zornig werde. Als diese Vorhersage wirklich eintraf, glaubten alle an Dietrichs künftigen Ruhm.

Mit dem alten Waffenmeister Hildebrand zog der junge Recke auf Abenteuer aus und bewährte sich im Kampfe mit Grim und Hilde, einem räuberischen Riesenpaar, das im Lande ringsum Schrecken verbreitete. Als unüberwindliche Waffe trug der junge Held seither das herrliche Schwert Nagelring, das kunstfertige Zwerge geschmiedet hatten.

Seit Dietrich den Thron seines Vaters übernommen hatte, kamen von weither tapfere Helden nach Bern, um dem König als Gefolgsleute zu dienen;

denn sein Ruhm war weit über die Grenzen des Landes gedrungen. Da war der starke Heime, der sich nicht eher zum Waffendienst bereit erklärte, als bis er Dietrichs Überlegenheit im Kampfe anerkennen mußte. Auch der kühne Witege wurde Dietrichs Gefolgsmann, obwohl er sich mit seinem kostbaren Schwerte Mimung, das sein Vater, Wieland der Schmied, ihm vererbt hatte, stärker als der Berner gezeigt hatte.

Noch andere Helden kamen nach Bern, um sich mit Dietrich im Kampfe zu messen. Unter ihnen war der Riese Ecke, der Gesittung und Lebensweise der Menschen angenommen hatte und bestrebt war, Ruhm und Ehre zu erwerben. Drei königliche Jungfrauen, von denen eine ihm ihre Hand versprochen hatte, wenn er den mächtigen Berner bezwinge und ihr zuführe, hatten ihn zum Kampfe aufgestachelt.

Ecke fand seinen Gegner nicht in Bern und ruhte nicht, bis er ihn zu später Nachtstunde im Walde traf. Trotz der Dunkelheit mußte Dietrich sich zum Kampfe stellen, und so heftig folgte nun Streich auf Gegenstreich, daß das Feuer, das sie aus ihren Helmen schlugen, weithin leuchtete. Endlich gelang es dem Berner, den Riesen zu Boden zu zwingen, und da Ecke eher sterben als sich gefangen geben wollte, mußte Dietrich ihn töten.

Traurig bestattete Dietrich den tapferen Gegner, der ihn zum Streite gezwungen hatte. Er mußte bald darauf noch weitere schwere Kämpfe bestehen mit Eckes Bruder Fasolt und dem ganzen Riesengeschlechte, das Eckes Tod rächen wollte. Dann zog er zur Burg der drei grausamen Königstöchter, um ihnen das Haupt des toten Ecke zu bringen, den sie ins Verderben getrieben hatten.

Als Wohltäter der Bedrängten lebte Dietrich zu Bern, niemand bat ihn vergebens um Hilfe, und weithin verbreitete sich der Ruhm seiner Taten.

Eines Tages berichtete der alte Hildebrand von einem Zwergenvolk, das tief im Innern der Berge hause und dessen König Laurin, obwohl nur drei Spannen groß, so stark sei, daß niemand ihm widerstehen könne. »Er besitzt in Tirol einen Rosengarten mit goldener Pforte«, sprach der kundige Waffenmeister, »und statt der Mauer umspannt ihn ein Seidenfaden. Wer diesen zu zerreißen wagt, den läßt Laurin furchtbare Rache spüren, denn er nimmt dem Frevler Hand und Fuß als Pfand.«

Da beschloß Dietrich, sogleich mit seinen Mannen aufzubrechen, um sich mit dem Zwergenkönig Laurin im Kampfe zu messen. Sie kamen nach Tirol und fanden auch den Rosengarten, die Rosen dufteten ihnen entgegen, als sie aus dem Walde traten. Witege war der erste, der in den Garten einbrach und unbekümmert die Rosen zerstampfte. In wildem Zorn stürmte der Zwerg Laurin, mit Speer und Schwert gewaffnet, heran, und der Held hätte sich des Zwerges nicht erwehren können, wenn nicht Dietrich ihm zu Hilfe gekommen wäre.

»Schlagt mit dem Schwertknaufe drein!« riet Hildebrand seinem Herrn. Doch der Zwergenkönig zog seine Tarnkappe hervor und streifte sie über. Unsichtbar für den Gegner, ließ er nun Schlag auf Schlag auf den Berner niedersausen und bedrängte ihn hart. »Faßt ihn um den Leib und entreißt ihm den Gürtel!« rief der alte Waffenmeister in der höchsten Not, und Dietrich folgte, wie immer, seinem Rat. So gelang es ihm, den furchtbaren Gegner, dem der Gürtel die Stärke von zwölf Männern verliehen hatte, zu Boden zu zwingen.

Da bat Laurin um Gnade, die ihm auch gewährt wurde, und als er die Recken in sein Reich einlud, folgten sie ihm in das Innere des Berges. Fröhliches Leben herrschte in König Laurins Reich. Die Gäste wurden bewirtet und mit allerlei Kurzweil, mit Gesang und Tanz und ritterlichen Kampfspielen, die das Zwergenvolk zeigte, unterhalten.

Laurin aber hatte die Rache nicht vergessen, die er im stillen den Recken geschworen hatte. Mit einem betäubenden Trank senkte er sie alle in tiefen Schlaf; dann ließ er die Wehrlosen fesseln und in einen finsteren Kerker werfen.

Über solchen Verrat geriet Dietrich, als er aus dem Zauberschlaf erwachte, in unbändigen Zorn. Flammen sprühten aus seinem Munde und verbrannten die Fesseln. So ward er frei und konnte die Bande seiner Gefährten lösen. Den Kerker

vermochten die Helden jedoch nicht zu öffnen. Dietrichs Waffengefährte Dietleib, dessen Schwester Künhild König Laurin in den Berg entführt hatte, um sich mit ihr zu vermählen, lag in einer besonderen Kammer gefangen. Künhild, die nichts sehnlicher wünschte, als Laurins Reich zu verlassen, befreite den Bruder und trug ihm Waffen zu. Dann half Dietleib dem König Dietrich und seinen Mannen aus ihrer Haft heraus.

Vergeblich rüsteten sich die Zwerge zu Tausenden, sie erlagen der Kraft der Helden, König Laurin wurde gefangengenommen, und Dietrich gedachte, ihn wegen seiner Treulosigkeit zu töten. Aber Künhild, Dietleib und Hildebrand baten für ihn, so daß Dietrich ihm Gnade gewährte. Er führte den Zwergenkönig mit sich nach Bern. Später versöhnte sich Dietrich mit Laurin und ließ ihn in den Berg zurückkehren.

Die Schlacht vor Raben

Im Streite um das Vatererbe war Dietrich vor seinem Oheim Ermenrich aus dem Lande gewichen und hatte an König Etzels Hof gastfreie Aufnahme gefunden. »Ich werde dir einst helfen, dein Reich zurückzuerobern«, versprach ihm der Hunnenkönig, und Dietrich dankte ihm die Gastfreundschaft, indem er Etzel auf seinen Kriegsfahrten begleitete und ihm im Kampfe tapfer zur Seite stand.

Als das Heer sich nun zum Rachezug rüstete, um Dietrich die Herrschaft zurückzugewinnen, ließen Etzels zwei Söhne nicht ab zu bitten, man möge sie doch mitreisen lassen. Ihre Mutter wollte nicht zustimmen, denn sie hatte geträumt, ein Drache habe die beiden Jünglinge entführt und vor ihren Augen zerrissen. Da bat Dietrich, die unerfahrenen Knaben seiner Hut anzuvertrauen: »Ich werde treu auf eure beiden Söhne achtgeben«, versprach Dietrich den Eltern. So gab Etzel nach, weil auch Königin Helche Dietrichs Worten vertraute, und ließ sie ziehen.

Als der heimkehrende Dietrich die Grenzen seines Landes überschritt, zeigte es sich, daß die Heimat ihn nicht vergessen hatte. Seine Königsstadt Bern öffnete ihm willig die Tore, und viele Getreue scharten sich um ihn. Man rüstete sich zum Kampfe gegen Ermenrich, der sich bei der Stadt Raben mit seinem Heer zur Entscheidung stellte.

Etzels Söhne, Ort und Scharf, dazu seinen jungen Bruder Dieter hatte Dietrich dem kühnen Elsan anvertraut. Mit seinem Leben mußte dieser dafür bürgen, sie nicht vor die Stadt ziehen zu lassen. Doch heimlich übertraten die kühnen Jünglinge das Verbot und ritten ohne Elsan davon. Ohne es zu wissen, gerieten sie auf die Straße nach Raben. Vor dieser Stadt stießen sie auf den starken Witege, der einst Dietrichs Gefolgsmann gewesen und in Ermenrichs Dienst getreten war.

»Wir müssen unsern Herrn Dietrich an dem Verräter rächen!« riefen die drei Jünglinge voller Kampfeseifer und drangen auf den Helden ein. Vergeblich mahnte Witege sie, vom Streite abzulassen, da sie ihn doch nicht bestehen könnten. Er mußte sich jedoch ihres Ungestüms erwehren und erschlug mit Mimung, seinem guten Schwerte, König Etzels beide Söhne, sodann auch Dieter, den jungen Bruder des Berners.

Während Dieter und die Etzelsöhne mit Witege kämpften und sich ihr Schicksal vollzog, entbrannte vor der Stadt Raben eine schwere Schlacht zwischen den Mannen Dietrichs und König Ermenrichs. Lange Zeit tobte der Kampf hin und her. Dann gelang es Dietrich und seinen Recken, den Widerstand von Ermenrichs Scharen zu brechen. Der harterkämpfte Sieg hatte schwere Opfer gekostet. Viele Erschlagene und Verwundete lagen in ihrem Blute, und Dietrich befahl, die Verwundeten zu pflegen und die Toten zu bestatten.

Da sah er, wie eben Elsan auf die Walstatt geritten kam. Dietrich fragte sogleich nach den Jünglingen, die er dem Schutz des Recken anvertraut hatte. Er erfuhr, Schlimmes fürchtend, Elsan habe sie aus den Augen verloren, und bald darauf kamen Boten, die meldeten, Dieter und die Söhne Etzels lägen erschlagen auf der Heide.

»Habe ich sie dir, Elsan, nicht auf Leben und Tod übergeben?« rief Dietrich klagend aus. Dann übermannte ihn der Zorn, und er erschlug Elsan auf der Stelle. Als er die Toten fand und ihre Wunden untersuchte, erkannte er den Täter. Nur das Schwert Mimung schlug solche Wunden, und Witege war es, der dieses Schwert führte. Das Verlangen, den Tod der Jünglinge zu rächen, wurde übermächtig in ihm. Aber wo sollte er den Mörder finden?

Der treue Rüdeger von Bechelaren, dessen junger Sohn in der Rabenschlacht gefallen war, hatte Dietrich zur Todesstätte begleitet. Er war es auch, der Witege und seinen Neffen Rienold über die Heide reiten sah.

Dietrich nahm sofort die Verfolgung auf, als beide vor dem berserkerhaft wütenden Feinde flohen. Schließlich stellte sich der junge Rienold Dietrich entgegen und griff ihn mutig an. Er konnte jedoch Dietrichs rasendem Zorn nicht widerstehen und fiel nach kurzem Kampfe.

Witege, von furchtbarem Schrecken erfüllt, vergaß das Gebot der Ehre und suchte das Heil in der Flucht, auf die Schnelligkeit seines Pferdes vertrauend.

Aber der Abstand zwischen Witege und seinem Verfolger wurde immer kleiner, und da der Fliehende die Richtung auf das Meer zu nahm, hoffte Dietrich ihn am Strande zum Kampfe zu stellen. Schon verzweifelte Witege selbst an der Rettung, da erhob sich aus den Fluten eine Meerfrau, seine Urahne Waghild, die den letzten Sproß ihres Geschlechtes samt seinem Roß mit sich in die Tiefe zog. Vergeblich harrte Dietrich lange am Strande, in der Hoffnung, der Feind werde wieder auftauchen. Aber nichts zeigte sich über der weiten Flut, und Dietrich mußte erkennen, daß Witege seiner Rache für immer entzogen war.

Trotz des Sieges über Ermenrich blieb Dietrich bei den harten Verlusten seines Heeres nichts anderes übrig, als an Etzels Hof zurückzukehren. Durfte er aber wagen, nach dem Tode der Königssöhne, für deren Leben er sich verbürgt hatte, vor König Etzel und Königin Helche hinzutreten? In dieser Not bat er Rüdeger von Bechelaren um Beistand, und der wackere Kampfgenosse übernahm es, das hunnische Hilfsheer zurückzuführen und die Verzeihung des Königspaares zu erwirken.

Noch bevor er eintraf, erschienen die herrenlosen Rosse der beiden Königssöhne vor dem Palast. Sie hatten allein den Weg in die Heimat gefunden. Die blutigen Sättel kündeten von unheilvollem Geschehen.

Der Schmerz übermannte Etzel und Helche, als sie durch Rüdeger über das Schicksal der Söhne Gewißheit erlangten. Den Zorn des Königspaares über Dietrichs Wortbruch wußte Rüdeger jedoch zu besänftigen, indem er auf die unglückselige Fügung hinwies, die das Zusammentreffen der Jünglinge mit Witege bewirkt hatte.

Als Dietrich bald darauf vor Etzel und Helche erschien, neigte er sich bis zur Erde und bat, der König möge sein Leid an ihm rächen und ihn töten. Da Helche die Erniedrigung des Helden sah, brach sie in Tränen aus. König Etzel aber nannte ihn schuldlos und versicherte ihn seiner Huld. Lange Jahre lebte Dietrich noch an Etzels Hof, wegen seiner Tapferkeit und seines klugen Rates hoch geehrt und geachtet. Als Etzel nach Frau Helches Tod die schöne Kriemhild als Gattin heimführte und diese, voll Rachedurst gegen Sigfrids Mörder, die Burgunden ins Land lockte, um sie zu verderben, war es Dietrich, der König Gunther und den starken Hagen von Tronje im letzten Kampf überwand.

Nach dem Untergang der Burgunden war das Leben an Etzels Hofe grau und trostlos geworden. Etzels Lebensmut war gebrochen. Seine besten Mannen, unter ihnen Markgraf Rüdeger, waren im Kampfe gegen die Burgunden gefallen. Der einzige Sohn aus der Ehe mit Kriemhild hatte durch Hagens Schwert den Tod gefunden. Dietrich hielt nichts mehr im Hunnenlande zurück.

Er verließ Etzels Hof, um die Herrschaft in Bern zu übernehmen. Den alten Hildebrand, seinen getreuen Waffenmeister, schickte er voraus. An der Landesgrenze trat Hildebrand ein wehrhafter Recke entgegen; der Alte erkannte ihn nicht. Drohende Reden flogen hin und her, und bald ritten die beiden Kämpfer erbittert aufeinander los. Die Speere zersplitterten, die Schilde krachten, die Rekken sprangen von den Pferden und begannen den Schwertkampf. Keiner konnte den andern überwinden, und schließlich wurden sie so müde, daß sie rasten mußten.

»Nenne mir deinen Namen und gib deine Waffen heraus!« rief Hildebrands Gegner zornig. Der Alte lachte höhnisch und verlangte von dem andern das gleiche. Da griffen beide wieder zum Schwerte und hieben aufeinander ein, bis ihnen die Kräfte schwanden.

Schließlich schlug Hildebrand dem jungen Recken mit seinem Schwerte eine schwere Wunde, und endlich schien sich dieser besiegt zu bekennen. »Hier, nimm mein Schwert, denn du bist stärker als ich«, sagte er und reichte es dem Alten. Doch als Hildebrand danach griff, schlug der Junge zu. »Diesen Schlag lehrte dich ein Weib!« schrie der Alte voller Zorn und drang auf den andern ein. Er warf ihn zu Boden und richtete das Schwert dem Liegenden auf die Brust, dann nannte er ihm seinen Namen. Nun gab auch der Unterlegene den eigenen preis: Es war Hadubrand, Hildebrands Sohn.

Da warf der Alte das Schwert von sich, schloß den Sohn voller Freude in die Arme und küßte ihn unter Tränen. Gemeinsam ritten sie zu Frau Ute. Die wunderte sich über den fremden Gast. »Ich bringe dir meinen Vater Hildebrand«, sagte Hadubrand. Da umarmte Ute den Gatten, den sie über drei Jahrzehnte nicht gesehen hatte.

Nur kurze Zeit rasteten Vater und Sohn, dann ritten sie zusammen nach Bern an König Dietrichs Hof. Ermenrich, der ihm so lange die Herrschaft streitig gemacht hatte, war im Kampfe gefallen, und nun endlich konnte Dietrich sich in Rom, der Ewigen Stadt, mit der Königskrone schmücken lassen, die ihm rechtmäßig zustand. Die lange Zeit der Trennung von der Heimat hatte ihn erfahren und weise gemacht.

Viele Jahre trug der Gotenkönig in strahlendem Ruhm die Krone auf dem Haupte, und alles Volk verehrte seine Macht und seine Gerechtigkeit, seine Milde und wahre Mannestugend.

Sigfrid und Kriemhild

Am Hofe zu Worms

Im Lande der Burgunden zu Worms am Rhein herrschte König Gunther mit seinen Brüdern Gernot und Giselher, sie hatten eine Schwester namens Kriemhild, die mit ihrer Mutter Ute am Hofe lebte. Viele Helden warben um die schöne Kriemhild; doch sie wies alle ab, weil sie durch Liebe niemals Leid erfahren wollte, wie ihr ein Traum verkündet hatte.

Damals lebte zu Xanten am Niederrhein Sigfrid, der Sohn des Königs Sigmund. Schon in früher Jugend hatte der junge Held sich durch Kühnheit und Kraft Tatenruhm erworben. Einen giftigen Drachen hatte er im Kampfe besiegt, und als er sich in dessen Blute badete, war seine Haut hörnern geworden, so daß keine Waffe ihn verwunden konnte. Dem Zwergenvolke der Nibelungen hatte er einen unermeßlichen Schatz an Gold und Edelsteinen abgewonnen, und in diesem Kampfe hatte er auch eine Tarnkappe erbeutet, die ihn unsichtbar machte, dazu das herrliche Schwert Balmung.

Als Sigfrid nun von der schönen Kriemhild hörte, hielt es ihn nicht länger mehr an des Vaters Hof. Mit zwölf seiner Kampfgefährten zog er nach Worms am Rhein, um die liebliche Jungfrau zum Weibe zu gewinnen.

Als sie vor die Königsburg kamen, erkannte niemand in Gunthers Gefolge weder die Mannen noch ihren Führer. Da ließ König Gunther den weitgereisten Hagen kommen, doch auch der wußte nicht, wer die Ankömmlinge seien. »Ich möchte wohl glauben, daß es Sigfrid ist«, meinte er schließlich, »der Held aus Niederland, der die Söhne des Zwergenkönigs Nibelung erschlagen hat und den Nibelungenhort besitzt. Ich rate, wir sollten ihn gut empfangen.«

In Ehren nahm man die Gäste auf, und Sigfrid blieb ein ganzes Jahr am Hofe zu Worms. Doch die Jungfrau, um deretwillen er gekommen war, bekam er nicht zu Gesicht. Kriemhild aber blickte oft heimlich aus dem Fenster ihres Gemachs, wenn die Recken auf dem Burghofe ihre Kampfspiele trieben, und lobte in vertrautem Kreise den herrlichen Helden.

Sigfrid war gern gesehen bei jedermann am Burgundenhofe, und die Gastfreundschaft, die man ihm erwies, entgalt er nach Reckenart, indem er dem König auf seinen Kriegszügen Beistand leistete. Als die Könige von Sachsen und Dänemark das Land der Burgunden bedrohten, verdankte Gunther seinen Sieg allein seinem starken Gast vom Niederrhein, der beide feindlichen Könige nach heißem Zweikampf gefangennahm.

Als Gunther nach Sigfrids Rückkehr ein prächtiges Fest zur Feier des Sieges veranstaltete, war auch Kriemhild anwesend. Zum erstenmal sah Sigfrid die schöne Jungfrau, der sein ganzes Sehnen galt. Als sie an der Hand ihrer Mutter, der Königin Ute, geleitet von ihren Jungfrauen und hundert Mannen, in den Festsaal trat, verneigte sich Sigfrid in tiefer Ehrerbietung vor den Frauen. Nie in seinem Leben hatte Sigfrid solche Freude empfunden wie in diesem Augenblick, da er Kriemhild an seiner Hand führen durfte und mit ihr durch den Palast schritt.

Die Fahrt nach Island

Fern über der grauen See, auf der Insel Island, wohnte die schöne Königin Brunhild. Viele begehrten ihre Liebe und warben um sie, doch Brunhild stellte harte Bedingungen. Wer sich mit ihr vermählen wollte, mußte sie dreifach besiegen: im Speerwurf, im Steinschleudern und im Sprung. Wer auch nur in einem dieser Wettkämpfe unterlag, hatte sein Leben verwirkt.

König Gunther wünschte nichts sehnlicher, als die begehrenswerte Königin zum Weibe zu gewinnen. »Wenn du mir beistehst, sie zu erringen«, sagte er zu Sigfrid, »so werde auch ich Leben und Ehre für dich wagen.« Da antwortete Sigfrid: »Die Fahrt zur Königin Brunhild will ich mit dir wagen, wenn du mir deine Schwester Kriemhild zum Weibe gibst. Anderen Lohn begehre ich nicht!« Da gelobte ihm Gunther die schöne Kriemhild zur Frau, wenn Brunhild als Königin ins Burgundenland einzöge.

Nur der starke Hagen und sein Bruder Dankwart fuhren als Begleiter mit, als Gunther und Sigfrid das Schiff bestiegen, das sie von Worms den Rhein hinab zu Brunhilds Burg Isenstein führen sollte. Zwölf lange Tage und Nächte fuhren die Weggefährten über See. Als sie endlich an Land gingen, führte Sigfrid des Königs Roß am Zügel, damit man ihn für Gunthers Lehnsmann halte. Sie bestiegen ihre Rosse und ritten, in schwarzen Rüstungen und in prächtiger Wehr, zur Burg. Die Tore wurden ihnen weit aufgetan,und Brunhilds Mannen eilten ihnen entgegen, sie zu empfangen.

Brunhild hieß sie freundlich willkommen. Den kühnen Sigfrid, den sie bereits kannte, begrüßte sie vor König Gunther.

Am nächsten Tage begannen die Kampfspiele. Gunther war nicht stark genug, die schweren Waffen, die Brunhild ihm reichen ließ, zu führen; doch Sigfrid, unsichtbar durch seine Tarnkappe, übernahm den Wettkampf, während Gunther zum Schein die Gebärden ausführte. Mit übermenschlicher Kraft faßte Brunhild den Schild, den vier Männer in die Kampfbahn getragen hatten, nahm den schweren Wurfspeer und schleuderte ihn auf ihren Gegner. Die Waffe drang durch den Schild, so daß Gunther strauchelte und Sigfrid das Blut aus dem Munde brach. Trotzdem ermannte sich Sigfrid sogleich, er faßte den Speer und warf ihn mit solcher Wucht zurück, daß Brunhild zu Boden stürzte.

Doch schnell sprang Brunhild wieder auf die Füße, sie ergriff einen mächtigen Stein und schleuderte ihn an die zwölf Klafter weit, und in voller Waffenrüstung sprang sie über den Wurf hinaus. Doch wieder zeigte sich Sigfrid, unter der

Tarnkappe verborgen, ihr überlegen. Er warf den Stein noch weiter als Brunhild und sprang über das Ziel hinaus. Durch die Tarnkappe hatte er die Kraft, König Gunther dabei mit sich zu tragen. Da mußte Brunhild sich besiegt bekennen. »Tretet herzu, ihr Mannen«, gebot sie ihren Recken, »und huldigt eurem neuen Herrn!«

So konnte Gunther die stolze Brunhild als seine Gemahlin heimführen, und mit großem Prunk wurde zu Worms die Doppelhochzeit gefeiert. Aber als Brunhild die liebliche Kriemhild beim festlichen Mahle an Sigfrids Seite sitzen sah, vergoß sie bittere Tränen.

»Es betrübt mich sehr«, versetzte sie auf Gunthers Frage, »daß du deine Schwester einem deiner Dienstmannen zur Frau gegeben hast!«

Vergeblich suchte der König sie zu beschwichtigen. Aber nicht eher wollte sie ihm als Gattin angehören, als bis sie genau wußte, wie alles sich zugetragen hatte. Als Gunther am Abend sein Weib umarmen wollte, wehrte sich Brunhild, fesselte ihm mit ihrem Gürtel Füße und Hände und hängte den Wehrlosen an einen starken Nagel hoch an der Wand. Dort mußte er bleiben bis in die Morgenstunden.

Tags darauf erfuhr Sigfrid von der unwürdigen Behandlung, die Gunther hatte auf sich nehmen müssen. »Ich werde dir helfen«, versprach er dem Freunde, und mit Hilfe seiner Tarnkappe stand er Gunther bei, die Widerstrebende zu bezwingen. Er nahm Brunhilds Gürtel und einen Ring, den er ihr heimlich vom Finger zog, mit sich, als er sie verließ.

Nicht lange danach zog Sigfrid mit Kriemhild, seinem jungen Weibe, in seine Heimat nach Xanten am Niederrhein und bestieg den Thron seines Vaters Sigmund.

Der Streit der Königinnen

Zehn Jahre gingen ins Land, Brunhild aber sann über vieles nach.

»Warum leistet Sigfrid, der doch dein Lehnsmann ist, dir keine Dienste?« fragte Brunhild ihren Gatten immer wieder. »Warum weilt er ständig in der Ferne und stellt sich niemals an deinem Hofe ein?« Vergeblich suchte Gunther Ausflüchte. Um ihren Willen dennoch durchzusetzen, überredete sie den königlichen Gemahl, zur nächsten Sonnenwende ein großes Fest zu bereiten.

Auch Sigfrid und Kriemhild, begleitet von dem greisen Sigmund, folgten der Einladung König Gunthers, zusammen mit vielen Recken ihres Landes. Trotz der Festesfreude aber, die alle erfüllte, sah Brunhild voll Neid auf Sigfrids und Kriemhilds großes Gefolge, und sie wunderte sich, daß ein Lehnsmann König Gunthers zu so großem Ansehen gelangen könne. Unwillig hörte sie Kriemhilds Worte, als beide Königinnen am elften Tage vor dem Vespergottesdienst zusammensaßen.

»Sieh doch nur«, rief Kriemhild glücklich, »wie herrlich Sigfrid vor allen Helden einherschreitet und wie niemand ihm im Kampfe ebenbürtig ist!«

»Er ist doch nur meines Gatten Eigenmann«, unterbrach Brunhild sie, »und deshalb mußt du Gunther den Vorrang geben!«

Kriemhild wollte solchen Vorwurf nicht gelten lassen; immer heftiger wurde der Wortstreit, und die Frauen trennten sich im Zorn. Als die Stunde des Gottesdienstes gekommen war, ging jede der beiden Königinnen, die sonst stets einträchtig beisammen gesehen wurden, allein mit ihren Jungfrauen zum Münster.

»Bleib stehen, Kriemhild!« rief Brunhild scharf. »Ich habe den Vortritt! Die Frau eines Dienstmannes darf niemals vor ihres Königs Gattin gehen!«

Da entbrannte wilder Haß in Kriemhilds Herzen. Sie warf Brunhild vor, nicht Gunther, sondern Sigfrid habe sie bezwungen. In bitteren Tränen stand Brunhild da, während Kriemhild erhobenen Hauptes an ihr vorbei ins Münster schritt.

Nach dem Messedienst verlangte die tiefgekränkte Königin Beweise für Kriemhilds beleidigende Worte. Da zeigte diese ihr Gürtel und Ring, die Sigfrid ihr in der Nacht der Vermählung genommen hatte. Hagen von Tronje aber, der Brunhild weinen sah, suchte seine Herrin zu beruhigen und gelobte, die bittere Schmach, die ihr angetan war, an Sigfrid zu rächen, der das Geheimnis von Gunthers Brautwerbung an seine Gattin preisgegeben hatte.

Falsche Boten, die man bestellt hatte, erschienen in Worms, um neuen Krieg der Dänen und Sachsen anzusagen. Sofort erbot sich Sigfrid, mit den Burgunden in den Kampf zu ziehen.

Als das Heer zum Aufbruch bereitstand, begab sich Hagen zu Kriemhild, um Abschied von ihr zu nehmen.

»Laß Sigfrid nicht entgelten, was ich Brunhild angetan habe«, bat ihn die schöne Frau, »längst quält mich die Reue.«

Da versprach Hagen, über Sigfrids Leben in der Schlacht zu wachen.

»An einer Stelle ist er verwundbar«, sagte Kriemhild in arglosem Vertrauen, und sie verriet Hagen, was sonst niemand wußte. Als Sigfrid sich im Blute des erschlagenen Drachen gebadet hatte, war ihm ein Lindenblatt zwischen die Schultern gefallen, so daß er an dieser Stelle verwundbar blieb, weil nur hier seine Haut nicht hörnern geworden war.

Da bat Hagen die Königin, die verwundbare Stelle durch ein auf das Gewand genähtes Kreuz zu bezeichnen, damit er ihren Gatten recht schützen könne.

Sigfrids Tod

Kaum war Sigfrid mit seinen Mannen zum Kampfe ausgezogen, da kamen neue Boten, die den Krieg widerriefen. Nach der Rückkehr an den Hof zu Worms beschloß man, in den Wasgenwald zu ziehen, um eine große Jagd abzuhalten. Unter Tränen nahm Kriemhild Abschied von dem geliebten Gatten. Sie hatte geträumt, wie zwei wilde Eber Sigfrid anfielen und das Gras sich vom Blute rötete. Sigfrid tröstete die schöne Kriemhild mit freundlichen Worten, umarmte und küßte sie und ritt unbekümmert mit dem Gefolge davon.

Auf der Jagd machte Sigfrid von allen die reichste Beute, er fing sogar mit eigener Hand einen Bären und brachte ihn, als das Horn das Ende der Jagd verkündete, lebend und gefesselt zum Sammelplatz.

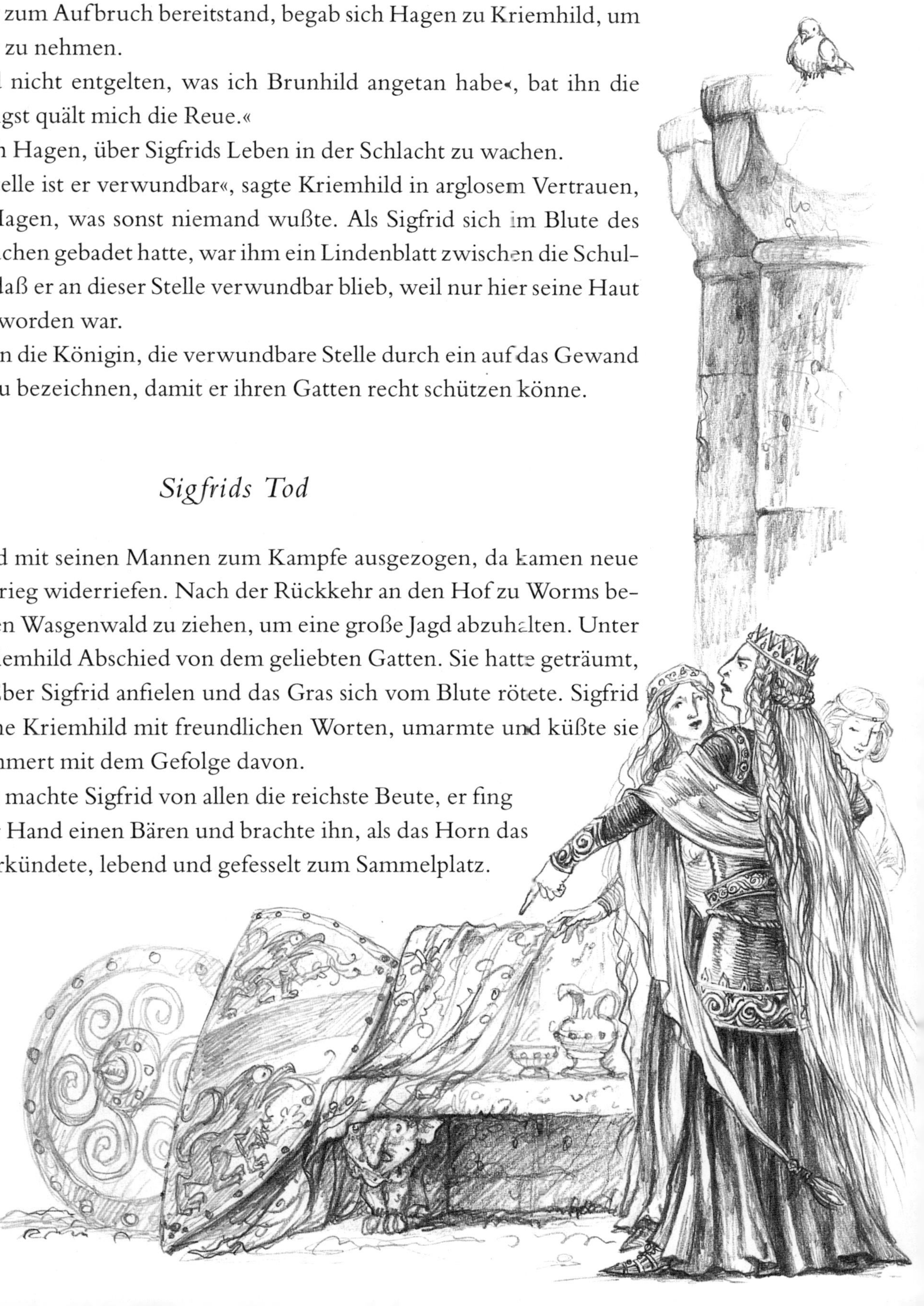

Nach den Mühen der Jagd setzte man sich zum Mahle. Speisen in reicher Auswahl standen bereit, doch es fehlte der Trank. Irrtümlich, so sagte Hagen entschuldigend, sei der Wein in den Spessart geschickt worden. »Doch ich weiß hier ganz in der Nähe eine Quelle, die im Schatten einer Linde liegt«, fuhr er fort. »Wollen wir nicht dorthin um die Wette laufen?«

Gunther und Sigfrid waren einverstanden. Wie Panther liefen sie durch den Klee. Sigfrid trug Wehr und Waffen bei sich, und dennoch erreichte er den Brunnen als erster. Doch er trank nicht vor König Gunther. Dem König ließ er den Vortritt. Dann erst beugte er sich selbst über die Quelle, um seinen Durst zu löschen.

Da ergriff Hagen den Speer, den Sigfrid arglos an die Linde gelehnt hatte, und stieß ihn dem Helden in den Rücken.

Mit Bedacht traf er ihn genau an der Stelle, die Kriemhild durch das aufgenähte Kreuz kenntlich gemacht hatte.

Das Blut sprang sogleich so heftig aus der Wunde, daß auch Hagen befleckt wurde. Da ließ er den Speer im Rücken Sigfrids stecken und wandte sich zur Flucht.

Als Sigfrid die schwere Wunde fühlte, sprang er rasend vor Wut auf und stürzte dem Mörder nach. Hagen floh davon, wie er noch vor keinem Manne gelaufen war. Doch Sigfrid erreichte ihn, und mit dem Schilde – der Tronjer hatte mit Vorbedacht alle Waffen an der Linde entfernt – schlug Sigfrid auf Hagen ein, so daß dieser zu Boden stürzte. Doch dann entwich alle Farbe aus dem Antlitz des todwunden Helden. Seine Kraft verließ ihn, und sterbend sank er ins Gras.

Kriemhilds Trauer

In der Nacht brachte man den erschlagenen Recken über den Rhein nach Worms zurück. Hagen ließ den Leichnam vor Kriemhilds Kammer tragen und dort niederlegen. Als beim Messeläuten in früher Morgenstunde der Kämmerer kam, um Kriemhild auf ihrem Wege zum Münster zu leuchten, entdeckte er als erster den Toten.

»Herrin«, meldete er ihr entsetzt, »draußen liegt ein toter Recke!«

Kriemhild begann sogleich laut zu klagen; denn sie erkannte die grausige Wahrheit, noch ehe sie den erschlagenen Gatten gesehen hatte. Als man ihr den Toten wies, sank sie ohnmächtig zu Boden.

Voller Bestürzung eilte der greise König Sigmund herbei, und bald hallte die Burg wider von der Klage um den herrlichen Helden. Sigfrids Mannen verlangten Rache, und auch König Sigmund war bereit zu kämpfen. Doch Kriemhild bat, von diesem Vorhaben abzustehen und einen besseren Zeitpunkt abzuwarten. Sie wollte nicht, daß Sigfrids Mannen sich gegen die Übermacht der Burgunden nutzlos opferten.

Sigfrids Leichnam wurde im Münster aufgebahrt.

Als Gunther mit Hagen an die Bahre trat, erhob er laute Klage.

»Räuber haben den Helden im Walde erschlagen«, sagte er.

»Wollt Ihr Eure Unschuld beweisen«, erwiderte Kriemhild, »so tretet nahe herzu!«

Gunther folgte der Aufforderung. Doch als Hagen an die Bahre trat, brach die Wunde des Toten auf und begann zu bluten. Jetzt hatte Kriemhild die Bestätigung, wer der Mörder war. Drei Tage und drei Nächte wachte sie an Sigfrids Leiche; aber vergebens hoffte sie, daß der Tod sie zu sich nehmen würde.

Mit großen Ehren wurde Sigfrid zu Grabe getragen. Bevor der Tote ins Grab gesenkt wurde, ließ Kriemhild den Sarg noch einmal öffnen, so schwer fiel ihr die Trennung von dem geliebten Gatten.

Nachdem alles vollbracht war, kehrte König Sigmund in sein verwaistes Königreich zurück. Kriemhild aber blieb in Worms; denn sie wollte täglich am Grabe des geliebten Gatten sein. Jahrelang sprach sie kein Wort mit König Gunther, ihrem Bruder, und Hagen, ihren Feind, sah sie niemals. Erst Gernots und Giselhers Zureden konnten sie bestimmen, mit Gunther Frieden zu schließen.

Auf Gunthers Bitte ließ die Königin später den Nibelungenhort, den Sigfrid einst dem Zwergenkönig abgewonnen und ihr als Morgengabe übereignet hatte, nach Worms bringen. Freigebig teilte Kriemhild nun aus ihrem unermeßlichen Schatz Gaben aus unter die Armen. Da Hagen fürchtete, sie könne dadurch zu großen Anhang im Volke gewinnen, erwirkte er es, daß man ihr die Schlüssel zur Schatzkammer nahm. Kriemhild zürnte sehr und beklagte sich bitter bei ihrem Bruder über die Gewalt, die ihr angetan ward.

Hagen aber nahm entschlossen den Schatz an sich und versenkte ihn in den Rhein.

Kriemhilds Vermählung

Dreizehn Jahre hatte Kriemhild um Sigfrids Tod getrauert. Da erschien eines Tages am Hofe zu Worms der Markgraf Rüdeger von Bechelaren mit prächtigem Geleite und überbrachte eine Botschaft von König Etzel.

»Ich komme von König Etzel aus dem Hunnenlande«, sprach er zu Kriemhild. »Frau Helche ist gestorben, und nun wagt es der mächtige König, um dich, edle Herrin, zu werben. In seinem Namen bitte ich um deine Hand.«

Gunther und auch seinen Brüdern war dieser Antrag hoch willkommen; sie wünschten sehr, ihre schöne Schwester möchte sich dem Leben wieder zuwenden. Nur Hagen erhob Widerspruch und warnte, Kriemhild mit König Etzel zu vermählen; denn er fürchtete, Kriemhild werde ihre neue Macht ausnützen und für das ihr angetane Leid an den Burgunden Rache nehmen.

Lange widerstrebte die schöne Kriemhild der Werbung: »Mir geziemt nur zu weinen und weiter nichts«, sagte sie. Doch als Rüdeger ihr gelobte, jedes Leid, das ihr widerfahre, blutig zu rächen, gab sie nach langem Zögern ihr Jawort zum neuen Ehebund mit König Etzel.

Mit ihrem Gefolge und unter dem Schutze Markgraf Rüdegers zog Kriemhild ins Hunnenland. König Etzel kam ihr bei Tulln entgegen mit allen Rittern, Heiden und Christen, die an seinem Hofe dienten. An einem Pfingsttage wurde in Wien die prunkvolle Hochzeit, die siebzehn Tage währte, gefeiert, und dann fuhr das Paar die Donau hinab in Etzels Reich.

Kriemhild lebte in glücklicher Ehe mit dem mächtigen Hunnenkönig und schenkte ihm bald einen Sohn, der Ortlieb genannt wurde. Aber auch im Glück verließ sie nie der Gedanke an Sigfrids Tod und an die Rache, die sie geschworen hatte. Viele Jahre waren vergangen, da klagte Kriemhild eines Nachts in vertrautem Gespräch ihrem Gatten, daß sie nie ihre Brüder und Verwandten bei sich sehen könne. Gerne versprach König Etzel, ihren Wunsch zu erfüllen. So erschienen denn Etzels Sendboten am Königshofe zu Worms und luden Gunther und seine Mannen auf die nächste Sonnenwende zum Fest an Etzels Hof.

Die Burgunden am Hunnenhofe

Der Tronjer riet ab, der Einladung des Hunnenkönigs zu folgen, da er wußte, daß Kriemhild unversöhnlich war in ihrem Hasse. Doch als ihre Brüder Gernot und der junge Giselher ihm Furcht vorwarfen, erklärte er sich zur Mitfahrt bereit und versprach, ihnen den Weg zu weisen.

Durch Ostfranken ging die lange Fahrt bis an die Donau, sodann durch Baiernland über Passau nach Bechelaren, wo der Markgraf Rüdeger lebte. Mit seiner Hausfrau Gotelind nahm er die Burgunden in herzlicher Gastfreundschaft auf und beschenkte sie reichlich. Giselher, der Junge, verlobte sich mit Dietlind, der lieblichen Tochter des Markgrafen. Rüdeger selbst geleitete mit fünfhundert Mannen die Burgunden zum Feste an den Hunnenhof.

Dietrich von Bern, der an Etzels Hof lebte, ritt mit seinen Recken den Gästen entgegen. Als er Hagen die Hand zum Gruße bot, raunte er ihm zu: »Seid auf der Hut; denn Kriemhild, unsere Königin, weint noch jeden Morgen um Sigfrid!«

Da wußten auch die Brüder Kriemhilds, daß den Burgunden schwere Gefahr drohte.

Trotzig ritten die Burgunden an Etzels Hofe ein. Kriemhild begrüßte zuerst den jungen Giselher, ihren Lieblingsbruder, der als einziger sie umarmte und küßte.

»Habt Ihr mir den Nibelungenhort mitgebracht?« fragte sie Hagen, ohne ihn willkommen zu heißen.

»Ich hatte an Schild und Brünne, an Helm und Schwert genug zu tragen«, versetzte der Held in bitterem Hohn. Und auch als sie ihre Gäste aufforderte, die Waffen abzulegen, gab Hagen ihr höhnische Antwort. Da erkannte sie, daß man die Burgunden gewarnt hatte.

»Wüßte ich, wer es getan hat, der sollte es mir mit dem Tode büßen!« rief sie voller Zorn. Doch ebenso zornig bekannte Dietrich von Bern sich als Warner. Da schämte sich die Königin und schwieg. Denn sie fürchtete Dietrich sehr.

Während die wegmüden burgundischen Recken sich ausruhten, übernahm Hagen von Tronje mit Volker, dem wehrhaften Sänger, die Schildwacht. Die beiden Recken setzten sich Kriemhilds Kemenate gegenüber auf eine Bank. Als die Königin die beiden vom Fenster aus sah, wurde sie durch Hagens Anblick an ihren Kummer gemahnt, und sie flehte Etzels Mannen mit dringenden Bitten an, sie an Hagen zu rächen. Sechzig von ihnen rüsteten sich. »Ihr seid zu wenige!« rief aber Kriemhild. »So leicht ist das Spiel nicht!« Da wappneten sich vierhundert.

Die Krone auf dem Haupt schritt Kriemhild mit dieser Schar vom Saal hinab in den Hof. Hagen legte, als er die Königin daherkommen sah, sein Schwert, an dessen Knauf ein Edelstein glänzte, quer über die Knie. Kriemhild wußte, es war Sigfrids Waffe.

Ohne Furcht saßen die beiden Recken da. Keiner erhob sich, als die Königin vor sie hintrat. Sie fragte Hagen, warum er ungeladen an den Hunnenhof gekommen sei. Doch der finstere Recke blieb ihr die Antwort nicht schuldig: »Drei Könige hat man hierher zu Gaste geladen, das sind meine Herren. Wenn meine Herren ausziehen, so fehle ich nie, und wer sie einlädt, der lädt auch mich ein!«

Da fuhr es aus Kriemhild heraus: »Sagt an, warum habt Ihr die Tat vollbracht, wegen der ich Euch hasse? Ihr habt Sigfrid erschlagen, meinen geliebten, edlen Mann!«

»Genug des Geredes!« rief der grimmige Tronjer. »Ich bin es, Hagen, der ihn erschlagen hat. Mit dieser Hand habe ich es getan. Er mußte entgelten, daß Frau Kriemhild die schöne Brunhild schmähte.«

Furchtlos blickte er sich im Kreise um, als fordere er die Hunnen auf, den Kampf zu beginnen. Doch diese sahen einander an und zogen sich zurück; so sehr fürchteten sie den gewaltigen Helden.

König Etzel wußte nichts von diesem Zusammenstoß und bewirtete die Gäste aus dem Burgundenland am nächsten Tage aufs beste. Zur Nachtruhe ließ er sie in einen weiten Saal führen, wo man ihnen bequeme Lager bereitgestellt hatte. Wieder hielten Hagen und Volker vor dem Hause Wacht. Der schwertgewaltige Sänger nahm seine Fiedel und ließ die Saiten erklingen, daß die Recken im Saale trotz aller Sorgen in erquickenden Schlummer sanken.

Mitten in der Nacht sahen die Wächter vor dem Saal Helme und Waffen im Hofe blinken. Es waren Kriemhilds Mannen, die einen Überfall auf die Schlafenden planten. Doch als sie die Tür in sicherer Hut sahen, kehrten sie wieder um; bittere Scheltworte gab Volker, der Sänger, ihnen mit auf den Weg.

Der Entscheidungskampf

In der Frühe, als die Glocken zur Messe läuteten, riet Hagen seinen Waffengefährten, statt der seidenen Gewänder den Harnisch anzulegen und sich zu wappnen; denn auf Kampf müsse man vorbereitet sein.

Etzel, der immer noch arglos war, fragte, als er die Gäste in Waffen sah, unwillig, ob man ihnen etwa ein Leid zugefügt habe. Da verschwieg Hagen seinen Argwohn. »Meine Herren haben die Sitte«, versetzte er, »bei allen Festen drei Tage gewappnet zu gehen.«

Vergeblich wandte sich Kriemhild, ehe man sich zu Tische setzte, an Dietrich um Hilfe; der edle Held wies es weit von sich, das Gastrecht zu verletzen. Mehr Gehör fand sie bei Etzels Bruder Blödelin, dem sie reichen Lohn versprach. Mit tausend Mannen drang er in das Gästehaus ein, wo Hagens Bruder Dankwart, König Gunthers Marschall, mit seinen Knechten bei Tische saß.

»Endlich können wir an den Burgunden Rache nehmen! Ihr müßt nun entgelten, daß Hagen Sigfrid erschlagen hat«, begann er unvermittelt und drang auf Dankwart ein. Da sprang dieser vom Tische auf und führte einen so schweren Schwertschlag, daß Blödelins Haupt ihm vor die Füße rollte. Ein furchtbarer Kampf hub an. Mehr als die Hälfte der Hunnen fand den Tod. Als Etzels Ritter von Blödelins Tode hörten, wappneten sie sich ohne Wissen des Königs, und nicht eher endete das wütende Morden, als bis alle Knechte der Burgunden tot am Boden lagen. Dankwart allein bahnte sich eine Gasse durch die Hunnenkrieger und gelangte in den Saal, wo die Herren beim Festmahl saßen.

Das blutige Schwert in der Faust, trat er in den Saal: »Alle Ritter und Knechte liegen erschlagen in ihrer Herberge!« rief er laut. Entsetzt vernahmen die Burgunden seine Worte.

»Verwahret die Tür!« rief Hagen, als er den Hergang vernommen hatte, und nun erhob sich ein grausiges Gemetzel. Der Tronjer erschlug Ortlieb, Kriemhilds Sohn, daß sein Haupt in den Schoß der Königin sprang, dazu den Erzieher des Kindes.

Vergeblich mühte sich Gunther mit seinen Brüdern, den Streit zu schlichten; dann mußten sie jedoch Hagen zu Hilfe eilen. In ihrer Not bat Kriemhild den starken Dietrich um Beistand. Doch der wollte nichts als freien Abzug für sich und seine Mannen. Man gewährte ihm die Bitte. Da nahm der Berner die Königin und König Etzel bei der Hand und verließ mit seinen sechshundert Recken den Saal. Auch Markgraf Rüdeger bat, ihn mit seinen Mannen ziehen zu lassen. Das gestand ihm Giselher, der mit des Markgrafen Tochter verlobt war, mit freundlichen Worten zu. Wer dann noch von den Hunnen im Saal verblieb, fand erbarmungslos den Tod. Die Erschlagenen warf man über die Stiege hinab.

Vor dem Hause drängten sich viele bewaffnete Hunnen. Hagen und Volker spotteten über ihre Feigheit. »Etzels Schild voll von rotem Golde biete ich dem als Preis, der mir Hagens Haupt bringt!« rief Kriemhild; doch ihre Worte fanden kein Gehör. Kein Hunne wagte den grimmen Helden zum Kampfe herauszufordern.

Schließlich ließen sich drei Recken, die an Etzels Hof dienten, überreden. Es waren Hawart von Dänemark, sein Markgraf Iring und der Landgraf Irnfried von Thüringen. Aber alle drei erlagen nacheinander dem Schwert der Burgunden.

Dann wurde es still im Saale. Auf den Toten sitzend, suchten die Burgunden Ruhe nach dem furchtbaren Kampf. Doch noch vor Abend standen wiederum viele Hunnen zum Kampfe bereit und stürmten den Saal. Bis in die Nacht hinein dauerte die erbitterte Schlacht. Vergeblich versuchten die Könige, noch Sühne zu erlangen. Doch Kriemhild verlangte, daß Hagen ihr ausgeliefert werde. Dann wollte sie den Brüdern das Leben schenken. »Niemand wird solcher Untreue fähig sein«, antwortete Giselher. »Deshalb müssen wir sterben. Wer mit uns kämpfen will, der findet uns bereit!«

Da ließ Kriemhild den mächtigen Saalbau an allen vier Ecken anzünden. Vom Winde entfacht, ergriff das Feuer das ganze Haus, und glühende Asche fiel dicht auf die Helden nieder. Mit den Schilden schützten sie sich und versuchten, die Feuerbrände mit dem Blut der Erschlagenen zu löschen. Unerträglich war die Qual, die Rauch und Hitze und Durst ihnen zufügten.

Noch sechshundert Burgunden sahen die Morgenröte und spürten den kühlen Morgenwind, der ihnen Linderung gab. Dann begann der Kampf von neuem. Kriemhild ließ Gold in Schilden herbeitragen, die Streiter zu entlohnen. Auf den Knien flehte das Königspaar den Markgrafen Rüdeger um Hilfe an. Kriemhild mahnte ihn an sein Wort, das er ihr bei der Werbung gegeben hatte.

Schwere Not war für den ehrlichen Recken der Zwiespalt im Herzen. Durfte er an den Gastfreunden, die er seinem Herrn zugeführt hatte, Untreue üben? Mußte er nicht den Schwur halten, den er einst Kriemhild bei seiner Werbung geleistet hatte?

Rüdeger erkannte, daß er seine Ehre nicht mehr retten könne, gleichviel, wie er sich entschied; da ließ er seine Mannen sich zum Kampfe rüsten.

Als Giselher den Markgrafen kommen sah, war er voller Freude; denn nicht anders dachte er, als daß Rüdeger den Frieden brächte. Dieser stellte jedoch den Schild vor die Füße und kündigte den Burgunden die Freundschaft auf. Vergeblich mahnte ihn Gunther, der alten Liebe und Treue zu gedenken. »Wollte Gott, Ihr wäret am Rhein und ich wäre in Ehren tot!« antwortete Rüdeger. Noch nie hatten Helden von einem Freunde solche Not erfahren müssen!

Schon hoben sie die Schilde zu dem unausweichlichen Kampf, da gebot Hagen noch einmal Einhalt. Der Schild, den Frau Gotelind ihm als Gastgeschenk überreicht hatte, war zerhauen. Er bat Rüdeger daher um einen neuen, und der Markgraf gab ihm den eigenen. Das war der letzte Freundesdienst, den er leisten konnte. Hagen und Volker gelobten, Rüdeger im Streite nicht zu berühren, und wenn er alle Burgunden erschlüge.

Dann stürmte Rüdeger mit den Seinen in den Saal. Viele der Burgunden sanken von den Streichen des Markgrafen dahin. Das konnte Gernot nicht mehr länger mit ansehen. Er forderte Rüdeger zum Kampfe und empfing von dessen Hand die tödliche Wunde. Doch mit letzter Kraft streckte er den Gegner mit dem Schwerte, Rüdegers Gastgeschenk, nieder. So ereilte beide zugleich der Tod. In wilder Wut übten die Burgunden ihre Rache, und nicht einer von Rüdegers Mannen kam mit dem Leben davon.

Laute Klage erhob sich in Etzels Palast über Rüdegers Tod. Einer von Dietrichs Recken überbrachte seinem Herrn die traurige Kunde. Der gebot seinem Waffenmeister Hildebrand, die Burgunden nach dem Hergang zu befragen. Sogleich rüsteten sich ohne Dietrichs Wissen alle seine Recken, um Hildebrand zu begleiten.

Als Hagen ihnen den Ausgang des Kampfes mit Rüdeger bestätigte, beklagten Dietrichs Mannen laut den Tod des Freundes.

»Gebt uns seinen Leichnam heraus!« bat Hildebrand. »Wir wollen ihm nach seinem Tode die Treue entgelten, die er uns stets bezeugt hat.«

Gunther wollte zustimmen, doch die Burgunden gerieten darüber in einen Wortwechsel mit Dietrichs Mannen. »Holt ihn euch doch!« rief Volker voller Spott. »Das wäre erst der richtige Dank, den ihr Rüdeger erweisen könnt!«

Da ließ sich Wolfhart, Hildebrands Neffe, nicht länger halten und drang in den Saal, ihm folgten Dietrichs Mannen. Vergeblich suchte Meister Hildebrand den Streit zu schlichten. In dem Kampfe, der nun entbrannte, fanden die Besten

der burgundischen Recken den Tod. Volker, der Dietrichs Neffen erschlagen hatte, fiel von Hildebrands Schwert. Auch Dankwart fand den Tod. Der junge Giselher und Wolfhart töteten sich im Kampfe gegenseitig.

Nun lebte von den Burgunden niemand mehr als Gunther und Hagen. Von Dietrichs Mannen war nur noch der starke Waffenmeister Hildebrand, der sich vor Hagens Waffe retten konnte, am Leben geblieben.

Blutüberströmt trat er vor seinen Herrn. »Ich ganz allein bin übrig«, sagte Hildebrand. Von Gram und Entsetzen wurde Dietrich ergriffen, als er vom Tode all seiner Mannen erfuhr. Noch niemals in seinem Leben war ihm so schlimme Kunde geworden.

Stumm nahm er Rüstung und Schwert, und Hildebrand half ihm, sich zu wappnen. So ging Dietrich vor den Saal, um von Gunther und Hagen Sühne zu verlangen. »Ergebt euch mir als Geiseln«, forderte er, »so werde ich euch selber heimgeleiten ins Burgundenland.«

Hagen lehnte solches Verlangen schroff ab und sprach: »Das wolle Gott im Himmel nicht, daß zwei gewappnete, freie Männer sich dir ergeben.«

Da griff der Berner mit dem Schwerte an. Der lange Kampf hatte Hagen ermattet, und so mußte er dem starken Dietrich erliegen. Der verwundete ihn schwer; aber den Todesstreich führte er nicht. Er umschlang den Tronjer mit den Armen, band ihn und führte ihn zu Kriemhild.

Wie freute sich die Königin, als sie Hagen gebunden vor sich sah, und sie versprach, Dietrich diesen Dienst nie zu vergessen. Der Berner aber verlangte, daß sie Hagen am Leben lasse. Die Königin sagte es zu und ließ ihren Gefangenen in den Kerker führen, während Dietrich in den Saal zurückeilte, um Gunther zum Kampfe zu stellen. Nach heißem Ringen bezwang er ihn und führte auch ihn, den König, gebunden zu Kriemhild.

»Handelt gut an den beiden und gewährt ihnen Eure Gnade«, mahnte Dietrich die Königin, und sie versprach es wieder.

Aber kalt blieb ihr Herz. Sie trat in Hagens Kerker, mit stählernem Blick, und fragte den Helden nach dem Nibelungenhort. Sie gelobte ihm, wenn auch mit feindseligen Worten, sein Leben, wenn er den Schatz herausgebe.

Doch Hagen wehrte ab. Niemals werde er den Hort ausliefern, solange einer seiner Herren am Leben sei.

Da ließ Kriemhild ihrem Bruder das Haupt abschlagen und trug es an den Haaren zu Hagen.

Zum ersten Male in seinem Leben zeigte sich der kühne Held gebrochen:

»Nun ist nach deinem Willen der edle König Gunther tot und ebenso Giselher und Gernot! Den Schatz, den weiß nun niemand als Gott und ich. Und dir soll er auf ewig, du Teufelin, verborgen bleiben!«

Da zog Kriemhild aus der Scheide das Schwert, das Hagen trug. Es war Sigfrids Schwert Balmung. Sie hob es hoch empor und schlug Hagen das Haupt ab.

Der alte Hildebrand, der Waffenmeister, sprang herzu. Als er sah, daß der beste Held, der je ein Schwert getragen hatte, von Weibes Hand erschlagen war, zog er in jähem Zorne sein Schwert und durchbohrte Kriemhild, daß sie entseelt zu Boden sank.

So endete das Fest am Hunnenhofe, und in einsamem Schmerze blieben Etzel und Dietrich unter allen zurück. Trauer breitete sich aus in Etzels Reich und pflanzte sich fort bis ins Land der Burgunden. Das stolze Königsgeschlecht zu Worms bezahlte den begangenen Frevel mit dem eigenen Untergang. Der wilde Brand, den der Mord an dem tapferen Sigfrid entflammte, hatte schonungslos Schuldige und Unschuldige zugleich hinweggerafft.

Deutsche Rittersagen

Parzival

Parzival der reine Tor

Nach dem Tod des Königs Gamdin hatte der Älteste Krone und Thron mit allen Burgen und Besitzungen geerbt. Dem jüngeren Sproß blieb nur, was ihm der Bruder nach dem Gesetz überließ: ein Streitroß mit der herrlichen Rüstung sowie die Knappen zu seiner Bedienung. Was aber die Erbgesetze ihm nicht rauben konnten, waren sein ritterlicher Mut und seine überlegene Waffenkunst, dazu sein edler Anstand. So war Gachmuret nach Ritterart hinausgezogen.

Als er auf seiner reisigen Fahrt einst in der spanischen Stadt Toledo landete, vernahm er von einem Ritterturnier, das die Königin Herzeleide ausgeschrieben hatte. Dem Sieger hatte sie ihre Hand und des Königs Zepter über ihre beiden Reiche geboten. Da meldete sich Gachmuret zum Wettkampf; er warf alle Gegner in den Sand, und einhellig wurde ihm der Siegespreis zuerkannt.

Doch nach der glänzenden Hochzeit hielt es den Helden nicht lange in der neuen Heimat. Sein ritterlicher Tatendrang trieb ihn zu kühnen Abenteuern in die Ferne. Vergeblich waren die Bitten der Gattin. Blutenden Herzens ließ Herzeleide ihn ziehen.

Sein Heimkehrversprechen konnte Gachmuret jedoch nicht halten, denn nach quälenden Monden des Wartens und Hoffens erschien als Bote aus dem fernen Morgenland einer von Gachmurets Knappen mit der Trauerbotschaft: Der edle

Gachmuret war im Kampf vor Bagdad zu Tode getroffen worden. Als Zeichen legte der Mann die blutige Speerspitze vor. Die Königin war in ihrem Schmerz um den geliebten Gatten wie erstarrt.

Einige Zeit darauf brachte sie ein Knäblein zur Welt. Sie gab ihm den Namen Parzival. Das bedeutet eine Mahnung: »Stets-gerade-hindurch«.

Frau Herzeleide mußte bald darauf Reichtum und Macht ihrer Königreiche verlassen, denn der gewaltsame Nachbar stieß die schutzlose Frau vom Thron und nahm ihn frech in Besitz. Da zog Frau Herzeleide in die Einsamkeit des Waldes Soltane; dort auf einer Lichtung ließ sie ein einfaches Haus bauen. All ihre Sorge galt fortan dem heranwachsenden Parzival. So erbittert war die Mutter in ihrer Abneigung gegen Krieg und Männerkampf, daß sie den Jungen von aller Gewalttätigkeit fernzuhalten suchte, die ihr das Liebste auf der Welt genommen hatte. Sie verbot ihren Dienstleuten, ihm gegenüber jemals ein Wort von Ritterschaft und ritterlichem Wesen auszusprechen.

So wuchs Parzival einsam und ohne Kenntnis seiner königlichen Herkunft auf. Was ihm an ritterlichen Waffen verblieb, waren Bogen und Schießbolzen, die er sich mit eigener Hand zur Jagd auf die Vögel im Wald fertigte. Hatte er aber das gefiederte Wild erlegt, so packten ihn Mitleid und Reue, und in bitterer Selbstanklage beschuldigte er sich selber. Und wenn er über sich in den Wipfeln den Sang der Vögel hörte, empfand er ein Gefühl, als wollte das süße Klingen ihm das Herz und die Brust zersprengen. Dann klagte er der Mutter weinend sein Leid, und dabei wußte er nicht zu deuten, was ihn so traurig stimmte.

Frau Herzeleide wies ihn auf Gottes Gnade, die ihm Trost bringen solle. Er wußte keine Deutung. »Oh, Mutter, was ist denn das: Gott?« Und sie antwortete: »Gott, der um unseretwillen einst Menschengestalt annahm, ist noch lichter als all das helle Tageslicht. Parzival, mein Sohn, dies merk dir als Lebensweisheit: Ruf ihn an in jeder Not; er wird dir immer getreulich helfen.«

Jung-Parzival war groß und kräftig. Er lernte den Wurfspeer schleudern und brachte der Mutter manchen Hirsch als Jagdbeute. Nicht Wind noch Unwetter hinderten ihn, auf die Pirsch zu gehen, und alle bewunderten seine männliche Körperkraft, wenn er das schwere Wild, an dem ein Maultier seine Last gehabt hätte, allein auf den Schultern heimtrug.

Einst durchstreifte der junge Waidmann nach Jägerart den Wald, da vernahm er vor sich auf dem schmalen Pfad Hufschläge. Schon kamen drei Ritter dahergesprengt, herrlich anzusehen. Von Kopf bis Fuß waren sie in blankem Stahl gewappnet. Der unwissende Parzival glaubte in seiner Einfalt allen Ernstes, jeder von den dreien sei ein Gott. Geblendet von der strahlenden Rüstung, warf er sich mitten auf dem Weg vor ihnen auf die Knie. »Hilf, Gott!« rief er und erhob die Hände.

Es war wie in einem Traum. Noch nie, so dünkte ihn, hatte er so viel lichten Glanz geschaut. »Das muß Gott sein«, ging es ihm in seiner Einfalt wieder durch den Sinn. Inbrünstig schickte er ein Stoßgebet zum Himmel: »Oh, hilf mir, hilfreicher Gott, der du allein helfen kannst!«

Der Ritter lächelte. »Ich bin nicht Gott«, gab er zur Antwort. »Was du hier vor dir siehst, das sind Ritter, die in seinem hohen Dienst leben.«

»Ritter«, rief der Knabe. »So sag mir doch, wer denn Ritterschaft gibt!«

Die Ritter mußten lachen über seine einfältigen Fragen. Der vornehmste unter ihnen aber gab geduldig Antwort: »Das tut unser König Artus. Kommt an seinen Hof, Junker, er wird Euch den Wunsch gern erfüllen, denn Ihr scheint mir von ritterlicher Herkunft zu sein!«

Neugierig betrachtete Parzival Harnisch und Waffen der Ritter und weckte durch sein einfältiges Gebaren wieder ihr Lachen. Panzerringe und Brünne, Harnisch und Schild – alles war ihm ja völlig unbekannt.

Nachsichtig erklärten die Ritter ihm den Gebrauch von Schild und Schwert. Doch dann überkam sie die Ungeduld über soviel Narretei. »Gott sei mit dir, schöner Jüngling«, riefen sie ihm zu, und mit stampfenden Hufen galoppierten sie davon. In tiefe Gedanken versunken über dieses Erlebnis, blickte der Junge ihnen nach.

Frau Herzeleides Dienstleute, die dem Troß auch begegnet waren, klagten bitter, daß sie in ihrer Unachtsamkeit das Gebot der Herrin so mißachtet hatten. »Jetzt ist es um Jung-Parzival geschehen«, erkannten sie betrübt, »seit er den Blick ins Reich der Ritterschaft getan hat, der ihm vorenthalten werden sollte.«

So war es in der Tat. Parzival hatte keinen anderen Wunsch, als an König Artus' Hof zu ziehen. Voller Sorge sann die Königin auf Mittel und Wege, den Sohn von seinem Wunsch abzubringen. Wie konnte sie ihn nur zurückhalten?

Schließlich glaubte sie, einen Ausweg gefunden zu haben: Sie würde den Sohn so lächerlich ausstaffieren, daß der Spott der Welt ihn zurückstoßen würde. So müßte er bald zu ihr zurückkehren. Sie nahm grobes Sackleinen zur Hand und fertigte dem Jüngling daraus Wams und Kniehose; eine Narrenkappe stülpte sie ihm auf den Kopf und ließ ihm, um das Bild der Lächerlichkeit zu vollenden, ungefüges Schuhzeug aus ungegerbtem Kalbsfell anfertigen. Recht wie ein Tölpel war er gekleidet. Und war doch ein Königssohn.

Bevor der unerfahrene Junge von ihr schied, gab Frau Herzeleide ihm wohlmeinend Lebenslehren mit auf den Weg. »Höre, was ich dir sage, mein Sohn: Wenn du ohne Pfad daherziehst, so meide dunkle Furten; aber in die seichten und lauteren Furten kannst du kühnlich hineinreiten. Zum zweiten: Sei höflich gegen jedermann und entbiete jedem deinen Gruß! Zum dritten: Hab Achtung vor dem grauen Haupt und folge dem Rat des erfahrenen Alters! Und zuletzt: Wenn eine edle Jungfrau dir Ring und Gruß bietet, da greif getrost zu: Ein Kuß in Ehren bringt gutes Glück. Und du sollst wissen, mein Sohn Parzival, daß du von königlichen Ahnen stammst und daß es der gewaltsame Lähelin war, der dir dein angestammtes Erbe entrissen hat!«

Da umarmte Parzival die Mutter voller Liebe und küßte sie zum Abschied. Frau Herzeleide lief ihm nach, bis er ihren Blicken entschwand. Dann sank die edle Frau tot zur Erde; der Abschiedsschmerz hatte ihr das Herz gebrochen.

Getreu den mütterlichen Lehren

Inzwischen ritt der schöne Junker dahin, ohne von dem Tod der geliebten Mutter zu wissen. Der Weg führte ihn an einen Bach, den wohl ein Hahn hätte durchschreiten können; doch weil das Wasser dunkel aussah, achtete er das Wort der Mutter und mied den Übergang. Erst der helle Morgen ließ das seichte Wasser klarsichtig erscheinen. »So will ich stets den Rat meiner Mutter befolgen«, sagte er zu sich, als er unbedenklich die Furt durchquerte.

Bald darauf gelangte er an eine Wiese, auf der stand ein reichgeschmücktes Zelt. Einfältig trat der junge Mensch herzu und wagte einen Blick ins Innere. Da sah er ein wunderschönes Weib im Schlaf liegen; es war Jeschute, die Frau des Herzogs Orilus.

Parzival erblickte an ihrem Finger einen goldenen Ring. Da dachte er an die Worte seiner Mutter, und ohne zu zaudern beugte er sich über die Schlafende,

küßte sie auf den Mund und zog ihr dabei den Ring vom Finger; auch eine Spange an ihrem Gewand riß er unbedenklich los. Voll Zorn und Scham fuhr Frau Jeschute auf: »Was erlaubt Ihr Euch, Junker, mich durch Euren Kuß zu entehren?«

Aber Parzival gab wenig acht auf ihren Unwillen. »Meine Mutter lehrte mich so«, sagte er unbeeindruckt; »und außerdem habe ich Hunger.«

Da mußte die Herzogin trotz der Kränkung lächeln. »Hier hast du Speise und Trank«, sagte sie, und unbekümmert setzte sich der ungebetene Gast zum Mahl und sprach auch dem Wein redlich zu.

Die edle Frau aber mochte aus seinem Gebaren schließen, er sei nicht ganz bei klaren Sinnen. »Junker«, bat sie, »gebt mir mein Ringlein und meine Spange zurück und macht Euch eilig davon. Denn wenn mein Gatte Euch hier anträfe – es würde Euch schlecht ergehen!«

Aber Parzival ließ sich nicht beunruhigen. »Was sollte ich mich wohl vor dem Zorn Eures Gemahls fürchten, edle Frau?« Und ehe die Herzogin entsetzt abwehren konnte, küßte er sie wieder auf den Mund. »Der Kuß einer edlen Frau bringt Glück, hat mich meine Mutter gelehrt«, so sagte er treuherzig, grüßte die Dame ehrerbietig und ritt davon.

Dankbar dachte er an die Mutter und ihren Rat, den er so trefflich befolgt zu haben meinte.

Der Frau Jeschute aber brachte seine Tat viel bitteres Leid; denn der Herzog erkannte an der Spur im Gras, daß sie in seiner Abwesenheit Besuch gehabt hatte, und ihre bekümmerte Miene verhieß ihm nichts Gutes. Blinde Eifersucht machte den stolzen Herzog taub gegen alle Beteuerungen der Gattin; er wollte sie hinfort nicht mehr als seine Ehegemahlin achten.

Welches Herzeleid hatte Parzival der edlen Frau durch seine Unbedachtsamkeit gebracht!

Unbefangen ritt er unterdessen durch das sonnenbeschienene Land. Wer seinen Weg kreuzte, den grüßte der gute Junge höflich und setzte treuherzig hinzu: »So hat es mich meine Mutter gelehrt.«

Als Parzival nun eine Halde hinabritt, hörte er von einem Felsabhang die Stimme einer Frau, die schrie wie in tiefster Not. Eilig ritt er dem Klagelaut nach und fand eine wunderschöne Jungfrau an der Felswand sitzen, sie hielt in ihrem Schoß einen toten Ritter. Es stellte sich heraus, daß er Sigune, die Schwestertochter seiner Mutter, vor sich hatte und daß ihr Verlobter, Graf Schionatulander, durch Herzog Orilus ums Leben gekommen war. Von ihr erfuhr Parzival auch die Geschichte seines Vaters und daß Herzog Orilus und dessen Bruder

Lähelin es waren, die seiner Mutter, und damit ihm, das königliche Erbe geraubt hatten.

»Liebe Base«, sagte der junge Mensch voll Zorn und Mitleid, »ich werde dich an dem Herzog Orilus rächen. Zeig mir den Weg, den er geritten ist, so will ich ihn sogleich zum Zweikampf stellen!«

Aber der Jungfrau war es schon leid, seine Kampfeswut geweckt zu haben, denn sie mußte fürchten, der Unerfahrene werde den Kampf gegen den grimmigen Ritter nicht bestehen. So wies sie ihm den falschen Weg.

Parzival aber machte sich voll Eifer an die Verfolgung und ritt die Straße, die ins Bretonenland führt. Und wer ihm begegnete, ob Ritter oder Bauersmann, den grüßte er freundlich, und immer setzte er arglos hinzu: »So hat es mich meine Mutter gelehrt.«

So kam Jung-Parzival vor die Stadt Nantes ins Reich des Königs Artus. Wie würde es dem einfältigen Jungen dort ergehen, der nichts von ritterlicher Art und nichts von höfischer Sitte wußte? Wie würde man ihn aufnehmen, der gekleidet war wie ein Narr und gewappnet wie ein Strauchdieb? Vor der Stadt begegnete ihm ein Ritter, dem er freundlichen Gruß bot. Er vergaß auch nicht, wie immer arglos hinzuzusetzen: »So hat es mich meine Mutter gelehrt.«

Es war Ither von Gahawieß, den man den Roten Ritter nannte, König Artus' Vetter. In seiner Faust hielt er einen goldenen Becher, den er von des Königs Tafel genommen hatte.

Mit Wohlgefallen blickte der Rote Ritter auf den schönen Jüngling. Er lebte im Erbstreit mit dem königlichen Vetter und dachte nun, den Jungen als Boten zu benutzen. »Reitet zum König Artus und den Rittern seiner Tafelrunde und meldet dort, der Rote Ritter habe nicht im Sinn, von seinem angestammten Recht zu lassen. Ich verlange das Erbland, das mir zusteht. Wollen die Ritter ihren königlichen Herrn nicht verdursten lassen, so mögen sie ihm den Becher, den ich von der Tafel nahm, zurückholen!«

Parzival versprach, König Artus zu melden, was der Ritter ihm aufgetragen hatte. So spornte er sein Rößlein an und trabte wohlgemut in die Stadt hinein. Aber sein wunderlicher Aufzug erregte allzuviel Aufsehen; die Kinder begleiteten ihn mit lauten Spottrufen, so daß ein gefährliches Gedränge entstand.

Bei dem Anblick der vielen reichgeschmückten Ritter im Königsschloß rief Parzival ganz verwundert: »So viele Artusse sehe ich hier! Welcher von ihnen ist es, der mich zum Ritter schlagen wird?«

Natürlich rief das einfältige Wort unter den Rittern und Knappen ringsum

allgemeines Gelächter hervor. Man führte den Jüngling in den Palas, wo die edle Hofgesellschaft, König Artus' berühmte Tafelrunde, versammelt saß.

Unbekümmert rief Parzival seinen Gruß »Gott beschütze euch, ihr edlen Ritter und besonders Euch, Herr König, mit Eurer hohen Gemahlin!« Und wie immer setzte er treuherzig hinzu: »So hat es mich meine Mutter gelehrt.«

Erstaunt wandten sich die Ritter dem Ankömmling zu. Doch als er seinen Auftrag ausrichtete, verging ihnen das Lachen; denn der Rote Ritter war von allen gefürchtet. Da erbot sich der junge Tölpel, ihn selber im Kampfe zu bestehen. »Ich will die Rüstung des Roten Ritters mit eigener Hand erwerben, damit Ihr mich zum Ritter schlagen könnt!«

Nur widerwillig gab Artus seine Zustimmung; er hatte Gefallen an dem seltsamen Jungen gefunden und fürchtete nun für dessen Leben.

Die Königin hatte sich mit ihren Jungfrauen und dem ritterlichen Gefolge ans Fenster begeben, um dem Schauspiel zuzuschauen. Unter den Damen saß die stolze und schöne Frau Kunneware, Herzog Orilus' Schwester; sie hatte ein Gelübde getan, nie zu lachen, bis sie den Mann erblickte, dem es bestimmt sei, den höchsten Heldenruhm zu erwerben. Jetzt aber, als sie den kühnen Junker in dem narrenhaften Gewand vorüberreiten sah, da lachte sie plötzlich hell auf.

Das verdroß Herrn Keye, den Oberhofmeister, so sehr, daß er sie in zorniger Aufwallung anfuhr und diesem Schimpf sogar einen Schlag hinzufügte.

Der junge Parzival war Zeuge der Schmach, die der Dame um seinetwegen widerfuhr. Der Wurfspieß zuckte ihm in der Hand, doch um der Königin willen verschob er die Vergeltung auf spätere Zeit.

Laut lachte der Rote Ither, als Parzival auf seinem elenden Klepper ihm entgegenritt.

»Ich habe Eure Botschaft ausgerichtet«, rief der Knabe ihm entgegen, »aber keinen der Ritter gelüstet, mit Euch zu streiten. So trete ich denn für den König ein; er hat mir Eure Rüstung und Waffen zugesprochen. Und so fordere ich von Euch Pferd und Rüstung; denn ich will selber ein Ritter sein!«

Der Rote Ritter fand natürlich nur Spottworte für die kecke Herausforderung, und als Parzival treuherzig und kühn darauf beharrte, stieß er den Jungen mit umgekehrtem Lanzenschaft vom Gaul, daß er rücklings ins Gras fiel. Aber schon stand Parzival auf den Füßen, schleuderte seinen Wurfspieß und traf in dem Eisenhelm des Ritters so geschickt die Spaltöffnung im Visier, daß die Waffe tief ins Haupt eindrang. Ither sank tot zu Boden.

Der junge Sieger war selber überrascht von solchem Erfolg. »Er ist wirklich tot!« stieß er hervor. Doch dann zog er die prächtige Rüstung des Besiegten über sein sackleinenes Narrengewand, legte die Beinschienen an und schnallte die Sporen fest.

»Nun habe ich erreicht, was ich erstrebte«, rief Parzival froh. »Ich will mich von König Artus zum Ritter schlagen lassen und in die Welt hinausziehen.«

Frohgemut zog der als Ritter verkleidete Tor nun auf neue Abenteuer aus. Mit welchem Stolz trug er die erbeutete Rüstung, und mit welcher Freude hielt er das Streitroß am Zügel!

Den Erschlagenen ließ er unbestattet liegen. Später, als Parzival ritterliches Leben recht verstand, reute ihn die Tat zutiefst.

Gegen Abend gelangte er zu einer herrlichen Ritterburg. Der Burgherr selber, der Ritter Gurnemanz, saß im Schatten einer breitästigen Linde auf grünem Anger davor und blickte dem Ankömmling entgegen. Er war im Lande ringsum ob seiner Lebenserfahrung und seiner Altersweisheit sowie wegen seiner ritterlichen Tugenden geachtet und hoch geehrt.

Der unerfahrene Jüngling grüßte den Ehrwürdigen, doch nicht nach Ritterart. »So hieß mich meine Mutter tun«, sagte er dabei; und er setzte hinzu: »Und sie gebot mir, ein greises Haupt zu achten und die weisen Lehren des Alters anzunehmen. So bitte ich Euch um Euren Rat; ich werde ihn gern befolgen.« Gurnemanz grüßte den Gast nach ritterlichem Brauch und geleitete ihn in seine Burg.

Erstaunt entdeckten die Knappen, die Parzival entwappneten, die Narrenkleider unter der Rüstung. Ebenso bestürzt empfand auch der Burgherr diese peinliche Überraschung. Doch weil er an dem schönen Jüngling Gefallen gefunden hatte, nahm er ihn fortan in seine Zucht. Mit freundlicher Nachsicht unterwies Gurnemanz den unerfahrenen Jüngling in ritterlichem Anstand. Parzival, der einfältige Tor, der bisher jedes Gebot seiner Mutter in treuherziger Wörtlichkeit aufgefaßt hatte, lernte in jenen Tagen, da er bei Gurnemanz zu Gast war, feine Ritterart und gottgefälliges Leben, das den Menschen zum Seelenheil führt.

»Wie ein kleines Kind sprecht Ihr von Eurer Mutter«, belehrte ihn der

Alte, »das erhöht nicht Eure Ritterehre. Wann wollt Ihr endlich wie ein Mann denken?

Bewahrt Euch edle Scham! Das ist mein zweites Gebot an Euch. Schamlosigkeit führt geradewegs zur Hölle.

Nach Art und Haltung taugt Ihr gar wohl zum Ritter; vergeßt dabei aber nicht das Hauptgebot ritterlicher Pflicht: Habt Erbarmen mit den Bedrängten! Auch Milde und Güte zu erweisen ist Ritterpflicht!

Bewahrt Euch stets ein demütiges Herz und helft dem schuldlos Verarmten. Der weise Mann versteht den rechten Mittelweg einzuhalten zwischen Geiz und Verschwendung!«

Parzival hörte schweigend zu. Er erkannte wohl, daß die Worte des Alten aus weiser Erfahrung und aus mitfühlendem Herzen gesprochen wurden, und er war ehrlich bestrebt, die Lehren anzunehmen.

»Ich habe bemerkt, daß Ihr Belehrung benötigt«, fuhr der Alte fort. »So hört mich weiter: Ich rate Euch, laßt das unziemliche Daherreden und haltet Eure Gedanken in Zucht.

Fragt nicht zuviel! Und wenn man an Euch Fragen richtet, so antwortet bedächtig und überlegt wohl!

Im ritterlichen Kampf sollt Ihr tapfer streiten – und großmütig verzeihen. Dem besiegten Gegner, der Euch Sicherheit gibt, gewähret ritterlich Schonung.

Und achtet auf alles, was höfische Sitte, Zucht und Anstand gebieten! Vergeßt nicht, Euer Äußeres nach ritterlichen Formen zu pflegen, so wie wir es den Frauen schuldig sind!

Ja, ehret und liebet die Frauen! Mit Unaufrichtigkeit mag ein Ehrloser wohl manche Frau betrügen; doch wer edle Männer betrügt, der erntet nur Schande und muß peinliche Scham erleiden.«

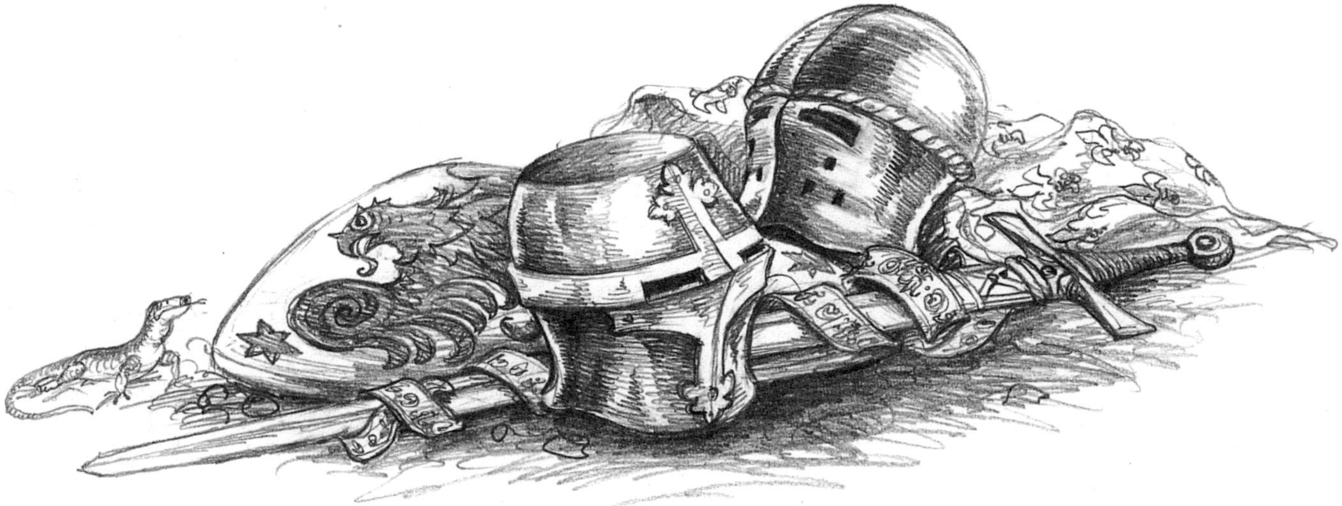

Parzival dankte dem weisen Alten für die Lehren und nahm sich alles ernstlich zu Herzen. Mit großer Freude folgte er sodann Gurnemanz' Unterweisung im ritterlichen Zweikampf, dem Tjost; der Alte erwies sich als ein trefflicher Lehrmeister in der kunstgerechten Führung der Waffen. Unermüdlich nahm er den Gast mit auf den Turnierplatz und ließ ihn mit seinen Mannen üben. Wenn sie sodann kampfesmüde den Saal wieder betraten, wartete schon der festlich gedeckte Tisch.

Des Burgherrn holdselige Tochter Liasse wußte dem Gast gegenüber so reizend und anmutig die Hausfrau zu vertreten, daß Parzival ihr mit Wohlgefallen begegnete. Aber was man Liebe nennt, das regte sich nicht in seinem Herzen.

Es trieb ihn zu neuen Abenteuern hinaus in die Welt. Ritter Gurnemanz hatte den Jüngling von Herzen liebgewonnen und ließ ihn nur mit Betrübnis von dannen ziehen.

Parzival der Held

Gedankenverloren ritt Parzival seinen Weg. Er merkte, wie sein Herz von Gefühlen zerrissen war. War es, weil er sein kindliches Gemüt abgelegt hatte?

Sein treues Roß trug ihn sicher durch die Wildnis. Über Berg und Tal ging es durch unwegsame Gebirgsketten und waldige Einöde. Parzival folgte dem Lauf eines Flusses, bis er im Schein des Abendrotes am anderen Flußufer eine vieltürmige Stadt auftauchen sah. Es war Belrapeire, die Stadt der Königin Kondwiramur. Dort herrschte große Not, denn das Heer des Königs Klamide hielt die feste Stadt belagert und bedrängte sie in wilder Angriffswut immer wieder vom Lande und von der Wasserseite her.

Quälenden Hunger litten die Belagerten. Welch Bild des Jammers boten all die Männer, die zu ihrer Verteidigung bereitstanden! Schlaf- und kraftlos schlichen die Bürger unter der Last ihrer Waffen daher, und die Ritter, die dem Ankömmling entgegentraten, blickten bleich und abgezehrt aus aschgrauen Gesichtern.

Ja, in der Stadt herrschte Hungersnot, denn jegliche Zufuhr war ihr durch das feindliche Belagerungsheer abgeschnitten.

Parzival ließ sich zum Palas führen, wo ihn die jungfräuliche Königin Kondwiramur empfing. Ein unnennbares Gefühl ergriff ihn, als er ihre herrliche Erscheinung sah. Nie zuvor, so meinte er, hatten seine Augen so viel Frauenschönheit erblickt. Von zwei Herzögen ihres Landes geleitet, trat sie dem jungen Ritter entgegen, gab ihm den Willkommensgruß und führte ihn in den Saal. War es die Ritterlehre des greisen Gurnemanz, die ihn schweigen ließ, oder lähmte ihm Kondwiramurs Schönheit die Zunge? Parzival redete kein Wort.

Ob ich ihm wohl mißfalle, weil ich so verhungert aussehe? dachte die Königin befangen. Schließlich brach sie das Schweigen, das belastend zu werden drohte: »Edler Ritter, als Hausherrin habe ich Euch den Willkommensgruß geboten. So will ich als Herrin der Stadt auch das erste Wort sprechen. Wie mir eine meiner Frauen berichtet, habt Ihr mir Euren Beistand verheißen. Solches Angebot wurde mir in meiner bedrängten Lage noch niemals gemacht. So sagt mir, wer Ihr seid und woher Ihr kommt!«

Mit Staunen hörte sie seinen Namen und seine Erlebnisse. Hoffnungsfroh, daß seine Ankunft das Schicksal ihrer bedrängten Stadt wenden könne, teilte Kondwiramur mit ihm ihren letzten Bissen Brot und ließ ihm sodann im Fremdengemach ein prächtiges Bett herrichten. Knappen entkleideten ihn, und alsbald war der müde Gast eingeschlafen.

Doch mitten in der Nacht schrak er auf. Vor seinem Bett stand die Königin in leichtem Nachtgewand. Die Sorge um ihre Stadt hatte sie zu Parzival getrieben. Würde sich ihre neuerwachte Hoffnung erfüllen, daß Parzival den Belagerern Trotz bieten könne?

Sie berichtete ihm von König Klamide, der sie gewaltsam zu seiner Frau machen wolle, und von dem Tod so vieler tapferer Ritter. »Ach«, rief sie voller Verzweiflung, »welche Hoffnung gibt es noch für mich Arme!«

Parzival hatte schweigend die Klage angehört. Sein Herz war voll Mitleid mit der schönen Königin, deren Tränen auf ihn herabrannen. »Sagt, edle Herrin«, rief er entschlossen, »was ich Euch zum Trost und zur Rettung tun kann!«

Unter Tränen gab sie ihm Antwort: »Wenn Ihr mich erlösen wollt von dem schrecklichen Kingrun, Herrn Klamides Seneschall, der mir im Kampf schon so manchen meiner treuen Ritter getötet hat!«

»Vieledle Herrin«, versetzte er schlicht, »seid versichert, daß Ihr in mir einen Helfer habt gegen jeden Eurer Feinde!«

Zierlich verneigte sie sich vor Parzival und schlich leise in ihr Schlafgemach zurück. Niemand hatte den nächtlichen Besuch bemerkt.

Parzival aber konnte nicht wieder einschlafen; zu sehr bewegten ihn die Worte der schönen Königin. Er war fest entschlossen, ihr in ihrem Unglück beizustehen.

In aller Frühe schon wurde gemeldet, daß der grimmige Kingrun sich vor dem Tor zeigte. Weit war er Klamides Heer, das mit vielen Streitbannern drohend heranrückte, vorausgeritten.

Inbrünstig geleiteten die Gebete der Bürger den tapferen Parzival, als er ohne Zaudern zum Stadttor hinaussprengte.

Es war sein erster Schwertkampf, und dem Gegner, der ihm gegenüberstand, ging der Ruhm voraus, sechs Ritter zugleich seien ihm im Kampf unterlegen. Doch dieser Zweikampf lehrte ihn schnell auf seinen angemaßten Ruhm verzichten. Parzival zeigte ihm, was er bei Gurnemanz gelernt hatte, und bezwang den Gegner nach erbittertem Kampf. Als er ihm den Fuß auf die Brust setzte, bat Herr Kingrun um sein Leben.

»Als Sühne biete ich Euch, was Ihr verlangt«, rief er, und Parzival, der nicht nach Rache strebte, gewährte ihm die Bitte. Er gebot ihm, an König Artus' Hof zur Jungfrau Kunneware zu reiten, die einst um Parzivals willen von dem Seneschall Keye zu gröblich beleidigt worden war.

»Und sagt der edlen Jungfrau«, fügte er hinzu, »sie wird mich nimmer froh sehen, bis ich jene üble Tat gerächt und dort einen Schild durchbohrt habe!«

Der Seneschall Kingrun gab ihm sein ritterliches Wort.

Das feindliche Heer aber wagte keinen weiteren Angriff gegen die Stadt oder gar einen Zweikampf mit dem wundersamen Recken, der ihren erlesensten Streiter niedergeworfen hatte. So kehrte Parzival siegesfroh zurück und wurde von den Bürgern mit festlichem Jubel empfangen.

Freudig begrüßte ihn auch Kondwiramur, umarmte ihn vor allen Leuten und half ihm selber, Waffen und Harnisch abzulegen. »Nie auf Erden will ich eines anderen Weib werden als dessen, den ich hier umarmt habe«, sagte sie mit glückseligem Lächeln.

Da zeigten sich zwei braune Segel auf dem Meer, und schnell trieb der Wind die beiden mächtigen Handelsschiffe in den Hafen; der Sturm hatte sie dorthin verschlagen. Zwei Schiffe, wohlbeladen mit Nahrung! Gott selber mochte es in seiner Weisheit so gefügt haben.

Parzival bot den Kaufleuten doppelten Preis für ihre Habe und sorgte für gerechte Verteilung an das hungernde Volk. Die ganze Stadt nahm sodann jubelnd Anteil, als die Hochzeit des jungen Paares gefeiert wurde.

Parzival war jetzt Ehegatte der schönen Kondwiramur und König von Belrapeire.

Neuer Mut beseelte damit die Belagerten. Parzival ließ die Tore zu einem Ausfall öffnen und stritt allen tapfer voran. Wo er im Kampfgemenge erschien, da brachen die Speere, und endlich gelang es ihm, den König selber, der seiner jungen Gemahlin so viel Leid zugefügt hatte, zum Zweikampf zu stellen. Der Sieg in diesem Streit der beiden Könige, so wurde nach Ritterart vereinbart, sollte über den Ausgang des ganzen Krieges entscheiden.

Mit ungeheurer Wucht prallten die beiden Gegner aufeinander. Nie hatte einer von ihnen einem so erbitterten Feind gegenübergestanden. Die Pferde stampften in furchtbarer Anstrengung. Als sie unter ihren Reitern zusammenbrachen, griffen beide Männer zu den Schwertern und setzten erbittert den Kampf zu Fuß fort.

Klamide besaß nicht die Ausdauer des starken Parzival. Schließlich traf ihn ein so mächtiger Schwertstreich, daß er zu Boden stürzte und Parzival ihm den Helm vom Kopf reißen konnte. Zitternd erwartete der Besiegte den Todesstreich; er bat mit demütigen Worten um Gnade.

Parzival schonte in seinem Edelmut auch diesen Besiegten. Auch ihm gab er auf, an König Artus' Hof zu ziehen und sich der Jungfrau Kunneware als besiegt zu stellen und ihr zu dienen. »Und sagt dem Seneschall Keye«, fügte Parzival hinzu, »daß meine Rache nicht auf sich warten lassen wird.«

So war das Land durch Parzivals Tapferkeit von der Not der Belagerung befreit.

Die beiden Besiegten ritten an den Artushof in die Bretagne und richteten der Jungfrau Kunneware getreulich aus, was Parzival ihnen aufgetragen hatte. Wie staunte man dort über die Waffenerfolge des jungen Helden!

Unter König Parzivals weiser Regierung blühte das Land in kurzer Frist wieder auf. Er war beliebt bei jedermann, Feinde fürchteten die Kraft seines Schwertes, und mit seiner schönen Gemahlin lebte er in der glücklichsten Ehe. Trotzdem konnte die heitere Ruhe nicht von Dauer sein. Es trieb den Helden hinaus auf Abenteuer. Traurig blickte Kondwiramur ihm nach, als er eines Tages von dannen ritt.

Auf der Gralsburg

Der Abschied von der geliebten Frau war dem jungen Ritter recht schwer geworden. Frei ließ er seinem Pferd den Zügel, und es trug ihn sicher durch Wildnis und pfadloses Moor. Die Sonne stand bereits tief im Westen, als er an einen See kam. Dort ankerte ein Boot in Ufernähe, und Männer waren dabei, die auf Fischfang ausgingen und Wasservögel jagten. Es war einer unter ihnen, der hatte ein bleiches, ernstes Antlitz; er trug eine Pfauenfeder am Hut und auf dem Jagdrock prächtigen Pelzbesatz. An diesen wandte sich der junge Ritter nun und fragte, wo er für die Nacht wohl Herberge finden könne.

Die Stimme des vornehmen Fischers klang tieftraurig, als er Antwort gab. Er wies ihn zu einer Ritterburg, die auf dem nächsten Felsvorsprung emporragte, und als der wegmüde Parzival dem freundlichen Rat folgte, fand er dort gastfreundliche Aufnahme.

Wie tat es wohl nach dem heißen Ritt, sich der Rüstung zu entledigen und Gesicht und Hände von Staub und Eisenrost zu reinigen! Wohlig hüllte er sich in den Seidenmantel, den die Schwester des Burgherrn ihm durch den Kämmerer hatte reichen lassen. Dann meldete man, der Burgherr sei zurückgekehrt, und der Gast werde gebeten, der Einladung zum Mahl zu folgen.

Blendende Helle strahlte Parzival entgegen, als er, von Knappen geführt, den Rittersaal betrat. Hundert Kronleuchter erstrahlten in diesem prächtigen Raum; ringsumher waren die Wände mit Kerzen besteckt. Davor standen hundert Ruhepolster, die Platz für je vier Ritter boten.

Der Burgherr hatte sich auf seinem Ruhebett vor einer Feuerstätte niedergelassen. Dort empfing er den Gast. Ganz überrascht erkannte Parzival in ihm den Fischer vom See.

Welch ein Gegensatz war zwischen dem Hausherrn und seinem Gast! Der kranke Ritter, in kostbare pelzbesetzte Gewänder gehüllt, schien noch siecher, sein Antlitz noch gramvoller, als Parzival es am See bemerkt hatte. Und vor ihm stand der strahlende Recke in der Fülle seiner Jugendkraft, daß alle Ritter voller Bewunderung auf ihn blickten.

Freundlich winkte der von Leid und Krankheit gebeugte Burgherr den Besucher zu sich heran und lud ihn ein, an der Tafel Platz zu nehmen.

Der heilige Gral

Dann öffnete sich eine Tür des Saals, die Parzival bisher nicht bemerkt hatte, und ein Knappe trat ein. In der Hand trug er eine Lanze, an deren Schaft Blut herabtroff. Lautes Wehklagen erscholl nun durch den weiten Saal, als der Knappe mit der blutbefleckten Waffe an allen Rittern vorbeischritt; in tiefer Trauer hielten sie das Haupt gesenkt, bis er den Saal wieder verlassen hatte.

Parzival stand stumm vor Staunen und verfolgte wie gebannt die feierliche Handlung, die sich ihm geboten hatte.

Da öffnete sich auf der anderen Seite des Saals eine stählerne Tür; vier liebliche Jungfrauen, goldene Leuchter in den Händen, setzten schweigend zwei Bänklein von Elfenbein vor dem Burgherrn nieder. Ihnen folgten vier Frauenpaare. Sie trugen Kerzen in den Händen und legten eine Tischplatte aus funkelndem Granat auf die elfenbeinernen Bänkchen.

Wieder öffnete sich die Stahltür. Diesmal erschienen sechs schöne Jungfrauen, die trugen kostbares Tafelgeschirr in den Händen, richteten sorgsam den Tisch und wandten sich in edlem Anstand zu den zwölfen, die sich auf der Seite aufgestellt hatten.

Mit wachsendem Staunen blickte Parzival auf das wundersame Bild; doch er brach mit keinem Wort das feierliche Schweigen, das über dem weiten Saal lag. Als sich die Tür zum letzten Mal öffnete, traten sechs Jungfrauen in kostbaren, golddurchwirkten Gewändern hervor. Sie waren das Ehrengeleit für die Königin. Denn nun erschien die Schönste der Schönen. Ihr Antlitz erstrahlte wie die Morgensonne im ersten Frühlicht. Auf grünseidenem Kissen trug sie eine Schale aus wundersam funkelndem Edelstein. Das war der heilige Gral, der Wunderhort der Christenheit.

Die Trägerin dieses Heiligtums war die Schwester des Burgherrn, Repanse de Schoye; denn das Wunderwesen des Grals gebietet, daß nur eine reine Hand ihn berührt. Es ist das heilige Gefäß, aus dem einst Christus beim letzten Abendmahl mit seinen Jüngern trank und in dem Joseph von Arimathia das Blut des Heilands auffing, als die rohen Kriegsknechte dem Gekreuzigten die Seite öffneten.

Die edle Jungfrau verneigte sich züchtig vor dem königlichen Bruder, setzte das heilige Gefäß vor ihn und zog sich mit ihren kerzentragenden Jungfrauen zu den übrigen zurück.

Nun rüstete man sich zur festlichen Bewirtung der vierhundert Ritter. Flinke Knappen trugen hundert Tische herbei, deckten sie mit weißem Linnen und setzten sie vor die Ruhepolster.

Für jeden der Tische standen vier Knappen zur Bedienung bereit. Goldene Gefäße und kostbares Tafelgeschirr wurden auf zierlichen Wagen herbeigeführt.

Und jetzt geschah das Wunder: Was jeder der ritterlichen Gäste sich an Speisen erlesenster Art wünschte, das spendete der heilige Gral, und das wurde nun von den bedienenden Knappen eilfertig herbeigetragen. Und was sie auch zu trinken begehrten, das floß in die ausgestreckten Becher, alles durch die Wunderkraft des Grals.

Die edlen Ritter waren beim heiligen Gral zu Gast.

Wie staunte Parzival über all diese Wunder! Aber eingedenk der Ritterlehre des edlen Gurnemanz unterließ er jede Frage; er hoffte, auch ohne diese zu erfahren, was das seltsame Fest bedeute.

Während er so in tiefen Gedanken saß, brachte ein Knappe auf einen Wink des Burgherrn ein Schwert herbei. Griff und Klinge waren von meisterlicher Arbeit. »Nehmt diese Waffe als mein Gastgeschenk«, sagte der Alte zu Parzival; »tragt sie in Ehren, die mir in so manchem Streit zur Seite stand, ehe die tückische Krankheit mich packte.«

Parzival nahm die kostbare Waffe entgegen. Daß er nicht den tieferen Sinn der feierlichen Umgebung erkannte! Er ahnte nicht, der junge Tor, daß es in seine Hand gegeben war, den Gastgeber von aller Last zu befreien! An Parzival lag es, das rechte Wort als Frage auszusprechen.

In seiner höfischen Einfalt sprach er kein Wort des Dankes oder des Mitleids; keine Frage nach der Ursache des Leidens seines Gastgebers kam ihm über die Lippen.

Da gab der Kranke das Zeichen, das Mahl zu beenden. Eilfertig trugen die Knappen die Tafelgeräte hinaus, und in feierlichem Zug führte die schöne Königin, geleitet von ihren Ehrenjungfrauen, den heiligen Gral aus dem Saal.

Parzival schaute dem Kleinod schweigend nach.

Aber auch jetzt stellte der Jüngling keine Frage.

»Ihr werdet müde sein«, wandte sich der Burgherr nun wieder seinem Gast zu. »Das Schlafgemach ist für Euch bereitet. So wünsche ich Euch eine gesegnete Nachtruhe!«

Parzival verneigte sich zum Dank züchtig nach Ritterart, aber immer noch blieb er in törichter Verblendung schweigsam. Man führte ihn in eine prächtig hergerichtete Kemenate, in der ein prunkvolles Bett bereitstand. Ritter, Knappen und edle Jungfrauen wetteiferten, ihm zu Diensten zu sein. Die ersehnte Ruhe wollte jedoch bei ihm nicht einkehren. Wirre Träume schreckten ihn. Schweißgebadet wachte er auf. Es war heller Tag. Erschrocken fuhr er in die Höhe und rief nach den Knappen. Aber niemand war zu seinem Dienst bereit. Auf dem Teppich vor seinem Bett lag neben seinem Schwert das Gastgeschenk des Burgherrn, daneben seine Rüstung. An der Treppe fand er sein Roß angebunden; daneben lehnten Schild und Speer. Vergeblich blickte er sich nach den Bewohnern der Burg um. Niemand zeigte sich. Das Burgtor stand weit offen, und Spuren vieler Hufe wiesen hinaus. Da wußte Parzival, daß er allein in der Burg war.

Entschlossen folgte er den Spuren zum Tor hinaus. Kaum aber hatte er die Zugbrücke verlassen, da wurde sie hinter ihm in die Höhe gezogen, und ein

Knappe, der sich vorher versteckt gehalten hatte, rief ihm höhnisch nach: »Solchen Tölpel wie Euch erlebt man nicht alle Tage! Nach Ritterruhm scheint Ihr nicht zu verlangen! Hättet Ihr Euer Mundwerk nur einmal gerührt, um den Herrn zu fragen! Nun habt Ihr alle Ritterehre verspielt!«

Parzival blickte sich bei dieser unerwarteten Beschimpfung ganz erstaunt um und verlangte nach einer Erklärung. Doch der Knappe würdigte ihn keiner Antwort.

In tiefen Gedanken war Parzival den Spuren der Ritter gefolgt. Doch bald verloren sie sich im dichten Wald.

Als er so unschlüssigen Sinnes dahinritt, stutzte er plötzlich vor einer eigenartigen Erscheinung, die sich ihm im Waldschatten bot: Unter einer breitästigen Linde saß eine schöne Frau, in ihren Armen hielt sie einen toten Ritter.

Jetzt erkannte Parzival die Jungfrau. Es war seine Base Sigune, die immer noch um den erschlagenen Ritter, ihren Verlobten, trauerte. Sie hatte den Leichnam einbalsamieren lassen. Die starre Gestalt des Geliebten im Arm, bot sie ein Bild des Grauens.

»Du bist Parzival, der Sohn meiner Mutterschwester«, rief sie ihn an; »sag mir doch, was du in diesem Wald suchst!«

Von Sigune erfuhr er nun, was es mit der Gralsburg auf sich habe. »Sie ist an aller irdischen Vollkommenheit reich. Aber nicht jedem Sterblichen ist sie zugänglich. Wer sie mit Fleiß sucht, wird niemals zum Ziel gelangen. Wer aber ohne Wissen und ohne Absicht zu ihr gelangt, dem wird sie sich öffnen, und aller Erdensegen und alle irdische Glückseligkeit werden dem Finder zuteil werden.«

Parzival hörte schweigend zu. Würde er je des Rätsels Lösung erfahren?

»Du wirst von dieser Burg nichts wissen, Parzival«, fuhr Sigune fort. »Munsalwäsche ist ihr Name. Dort auf dem ›Berg des Heils‹ – denn das bedeutet der Name – regiert als Gralskönig der edle Amfortas, den Gott mit schwerer Krankheit geschlagen hat. Er kann nicht gehen noch reiten, nicht liegen noch stehen und muß immerfort in einem Sessel lehnen.«

Unschuldig schuldig geworden

»Wärest du dorthin gelangt«, fuhr Sigune fort, »zu Amfortas und seinen trauernden Rittern, so wäre der Burgherr von seinem Leid befreit worden – dir aber winkte höchster Ritterruhm und alle irdische Erfüllung im Leben!«

»Ich war auf der Burg und habe vielerlei Wunder geschaut«, entgegnete Parzival ruhig.

»Du warst auf der Burg! Oh, sage mir: Hast du den Gral gesehen? Den unglückseligen Amfortas?« Sigune war außer sich vor Erregung. »Oh, wenn du sein Leid gewendet hast – Gott wird deine Reise dann segnen! Denn alles, was die Himmelsluft berührt, steht alsdann unter deiner Hoheit, und dir ist bestimmt, höchste Macht in Fülle zu erwerben!«

Parzival schwieg.

»Wenn du ihn von seinem Siechtum befreit hast, ehe du schiedest«, fuhr Sigune fort, »so bist du allerhöchsten Ruhmes wert. Ich sehe, du trägst sein Schwert – so wirst du seinen Segen kennenlernen. Hast du die Frage recht getan?« fuhr sie auf, als Parzival sie immer noch schweigend anblickte.

»Ich habe nicht gefragt«, entgegnete er düster.

»O du Unseliger«, rief die Jungfrau voll Entsetzen und bedeckte mit den Händen die Augen. »Du sahst das heilige Wunder und hattest nicht den Mut zu fragen! Geh mir aus den Augen! Du Mann, den das Schicksal verstoßen hat, der du kein Erbarmen mit der Not deines Gastgebers hattest! Für alle Zeiten hast du dein Lebensglück verscherzt!«

»Sigune«, bat er, »ich erkenne meine Verfehlung. Ich glaubte, ritterliches Zuchtgebot zu befolgen, so wie Gurnemanz es mich gelehrt hat, und nun bin ich so sehr schuldig geworden. So zeige mir doch, ich bitte dich, den Weg, wie ich büßen und bessern kann!«

»Es ist zu spät«, versetzte sie düster. »Auf Munsalwäsche schwand deine Ritterehre dahin. Fortan wirst du von mir kein Wort mehr vernehmen.«

So schied Parzival von seiner Base. Er fühlte sich im Innersten von widerstreitenden Stimmungen, von Reue und Selbstanklage zerrissen, als er seinen Ritt fortsetzte. Wie hatte es nur geschehen können, daß er diesen entscheidendsten Augenblick seines Daseins so hatte verspielen können!

Traurig ritt er durch den sommerlichen Wald. Da stieß er auf eine frische Hufspur, und bald erblickte er vor sich ein seltsames Paar. Auf stattlichem Pferd ritt ein wohlgerüsteter Ritter daher und in demütigem Abstand hinter ihm eine junge Frau. Auf elendem, halb verhungertem Klepper hockte sie, in der Hand einen Baststrick als Zügel. Lumpen bedeckten dürftig ihren schönen Körper, und Dornen und Sonnenbrand hatten ihrer ungeschützten Haut übel zugesetzt.

Als Parzival die Dame mit ritterlichem Anstand grüßte, erkannte sie ihn sofort: »Wieviel Leid habe ich um Euretwillen erleiden müssen«, stieß sie hervor,

»denn Ihr seid es, dem ich dieses armselige Schicksal verdanke.« Es war die unglückliche Frau Jeschute, der Parzival einst in gedankenlosem Übermut Ring und Kuß geraubt hatte und die dafür von ihrem Gemahl, dem Herzog Orilus, fortan aufs schimpflichste behandelt wurde.

Parzival war sofort entschlossen, die Ehre der schönen Frau wiederherzustellen und das Unrecht gutzumachen, das er an ihr begangen hatte. Ein furchtbarer Ritterkampf entbrannte, als die beiden Recken aufeinanderprallten.

Doch Parzival erwies sich als stärker. »Ich werde dein Leben, um das du bittest, schonen«, rief der junge Sieger, »wenn du mir in die Hand gelobst, deine Ehegemahlin wieder in ritterlichen Ehren aufzunehmen und ihr alles zu verzeihen.«

Herzog Orilus versprach die geforderte Sühne und nahm seine so lange verstoßene Frau wieder in aller Liebe auf.

Begegnung mit den Artusrittern

Parzivals Lob erklang ringsum im Lande, und dem König Artus, der die besten und tapfersten Ritter zu seiner Tafelrunde zählte, ließ es nun keine Ruhe mehr: Koste es, was es wolle, er mußte den jungen Ritter für sich gewinnen. So machte er sich mit seinen Vasallen auf die Suche.

Parzival irrte indessen immer noch in der unendlichen Waldeinsamkeit umher. Sein Gewissen wollte sich nicht beruhigen und riß ihn in Selbstvorwürfen und Zweifeln hin und her.

Eines Morgens, als er sich von dem harten Lager auf dem nackten Erdboden erhob, war ringsum alles verschneit. Da scheuchte ein Falke von König Artus'

Rittern, die ganz in der Nähe ihr Zeltlager aufgeschlagen hatten, eine Schar Wildgänse auf. Eine von ihnen schlug der Falke im Flug unmittelbar über Parzival. Dabei fielen drei Blutstropfen vor ihm in den Schnee.

Drei Tropfen Blut!

Nachdenklich blickte der junge Recke auf das Bild: Rot und weiß, wer ist es, an den mich diese Farben gemahnen?

Er starrte vor sich hin, und aus den drei Tropfen wurde Kondwiramurs Bild, das liebliche Antlitz seiner Gattin, weiß und rot wie Milch und Blut. Gedankenverloren verhielt er auf seinem Roß, die Umgebung versank ihm; mit erhobenem Speer stand er da, als wäre er im Schlaf.

So erblickte ihn Segramur, König Artus' Neffe. Parzival vernahm nicht seine kränkenden Worte, mit denen er ihn aufforderte, sich zu ergeben. Erst als der Artusritter gegen ihn anritt, erwachte Parzival aus seinen Träumen. Er schlug den Gegner aus dem Sattel. Dann wandte er sich, ohne dem Besiegten einen weiteren Blick zu schenken, wieder den drei Blutstropfen zu und ließ sich von ihrem Anblick in das Reich seiner Sehnsucht entführen.

Da machte sich Keye, des Königs Seneschall, auf, die Schmach Segramurs an dem seltsamen Ritter zu rächen. Auch ihn traf Parzival wie im Traum so schwer, daß der Seneschall mit gebrochenem Arm und Bein zu Boden stürzte; sein Pferd aber brach tot zusammen.

Parzival wandte sich schon wieder den drei Blutstropfen zu. Um den Besiegten kümmerte er sich nicht. Er kannte ja nicht einmal seinen Namen, und er ahnte nicht, daß er in diesem ritterlichen Zweikampf den Schimpf gerächt hatte, den Kunneware einst um seinetwillen von dem hochfahrenden Oberhofmeister erlitten hatte.

Endlich gelang es Gawain, König Artus' Neffen, Parzival aus seinen Träumen zu wecken, denn er warf seinen Mantel über die Blutstropfen. Da ließ Parzival sich zum Zeltlager der Ritter führen, und König Artus selber eilte herbei, den berühmten Helden willkommen zu heißen.

Wie ein Vogel ohne Flügel, so wird berichtet, stand der jugendschöne Recke vor dem König. Da drängten sich Artus' ruhmreiche Vasallen um den Gast, boten ihm ritterliche Freundschaft an und baten ihn, in die Gesellschaft ihrer Tafelrunde einzutreten. In heiterer Festesfreude nahm man sodann an der Tafel Platz. Ein kreisrundes Stück Seide – kreisrund deswegen, damit alle Sitze gleich ehrenvoll waren – war dort auf grünem Rasen ausgebreitet. Edle Ritter und schöne Damen taten sich gütlich am Gastmahl.

Doch da wurde das fröhliche Feiern jäh unterbrochen. Auf gespenstigem Maultier, das hoch wie ein Streitroß und klapperdürr war, prunkvolles Zaumzeug und aufgeschlitzte Nüstern hatte, kam eine Jungfrau dahergesprengt. Eine Jungfrau, doch von erschreckendem Aussehen! Eine Nase hatte sie wie ein

Hund, ihr Antlitz war struppig, und zwei Eberzähne ragten ihr aus dem Mund. Ohren hatte sie wie ein Bär, und unter ihrem Hut, der von golddurchwirkter Seide war, hingen Haare wie Schweinsborsten bis auf den Rücken des Maultiers herab. Es war Kundrie, ein Bild weiblicher Häßlichkeit trotz der Pracht ihrer prunkvollen und modischen Gewänder. Aber sie war hochgelehrt und kundig aller Sprachen – sie war die Fluchbotin des Grals!

Die Tafelrunde erstarrte in Grauen, als das gräßliche Weib vor dem König haltmachte. »Weh über Euch, König Artus!« schrie sie ihn gellend an. »Weh über Euch! Der Ruhm Eurer Tafelrunde, der durch die Lande erschallt, ist geschändet durch den Unwürdigen, den Ihr in Eure Mitte aufgenommen habt. Die Ehre Eurer Tafelrunde ist dahin!«

Dann wandte sie sich an Parzival: »Fluch über Euch, sage ich. Fluch über Eure Jugendschönheit und Eure ritterliche Gestalt! Fluch über Euch! Warum, so frage ich Euch, warum habt Ihr die Seufzer des traurigen Fischers am See nicht beachtet, warum habt Ihr ihn nicht von seinen Leiden erlöst? Ihr sahet den heiligen Gral und den blutigen Speer und habt dennoch keine Frage getan? Habt Ihr denn kein Erbarmen mit Amfortas' Not gehabt? Eine einzige Frage hätte Euch zu aller irdischen Glückseligkeit erheben können!« Kundrie rang weinend die Hände. Dann riß sie jäh ihr Maultier herum, warf Parzival einen haßerfüllten Blick zu und jagte ohne Abschiedsgruß von dannen.

Parzival starrte in finsterem Brüten vor sich hin. Warum hatte Gott ihn so hart gestraft, da er doch recht zu handeln gemeint hatte, als er dort auf der Gralsburg nicht ungefragt hatte sprechen wollen! In König Artus' Tafelrunde konnte seines Bleibens nun nicht länger sein.

Nicht durch Bitten noch Trostworte der schönen Frauen, die sein Unglück beklagten, ließ er sich bewegen. »Durch Unwissenheit habe ich schwere Schuld auf mich geladen«, sagte er. »Nun bleibt mir nichts als die Pflicht, das Versäumte zu sühnen. Ich will nicht ruhen noch rasten, bis ich den heiligen Gral gefunden und den unglücklichen Amfortas von seinen Qualen erlöst habe!«

Alle Ritter der Tafelrunde sahen mit Schmerz den edlen Recken Parzival scheiden. Traurig und mit seinem Gott verfallen, ritt er in die Welt hinaus. Würde es seinem Streben gelingen, den Gral zu gewinnen?

Auch König Artus und seine Ritter hielt es nicht länger in der Tafelrunde, seit Frohsinn und Festesfreude so jäh erstorben waren. So zogen die Ritter – jeder für sich – nach allen vier Winden hinaus in die Ferne, um sich neuen Heldenruhm zu erwerben.

Jahr um Jahr verging, ohne daß es Parzival gelingen wollte, zum Ziel seiner Mühen zu gelangen. Der Gral blieb für ihn unauffindbar. So manches Land hatte er durchstreift, und keinem Kampf war er ausgewichen. Und wer mit ihm die Waffe kreuzte, den hielt es nicht im Sattel. Würde Gott sein Streben nicht endlich belohnen?

Als er eines Tages so durch die weglose Waldeseinsamkeit dahinritt, stieß er auf eine Einsiedlerklause, die an einer Quelle erbaut war. Dort hauste seine Base Sigune, die immer noch um ihren erschlagenen Verlobten trauerte.

»Seit Jahren«, berichtete er ihr traurig, »irre ich umher, den Gral zu gewinnen. Krone und Weib – oh, welche Sehnsucht plagt mich nach der Liebe meines Weibes! – habe ich im Stich gelassen, um meine Aufgabe zu erfüllen! Doch all

mein Suchen war vergebens. Aber ich will nicht ruhen noch rasten, bis ich am Ziel bin und Amfortas erlöst habe. O sage mir, Sigune, bei der Verwandtschaft, die uns verbindet: Wie kann ich den Gnadenhort von Munsalwäsche gewinnen? Sieh mich an, wie sehr die Not mich bedrückt!«

Von Sigune erhielt er die Wegweisung, denn Frau Kundrie, die Gralsbotin, pflegte ihr allwöchentlich Nahrung zu bringen: »Sieh dort die Spur, die Frau Kundries Maultier hinterlassen hat. Sollte es dir nicht gelingen, auf dieser Spur zur Gralsburg zu gelangen?«

Begierig folgte Parzival diesem Fingerzeig und nahm sogleich Abschied. Aber bald verlor sich die Spur im Gesträuch, und alles Suchen war wiederum vergeblich.

Wochen vergingen, ohne daß der umherirrende Parzival seinem Ziel näher kam. An einem kalten Märzmorgen – leichter Schnee bedeckte die Erde – ritt der Held, Verzweiflung im Herzen, durch den Wald. Da begegnete ihm ein seltsamer Zug. Barfuß und im Büßergewand kam ein graubärtiger Ritter daher, ihm zur Seite seine Gemahlin und zwei zarte Kinder in gleicher Kleidung. Gesenkten Hauptes folgten Ritter und Knappen, alle in Bußgewändern und ohne Waffen. Parzival lenkte sein Pferd höflich beiseite und begrüßte den Pilgerzug mit edlem Anstand.

»Ihr tut Unrecht, edler Herr, daß Ihr am heiligsten Tag des Jahres im Schmuck Eurer Waffen daherreitet«, redete der Alte ihn milde an.

Parzival verstand seinen Tadel nicht. »Was kümmert mich des Jahres oder der Wochen Lauf«, entgegnete er bitter, »was die Namen der Tage? Es gab eine Zeit, da diente ich einem, der heißt Gott. Stets war ich beständig in diesem Dienst und bewahrte ihm die Treue. Aber er entgalt mir's mit Schmach und verhängte schmählichen Spott über mich!«

»Wenn Ihr Christus meint mit Euren bösen Worten, Herr, so versündigt Ihr Euch schwer und tragt zu Unrecht den Harnisch des Ritters. Wißt Ihr nicht, daß heute der heilige Karfreitag ist, der Tag, an dem unser Heiland für die sündige Menschheit den Kreuzestod erlitt? Wenn Ihr kein Heide seid, Herr, so achtet die Heiligkeit dieses Tages! Folget unserer Spur, so kommt Ihr zur Behausung des frommen Trevrizent. Der ist ein heiliger Mann, der Euch auf den rechten Weg zurückweisen wird!«

Doch Parzivals Herz blieb verstockt; er war keineswegs bereit, dem Rat des Alten zu folgen. Unwillig riß er sein Roß herum und ließ ihm die Zügel.

Doch wie staunte er, als er erkennen mußte, daß das edle Pferd eigenwillig den Weg suchte und ihn geradewegs vor Trevrizents Behausung führte! Hier bei dem würdigen Greis, der ihn mit ernster Mahnung empfing, erfuhr Parzival die verborgenen Dinge um den Gral. Hier fand Parzival endlich den Weg zu Gott. Er ließ sich von dem frommen Einsiedler zu Reue und Buße führen und erkannte, wie sündig er gehandelt hatte, an Gott zu verzweifeln, kein Gebet zu sprechen und den Gottesdienst zu meiden.

»Ich habe stets gemeint, ihm in Treue zu dienen«, sagte Parzival dumpf; »aber meine Treue hat mich in tiefstes Leid gestoßen!«

Voller Güte redete Trevrizent dem jungen Ritter zu und gab ihm willig Auskunft über den Gral. »Nur wer gläubig und reinen Herzens ist«, sagte er, »wer frei ist von Hochmut und schwächlichem Zweifel, erscheint würdig, die Glücksfahrt dorthin anzutreten.«

Mit ungläubigem Staunen vernahm der Alte sodann, wen er vor sich hatte. »Parzival, Sohn meiner geliebten Schwester«, rief er, »oh, laß dich von mir umarmen! Ach, Parzival, welche Schuld hast du auf dich geladen, als du den Roten Ither erschlugst! Und welch unsagbares Leid hast du über deine Mutter Herzeleide gebracht, daß der Gram um dich sie so früh ins Grab sinken ließ!«

In tiefster Trauer hörte Parzival diese Nachricht, die ihm ja nicht bekannt war. Milden Trost sprach der Oheim ihm zu und gab ihm treuen Rat: »Als erstes sage ich dir, Gott hat dich nicht verlassen. Vertraue ihm mit gläubigem Herzen, so wird er dich aus aller Bedrückung befreien!«

Viele Tage verweilte Parzival als Gast des Oheims. Freudig nahm er alle Entbehrung auf sich und ließ seine Seele sich an den frommen Lehren seines Meisters ergötzen. Hier fand er in ehrlicher Reue Befreiung von allen Seelennöten, denn Trevrizent wies ihm den Weg, wie er sich von Sünde fernhalten und ein guter Ritter sein könne.

Als die Scheidestunde schlug, umarmte der fromme Klausner den wiedergewonnenen Neffen in Liebe: »Durch meinen Mund spricht Gott dich von allen Erdensünden frei. Bleibe weiterhin bußfertig und unverzagt, so wird Gott stets mit dir sein!«

Versöhnt mit seinem Gott und frei von allen Zweifeln ritt Parzival neuem Leben entgegen. Aber noch war der Weg seiner Prüfungen nicht durchmessen.

Auf seinem weiten Weg stieß er mit einem Ritter zusammen. Noch nie hatte er einen so schweren Kampf zu bestehen. Erst als beide ermattet die Waffen sinken ließen, erkannten sie erschrocken, daß sie leibliche Brüder waren.

Es war Feirefis, ein heidnischer König aus dem Mohrenland, wo König Gachmuret einst, ehe er Herzeleide heiratete, eine Heidenkönigin zur Frau genommen hatte. Gern folgte Feirefis der Aufforderung des Bruders, ihn an König Artus' Hof zu begleiten. Mit freudigem Jubel wurde der ruhmvolle Parzival dort begrüßt. Mit Ehrerbietung nahm man auch den mächtigen Recken aus dem fernen Heidenland auf. Ein prunkvolles Festgelage wurde für sie veranstaltet und Feirefis mit allen Ehren in König Artus' Tafelrunde aufgenommen.

Parzivals Berufung

Die Recken saßen beim festlichen Mahl und feierten den Ruhm aller tapferen Helden, die nach Kampf und Abenteuer zum Artushof zurückgekehrt waren.

Da kam auf klapperdürrem Maultier eine Jungfrau dahergesprengt; eine Jungfrau, aber von welch erschreckendem Aussehen! Eine Nase hatte sie wie ein Hund, das Antlitz war von struppiger Haut bedeckt, und zwei Eberzähne ragten ihr wohl spannenlang aus dem Munde ...

Ja, es war Kundrie, die Gralsbotin, die einst Parzival den grimmigen Fluch überbracht hatte! Wie Eiseskälte wirkte ihr Anblick auf die fröhliche Stimmung des Festes. Kam sie, dem leidgeprüften Parzival einen neuen Fluch zu verkünden? Behende schwang sich die Unholde von ihrem Maultier, verneigte sich ehrerbietig vor König Artus und wandte sich sodann Parzival zu.

»Ich grüße dich, Sohn König Gachmurets«, rief sie. »Heil dir, du Kind der Königin Herzeleide! Du darfst wissen, daß Gott der Herr deine Herzensdemut erkannt hat. Die Zeit der Prüfung, die er dir auferlegt hat, geht zu Ende. So höre, Gott hat dich zum Gralskönig erkoren! Eine leuchtende Umschrift auf dem heiligen Gefäß offenbarte uns deinen Namen. Du sollst Hüter des Grals sein, und die liebenswerte Kondwiramur, deine reine Gattin, und dein Sohn Lohengrin sind mit dir dorthin berufen; sie sollen mit dir den höchsten Thron der Menschheit zieren! Der edle Lohengrin wird dir einst auf diesem Thron folgen. Denn durch mich darfst du wissen, Parzival, daß du zwei Söhne dein eigen nennst. Als du von deiner Gemahlin fortgeritten warst, hat sie dir ein Zwillingspaar geboren. Kardeis, dein anderer Sohn, soll Erbe deiner weltlichen Reiche sein. Aber als Krone aller Menschenseligkeit wird es dir erscheinen, daß es dir bestimmt ist, den armen Amfortas von der Qual seiner Leiden zu erlösen. Wir ehren dich, edler Parzival, weil du um des Lebens Seligkeit so beharrlich gerungen hast!«

Unendliche Rührung ergriff den also Angeredeten. So war er am Ziel all seines menschlichen Ringens und Strebens! Gott, von dem er sich einst in Verblendung abgewendet hatte, hatte ihm das Übermaß seiner Gnade zuteil werden lassen und ihn seiner Segnungen für würdig erachtet. Mit demütigen Worten antwortete Parzival der Gralsbotin: »Wie dankbar bin ich Gott, meinem Herrn, daß er mich sündigen Menschen und mit mir Weib und Sohn solcher Ehre für wert erachtet. Habt Dank für die edle Treue, mit der Ihr mein Streben belohnt, Frau Kundrie!« Dann drängte der edle Parzival zum Aufbruch, um Amfortas von seinem Leiden zu erlösen. Kundrie sollte ihn führen, sein Bruder Feirefis durfte ihn als einziger begleiten.

Mit Jubel begrüßten die Gralsritter Kundrie und ihre beiden Begleiter, als diese in Munsalwäsche einritten. Ehrerbietig näherten sie sich dem jungen Parzival und begrüßten entblößten Hauptes in ihm den künftigen König des heiligen Grals. In ehrenvollem Zuge geleiteten die edlen Ritter dann das Bruderpaar zur Burg und in den hohen Rittersaal.

Wieder war alles hergerichtet wie damals. Der sieche Amfortas lag auf seinem Leidenslager. Seine Schmerzen waren ihm ins Unerträgliche gewachsen. Neue Lebenshoffnung durchfuhr den Todwunden, als er den so lange ersehnten Ritter erblickte. »Sei mir willkommen, lieber Neffe«, rief er freundlich. »Willkommen auf Munsalwäsche! Wenn du ein Herz voll menschlichen Erbarmens hast, so mach ein Ende mit all meiner Not!«

Parzival fühlte die Größe des Augenblicks. Er warf sich vor dem Gral auf die Knie und betete inbrünstig für Amfortas. Dann richtete er sich ruhig und gesammelt auf, trat an Amfortas' Lager und fragte voller Teilnahme: »Sag, lieber Oheim, was ist es, das dir Schmerzen bereitet?«

Das war die erlösende Frage. Wie himmlischer Schein umstrahlte es das Antlitz des Siechen und ließ es in solcher Schönheit aufleuchten, daß selbst Parzivals herrliche Erscheinung daneben verblassen mußte. Voll Dankbarkeit erhob er sich und reichte dem Neffen beide Hände. Dann schritt er an Parzivals Seite aus dem Saal. Alle Gralsritter erhoben sich voll Ehrfurcht und leisteten Parzival den Treueid.

Inzwischen hatte Kundrie der edlen Kondwiramur die Nachricht von der königlichen Berufung ihres Gatten überbracht. Sogleich begab sie sich mit ihren beiden Söhnen auf den Weg nach Munsalwäsche, dem »Berg des Heils«.

Als man Parzival meldete, daß seine Gattin nicht mehr fern sei, zog er ihr sogleich mit einer Zahl von Gralsrittern entgegen. Die ganze Nacht ritten sie durch den Wald dahin. Am Morgen öffnete sich vor ihnen ein Blachfeld, auf dem sich ein Zeltlager befand. Leise betrat Parzival das Zelt, in dem die geliebte Gattin mit ihren Knäblein schlief. Wie glücklich blickte er auf das liebliche Bild, das sich ihm dort bot! Und er dachte an den Tag zurück, da er traumverloren vor den drei Blutstropfen im Schnee gestanden hatte – hier an dieser Stelle, wo er nun die Geliebte wiedersah.

So fügte es das Schicksal.

Kondwiramur wußte das Glück nicht zu fassen, als der geliebte Gatte vor ihr stand. Nun erwachten auch die Kinder, Kardeis und Lohengrin. Parzival nahm sie auf den Arm und herzte und küßte sie in zärtlicher Vaterliebe.

In ehrenvollem Geleit der Gralsritter zog der junge König mit seiner Gattin und seinem zweiten Sohn, Lohengrin dem Gralserben, zum Gnadenort von Munsalwäsche. Es war tiefe Nacht, als das Ehrengeleit auf der Burg eintraf. Doch Feirefis hatte Fackeln und Kerzen in solcher Menge zum festlichen Empfang anzünden lassen, daß es aus der Ferne schien, die Burg stünde in Flammen.

Bald fanden sich die Ritter und edlen Frauen im großen Festsaal ein, um beim heiligen Gral zu Gast zu sein. Aber nicht wie einst, da der blutige Speer durch den Saal getragen wurde, herrschte Klage und Trauerlaut – nein, Freude lag über dem weiten Saal, seit man aller Sorgen ledig war.

Feirefis, der Heide aus dem Morgenland, bat um die christliche Taufe, und in feierlicher Messe sprach der Priester über ihm den Segen. Feirefis hatte sein Herz an die liebliche Königin Repanse de Schoye verloren, und bald feierte er in aller Pracht Hochzeit mit der schönen Gralshüterin. Am zwölften Tag zog er dann heim in sein Königreich. In der glücklichen Ehe der beiden Liebenden wurde später ein Sohn geboren, dem Feirefis den Namen Johannes gab.

Johannes lebte getreu seinem christlichen Namen als Jünger des Herrn und wurde der Stammvater eines priesterlichen Königsgeschlechts, das nach dem Vorbild des Grals weise über das Land regierte.

An der Seite der schönen Kondwiramur aber herrschte Parzival als Gralskönig viele Jahre lang in weiser Ritterkraft und frommer Demut.

Lohengrin

An das Tor des Palastportals pochte der Tod. Herzog Gottfried von Brabant lag im Sterben. In dem Land am Niederrhein ringsum erklang das Lob seiner weisen, gerechten Regierung und seiner Heldentaten im Felde. Doch längst war der Klang der Kriegstrompete verhallt, weit lagen die Zeiten zurück, da der starke Herzog mit wehendem Banner im Dienst seines kaiserlichen Herrn gegen die Feinde des Reiches angeritten war, denn Herzog Gottfried war alt geworden, und allzu fordernd meldeten sich die Beschwerden der langen Kriegszeit. Er wußte auch selber, daß seine Lebenstage gezählt waren.

»Ruft mir Graf Telramund«, befahl der Fürst eines Tages, als ihn wieder die Schatten des Todes bedrängten; unter den Vasallen hatte Friedrich von Telramund sein besonderes Vertrauen, stets hatte er sich als treuester Helfer seiner Krone erwiesen. Gehorsam trat der Lehnsmann vor seinen Herzog: »Was steht Euch zu Diensten?«

Forschend ruhten Gottfrieds Augen auf dem starken Mann. »In wilden Schlachten habt Ihr mir treu gedient«, fuhr er fort, »und in der Regierung meines brabantischen Kronlandes konnte ich mich auf keinen Ratgeber verlassen wie auf Euch. Jetzt schlägt für mich die Stunde des Abschiednehmens . . .«

Der Graf schien tief erschrocken. »Gnädiger Herr Herzog . . .« Seine Stimme ging in ein Stammeln über.

Doch Gottfried ließ sich nicht unterbrechen. »So nicht«, sagte er; »für jeden von uns kommt einmal die Zeit, die Gott ihm gesetzt hat. Das ist Menschenlos, und für mich ist es mehr als eine dumpfe Ahnung: Meine Stunden auf dieser Erde sind gezählt. Der Tod hätte für mich keine Schrecken . . .«

Wieder wollte der Graf ihn unterbrechen, doch Gottfried fuhr fort: »Dem Tod sähe ich ohne Schrecken entgegen, hielte mich nicht die Sorge um Elsas Zukunft gefangen, meiner Tochter, denn ich hinterlasse keinen männlichen Erben!«

»Herzoglicher Herr!« rief Graf Telramund, »Ihr habt mir Lob gezollt für meine Hilfe mit Rat und Tat, und so will ich es gelten lassen als Anerkennung meiner Treue zu Euch. Aber brauche ich zu beteuern, daß diese Treue unwandelbar ist? Und sollte es sich nach Gottes Rat so fügen, daß Euer Stündlein gekommen ist, so . . .« Er stockte.

»Sprecht weiter, Graf Friedrich«, sagte der Herzog. »Es tut wohl, solches Bekenntnis zu vernehmen!«

». . . so gelobe ich diese unwandelbare Treue nicht weniger dem, der nach Euch Euren Herzogsthron einnehmen wird!«

Aufatmend blickte der alte Herzog seinen Vasallen an. »Solche Worte sind Labsal für einen Sterbenden«, sagte er leise. »Ich habe Euer Wort, Telramund.«

Herzog Gottfried ließ seine Tochter Elsa kommen. »Du weißt, weswegen ich dich gerufen habe«, hauchte er mit brechender Stimme. Ihre hervorquellenden Tränen waren ihm Antwort genug.

»Du darfst nicht von mir gehen, geliebter Vater«, rief sie aufschluchzend und bedeckte des Vaters Wangen mit ihren Tränen.

Mit inniger Rührung blickte er auf die jugendschöne Tochter. »Weine nicht, mein liebes Kind«, sagte er milde, »gegen den Tod sind wir Menschen machtlos, und für mich hat er seine Schrecken verloren, seit mich die drückende Sorge verlassen hat. Diese Sorge galt dir, Tochter . . .«

»Sprich nicht weiter, lieber Vater«, rief Elsa unter wildem Schluchzen, »was tue ich ohne deinen väterlichen Schutz . . .«

»Eben diese Sorge ist es, die mir geschwunden ist«, sagte der Herzog fest. »Denn ich weiß dich beschützt von edlen Männern. Soeben hat mir Graf Friedrich von Telramund in die Hand gelobt, dir in Treue als dein Schutzherr zu dienen, so wie er bisher die Stütze meines Thrones war. Er soll seines Amtes walten, solange du unvermählt bleibst. Ich weiß, er ist aufbrausend und von anmaßendem Stolz, aber nie wird seine Vasallentreue zu dir wankend werden.« Zärtlich fuhren des Herzogs welke Hände über das blonde Haar der schönen Tochter. »Als Schirm-

herr des Staates über uns alle steht unser kaiserlicher Herr Heinrich«, sagte er; »mächtig und gerecht ist er, und solltest du jemals in Bedrängnis geraten, so wirst du bei ihm Hilfe finden.«

Des Herzogs Todesahnungen waren nicht trügerisch gewesen, denn nur kurze Zeit verging, da standen seine Getreuen an seinem letzten Lager. Lange ruhten die Augen des Sterbenden auf der Tochter, die, vom Schmerz ganz aufgelöst, vor ihm kniete; dann wandte sich sein Blick zum Grafen von Telramund hinüber, der mit verschlossener Miene am Fußende des Totenbettes stand. Wie ein Hoffnungsschimmer glitt es über das Gesicht des verscheidenden Herzogs. Er öffnete den Mund, um zu sprechen, doch die Kräfte versagten. Als Elsa den Blick erhob, waren des Vaters Augen gebrochen.

In dem goldschimmernden Thronsaal der Herzöge von Brabant hatte Elsa, die Herzogskrone auf dem Blondhaar, die Vasallen ihres Vaters um sich versammelt, um sie in neuen Lehnseid zu nehmen. Mit Heilrufen umringten diese die schöne Herrin, und mancher mochte wohl wünschen, an ihrer Seite als ihr Gemahl zu leben.

»Beugt Euer Knie und schwöret mir Vasallentreue, so wie Ihr meinem verblichenen Vater in Treue gedient habt«, sagte die neue Herzogin. Da taten sie nach ihrem Geheiß: Sie beugten vor den Stufen des Throns das Knie und hoben die Schwurhand.

Doch mit finsterem, undurchdringlichem Blick, gestützt auf sein mächtiges Schwert, stand Graf Friedrich von Telramund; er sprach nicht das Treuegelöbnis, das sie als Herzogin rechtmäßig verlangte, und zeigte sich nicht bereit, ihr zu huldigen.

Elsa hob rasch die Thronsitzung auf und winkte dem Grafen zu bleiben.

»Wißt Ihr nicht, was Eure Pflicht ist, Graf Friedrich?« fuhr Elsa ihn an. »Wollt Ihr mich nicht als Herzogin anerkennen?«

»Ich kenne meine Pflicht«, versetzte er selbstsicher, »und habe Anspruch auf die Krone. An Eurer Seite als Euer Gemahl werde ich stets für Euer Wohlergehen und für den Wohlstand unseres Volkes bestrebt sein.«

Elsa wurde bleich, entsetzt fuhr sie zurück. »Wer gibt Euch das Recht zu solch anmaßender Rede?« rief sie.

»Anmaßend?« fragte er mit höhnischem Lächeln zurück. »Hat nicht Euer herzoglicher Vater selber mir dieses Recht verliehen und mich zum Nachfolger auf seinem Thron in Brabant und zum Gemahl seiner schönen Tochter ausersehen?«

Fassungslos blickte Elsa auf den Grafen, der solche freche Behauptung wagte. »Ihr sprecht eine Lüge aus«, rief sie mit fester Stimme. »Mein Vater hat Euch stets für einen ehrlichen Vasallen gehalten, Graf Friedrich«, fügte sie leise hinzu; »Schande über den Lehnsmann, der die Schwäche seiner Herrin so schmählich auszunutzen sucht. Und damit Ihr es wißt: Nicht ein Funken Liebe für Euch brennt in meiner Brust, Eure Gemahlin zu werden.« Damit wandte sie sich zum Gehen.

»Ich werde mein Recht zu erzwingen wissen«, rief Graf Telramund ihr nach.

»Und ich nicht minder«, beharrte sie auf ihrer Abweisung. »Noch leben Recht und Gerechtigkeit, und mein seliger Vater selber hat mich gemahnt, in meiner Bedrängnis bei unserem kaiserlichen Herrn Schutz zu suchen. Ja, Kaiser Heinrich soll richten über Eure schändliche Forderung!«

Der Graf höhnte: »Verlaßt Euch nicht auf ihn! Er muß ein Gottesgericht anrufen, um solchen schwierigen Rechtsstreit zu entscheiden!«

So selbstbewußt Elsa auch dem treulosen Vasallen entgegengetreten war, so unsicher war sie in ihrem Herzen, denn Graf Telramund war ein mächtiger, in Kämpfen bewährter Mann, der beim Kaiser in hohem Ansehen stand. Jedermann wußte, daß Kaiser Heinrich, der Vogeler, gerecht war – aber würde er dem Grafen mißtrauen, wenn dieser seine Worte eidlich bekräftigte? Und wenn es ein Gottesgericht geben würde – wer wollte gegen den starken Telramund in die Schranken treten?

In tiefem Kummer saß die junge Herzogin in ihrem Burggarten. Sie faltete die Hände zum Gebet, daß Gott ihr einen Retter senden möge. Ihr Blick ging ins Weite über den Rheinstrom hinaus, der sich als glitzerndes Band durch die Landschaft zog.

Da löste sich am fernen Äther ein feines Pünktchen, wuchs und wurde größer, immer größer – und nun sauste vom Himmel herab ein Falke auf sie zu, ein Jagdfalke mit einem Glöckchen um den Hals. Zutraulich ließ er sich auf der Hand der Jungfrau nieder.

»Bringst du mir einen Gruß«, sagte sie leise, »von einem ritterlichen Mann, der für meine Ehre eintreten, von einem Helden, der mich aus dieser furchtbaren Bedrängnis befreien wird?«

Ihre Gedanken schweiften in die Ferne. Sie sah vor sich den Kaiser als Richter, daneben Telramund mit abweisender Miene, und Kaiser Heinrich gebot ein Gottesgericht und ließ ausrufen, wer für Elsa von Brabant in die Schranken treten wolle. Und dann erschien ein Ritter, herrlich anzuschauen, und beugte in Ehrfurcht vor ihr das Knie. »Ich will für dich kämpfen«, sagte er. »Und ich will dir stets als dein liebendes Weib gehören«, versetzte sie sogleich . . .

Elsa fuhr auf. Es war nur ein Traum gewesen, der sie entführt hatte. Sollte es ein Traum bleiben, oder würde der Retter, auf den sie in tiefstem Herzen hoffte, sich einstellen?

Nicht lange sollte Elsa auf den Richterspruch warten, denn Kaiser Heinrich kam just zu jener Zeit in die Gegend, wo der Rhein sich in das weite Meer ergießt, und schlug am Scheldeufer sein Heerlager auf.

Unter der tausendjährigen Linde wurde der Gerichtstag abgehalten. Aber Elsas Sache stand unter schlechtem Stern. Denn Graf Telramund wartete nicht etwa ihre Anklage ab, sondern trat selber mit seiner frechen Forderung vor des Königs Thron.

»Ich heische Recht«, sagte der Falsche, »und klage gegen Elsa von Brabant, die mir Herzog Gottfried vor seinem Tod als eheliche Gemahlin zugesagt hat.«

»Und die Herzogin?« fragte Kaiser Heinrich zurück.

»Sie verweigert mir die Ehe«, versetzte er finster, »und sieht in mir nicht mehr als den Vasallen.«

»An dem Wort eines Ritters, der sich in so vielen Schlachten bewährt hat, kann ich nicht Zweifel hegen«, versetzte der Herrscher schnell. »Trotzdem gebietet die Gerechtigkeit, daß ich auch die andere Seite höre.«

Geführt von des Königs Herold, betrat Elsa das Hoflager. »Ich grüße Euch, mein königlicher Herr, auf demBoden meines Landes. Auch ungerufen wäre ich vor Euch erschienen.«

Kaiser Heinrich stand betroffen vor der liebreizenden reinen Schönheit. Wie er überzeugt war, daß ein tapferer Kämpe wie Graf Telramund nicht falsches

Zeugnis ablege, so stand es für ihn außer Zweifel, daß eine Jungfrau wie die schöne Elsa von Brabant die lautere Wahrheit spreche.

Wie sollte er hier gerechtes Urteil sprechen? Auch als er Elsa dem Grafen gegenüberstellte, verharrte Graf Telramund bei seiner Forderung. »Möge Gott mich strafen, wenn ich eine Lüge ausspreche«, schloß er.

Elsa blieb ebenfalls bei ihrem Wort: »Niemals hat mein Vater diesem Lügner solches Versprechen gegeben!« erklärte sie fest.

»So muß Gott der Höchste, der alles weiß, richten«, bestimmte der Kaiser in tiefem Ernst. »Menschenwitz wird es hier nicht vergönnt sein, Richteramt zu üben: Ein Gottesurteil muß die Entscheidung fällen.«

Der Kaiser wandte sich an den Kläger: »Seid Ihr einverstanden, Graf Telramund?«

»Ich bin einverstanden«, versetzte er selbstsicher.

»Und Ihr, Elsa von Brabant?« wandte sich nun Kaiser Heinrich der schönen Herzogin zu, »seid auch Ihr gewillt, Eure Sache dem Höchsten zu überantworten?«

Elsas Antwort klang durchaus nicht stark und bewußt wie die des falschen Klägers. »Ich stimme dem Gottesurteil zu«, erwiderte sie leise.

Ehrerbietig trat der Herold vor sie hin: »Nennt, Herrin, den Streiter, der Eure Sache vertritt.«

In tiefer Verlegenheit schlug die junge Herzogin die Augen nieder. Wen sollte sie wohl nennen? Wer würde es wagen, für sie gegen Telramund, den kampfbewährten Recken, in die Schranken zu treten?

»Stell die Anfrage«, gebot der Kaiser seinem Herold. Da nahm der Mann seine Trompete, setzte sie an und blies gewaltig, nach Osten und Westen, nach Norden und Süden.

»Ich gebiete Schweigen im Namen des Kaisers«, rief der Herold und berichtete den versammelten Edlen sodann von dem Rechtsstreit. »Ist jemand unter den Rittern, der für die Herzogin zu kämpfen bereit ist, der trete vor!« rief er.

In dem weiten Rund blieb es totenstill. Niemand regte sich im Kreise der Ritter. Zum zweiten Mal erklang des Herolds Trompetenruf, und zum zweiten Mal rief er zum freiwilligen Kampf auf. Wieder war sein Rufen vergeblich, denn keiner der Ritter wagte es, gegen Telramund das Schwert zu ziehen. Nach der Gerichtsordnung mußte der Aufruf dreimal erfolgen, und so setzte der Herold zum dritten Mal seine Trompete an, und wieder klang ein Aufruf in alle vier Winde über die Menge hin. Sollte sich das Gottesgericht so schmählich gegen Elsa entscheiden?

»Da, da!« schrien ein paar Stimmen voller Erregung. Man wies zum Strom hinüber. Und siehe: Dort auf der Schelde nahte ein Kahn, auf dem stand ein Ritter in strahlender Waffenrüstung. Und – o Wunder! – nicht Segel noch Ruder trieben den Kahn, sondern gezogen wurde er von einem silberglänzenden Schwan!

Ungläubig und staunend blickte die Menge auf die überraschende Erscheinung. Das also war der Ritter, der für die schöne Elsa eintreten wollte? Er sprang ans Ufer, entließ den Schwan mit freundlichen Worten und trat in den Kreis der Ritter. Vor dem Kaiser beugte er sein Knie, wandte sich sodann mit ehrfurchtsvoller Verneigung an Elsa. Ergriffen von ihrer Schönheit und reinen Anmut bat er sie um die Gunst, für sie streiten zu dürfen.

»Ich bin gekommen«, sagte er, »dir in deiner Not beizustehen.«

So wußte Elsa, daß ihr Traum sie nicht getäuscht hatte.

»Ich danke Euch, Herr Ritter, für Euer Kommen«, sagte sie leise. »Ich vertraue mich Euch an in dem Gottesgericht, das meiner harrt.«

Auch Kaiser Heinrich war mit dem Recken einverstanden, der gegen den Grafen Telramund für Elsas Ehre in die Schranken treten wollte. »So nennt Euren Namen, Herr Ritter«, sagte er.

Der andere verneigte sich. »Ich bin Lohengrin«, versetzte er. »Doch darf ich Euch, Herr Kaiser, und allen schönen Damen und hohen Herren ringsum, über meine Herkunft nichts kundtun; gebunden bin ich durch die Gebote meines Ordens, die ich zu beachten geschworen habe.«

Kaiser Heinrich blickte den stattlichen Mann wohlgefällig an: »Auch ohne Ahnentafel dürft Ihr, will mir scheinen, als würdiger Gegner gelten.«

Damit wandte er sich an den Herold: »Der Kampf mag beginnen.« Und während man geschäftig die Kampfbahn vermaß, drängte sich die Menge der Ritter und der edlen Damen an die Schranken, um dem Waffengang zuzuschauen, aus dem das Gottesurteil sprechen sollte. In Heinrichs Kaiserloge nahm Elsa von Brabant Platz.

Tiefe Blässe lag auf dem Gesicht der schönen Jungfrau, als die beiden einander gegenübertraten. Finsteren Haß und Verachtung in seinem Blick, so stand Graf Telramund, strahlend in unbekümmerter Jugendkraft Lohengrin, der auf seinem blinkenden Helm die Wappenzier des Schwans trug. Würde er, der Unbekannte, den riesenstarken Grafen bestehen, der sich in ungezählten Kämpfen bewährt hatte?

Furchtbar war der Zusammenprall, als sie auf das Zeichen des Herolds den Tjost begannen. Mit verbissener Wut ließ Telramund sein Schwert niedersausen,

und nie hatte bisher ein Gegner solchem Streich widerstanden. Aber mit behender adliger Gewandtheit wußte der Schwanenritter auszuweichen, und mit zweifacher Kraft fuhr seine Waffe auf Telramunds Panzer, daß der starke Mann strauchelte. Hieb und Abwehr folgten in rasendem Wechsel. Beide Kämpfer schienen ebenbürtig. Ein Raunen der Bewunderung ging durch die Menge, die sich an die Schranken drängte. Freudiges Rot glitt über Elsas Wangen, als der Streiter, der ihre Sache vertrat, sich so herrlich bewährte.

Bald war niemandem zweifelhaft, wem der Sieg zufallen werde. Graf Telramund mußte erkennen, daß er seinen Meister gefunden hatte, und nur mit Mühe erwehrte er sich dem Drängen seines übermächtigen Gegners.

Doch nicht nur seine überlegene Kraft, sondern seinen ritterlichen Edelmut zeigte Lohengrin. Nicht den Tod des Grafen wollte er, und so führte der geheimnisvolle Fremde nun, da Telramunds Widerstand erlahmte, einen Hieb, der ihn betäubt zu Boden warf. Das war das Ende des Kampfes – und das war das Gottesgericht: Gott hatte gegen den Grafen Friedrich von Telramund entschieden. Dessen Wort war als Lüge entlarvt!

Ringsum im Kreise brandete es auf von Heilrufen für den Sieger, Schmachworte über den trügerischen Grafen klangen dazwischen. Als Telramund sich aus seiner Ohnmacht erhob, folgten ihm nur Blicke der Verachtung. Der Landesherr sprach über ihn die große Reichsacht aus.

Lohengrin schritt durch die jubelnde Menge, trat vor Elsa von Brabant und beugte das Knie vor ihr. »Herzogin«, sagte er, »der Kampf ist beendet. Gott hat gerichtet. Ihr seid im Recht.«

»Ihr habt mir die Ehre wiedergegeben«, versetzte sie in tiefer Rührung. »Wie soll ich Euch danken?«

Glückstrahlend blickte die schöne Herzogin zu ihrem Retter auf, lächelnd blickten mit Kaiser Heinrich die Umstehenden auf das schöne Paar. Jeder erkannte, daß sie füreinander wie geschaffen waren, und jeder sah, daß es nur eines Wortes bedurfte, sie in ritterlicher Minne zusammenzuführen. Lohengrin sprach dieses Wort, als er mit züchtigen Worten um Elsas Hand anhielt.

»Ich liebe dich, Elsa«, sagte er und nahm die Jungfrau in seine Arme. Der Kaiser selber weihte den Liebesbund, als er die Hände der schönen Herzogin und des edlen Ritters zusammenfügte. Mit unendlichem Jubel begrüßte die Menge der Umstehenden das schöne Paar.

Doch dann nahm Lohengrin seine holde Braut beiseite und erinnerte sie an das Gelöbnis, an das er gebunden war durch das Gebot seines Ritterordens. »Niemals darfst du mich nach meiner Herkunft, nach meinen Eltern fragen«, sagte er mahnend, »niemals. Brichst du dieses Gelöbnis der verbotenen Frage, so bin ich dir auf immer verloren!«

»Ich glaube an dich«, versetzte Elsa vertrauend. »Ein Traum hat dich mir angekündigt. Dein Geheimnis ist mir heilig.«

In ungetrübtem Eheglück lebten Lohengrin und Elsa auf ihrer Schwanenburg im schönen Land Brabant. Zwei Kinder, an denen ihr ganzes Herz hing, hatte das Schicksal ihnen geschenkt. Das Land erblühte unter der weisen und gerechten Herrschaft des edlen Paares, und kein Feind wagte es, die Landesgrenzen zu überschreiten, so sehr war Lohengrins starker Arm gefürchtet.

Oft zog er als des Kaisers Lehnsmann aus zum Schutz des Reiches, und ringsum erklang das Ruhmeslied des Ritters, der das Schwanenbanner führte.

Einst geschah es, daß Kaiser Heinrich am Mittelrhein sein Hoflager hielt. Von weit her waren die Besucher gekommen, und auch Elsa hatte sich mit ihren beiden Kindern eingestellt. Und als dann die prächtigen Waffenspiele begannen, war wieder das Lob des Schwanenritters in aller Munde. Wer sich seiner Lanze entgegenstellte, fand in ihm seinen Meister. In Elsas Ohren waren alle Worte, die zum Lob des Schwanenritters erklangen, wie liebliche Musik.

Doch da vernahm sie im Jubel der zuschauenden Damen, unter denen sie saß, eine Stimme, die sie tief verletzte: »Wer ist denn dieser von allen so gepriesene Ritter, wenn wir nicht seines Vaters Namen wissen? Nur unedle Menschen dunkler Herkunft verschweigen ihre Abstammung. Oder sollte er gar mit Zauberern im Bunde sein und ihnen seine Erfolge verdanken?«

War es Neid, der solche Verdächtigungen aussprach? In Wirklichkeit war der Frager ein Abgesandter Telramunds, der in der Verbannung lebte. Wie ein giftiger Pfeil hafteten die bösen Worte in Elsas Seele. Sie bohrten und nagten und streuten Zweifel über Zweifel. Sie raubten ihr die Herzensruhe und verdunkelten allen Sonnenschein, der über ihrem jungen Eheglück gestrahlt hatte.

Lohengrin sah wohl die Unruhe, die sie bedrängte, doch er schwieg. Schließlich wußte Elsa sich vor bitteren Zweifeln nicht mehr zu retten. »Geliebter«, begann sie zagend, »muß nicht, wer liebt, auch volles Vertrauen schenken?«

»Das frage ich dich, Elsa!« versetzte er abweisend.

Doch sie wollte ihn nicht verstehen. »So sage mir, Geliebter . . .«

Beschwörend blickte er sie an. »Elsa!« rief er, »Elsa!«

Aber das Wort war nicht mehr zurückzuhalten. »Sage mir, welcher Herkunft du bist . . .«

Das Furchtbare war geschehen. Lohengrin erbleichte. Aus seinen Augen sprach unendliche Trauer. »Nun ist das verhängnisvolle Wort gesprochen«, sagte er hart. »Elsa, mit deinem Zweifel hast du unser Glück zerbrochen!«

Fassungslos, gebrochen in ihrem Schmerz, blickte Elsa ins Weite. Da – was sah sie? – Dort drüben auf dem Strom kam ein Schwan geschwommen, der einen Kahn hinter sich zog. »Der Schwan!« stieß sie tonlos hervor und brach zusammen.

»Ja, der Schwan«, wiederholte er; »meines Bleibens ist nicht länger. Die Scheidestunde ist da.« Liebevoll zog er sie wieder empor.

Die Ritter und die Menge der edlen Damen, auch Kaiser Heinrich, umringten voller Betrübnis das Paar. »Die Abschiedsstunde schlägt, Herr Kaiser«, erklärte Lohengrin mit fester Stimme. »Mein Weib hat töricht das Gelübde gebrochen, das sie unserer Liebe gegeben hat. Nun muß ich fort. Doch höret, ehe ich scheide, die Frage nach meiner Herkunft beantwortet: Mein Vater ist Parzival, der Hüter des heiligen Grals und der Hochmeister des Templeisen-Ordens, dem auch ich angehöre; unsere Aufgabe ist es, edlen Menschen in ihrer Bedrängnis beizustehen. Wenn jetzt meines Bleibens nicht länger ist, so bitte ich Euch, Herr Kaiser, meinem geliebten Weib und meinen vaterlosen Kindern beizustehen.«

»Ihr habt mein Wort«, rief der Kaiser.

»Parzivals Sohn, der Höchste der Gralsritter!« erscholl es bewundernd von allen Seiten. Vom Ufer her hörte man den Ruf des Schwans.

»Ich komme«, sagte Lohengrin fest. In inniger Liebe umarmte er die untröstliche Elsa, legte seine Hand segnend aufs Haupt seiner Kinder, grüßte in ritterlicher Art den Kaiser samt den Edlen, die im Kreise standen, dann sprang er in den Kahn. Schnell gewann der Riesenvogel mit seiner Last die Mitte des Stroms und entführte den herrlichen Ritter nach Munsalwäsche, dem Heilsberg. Das ihm vorbestimmte Schicksal erhob Lohengrin auf den Thron des Gralskönigs.

Der Tannhäuser

Zu Zeiten des hochbedeutenden Hohenstauffers Friedrich II., der als Enkel Kaiser Rotbarts auch über Italien herrschte, erlebten die Künste eine hohe Blüte. Besonders die Poesie, das gesungene Lied wurde sehr gepflegt und stand in großem Ansehen. Es war die Epoche der Minnesänger, Walthers von der Vogelweide, Wolframs von Eschenbach, des Herrn von Kürenberg und vieler weiterer hochberühmter Namen. Diese fahrenden Sänger genossen die Gunst von Fürsten und Schloßherren und waren deren willkommene Gäste; doch besonders gern gesehen waren sie natürlich bei den Damen, die sie mit ihren herrlichen Liedern besangen.

Zu den Förderern dieser Kunst zählte auch der Landgraf Hermann, der Herr der Wartburg. Stets willkommen waren diesem kunstsinnigen Fürsten die fahrenden Sänger, die von Frauenschönheit und züchtiger Minne, von Waffenlärm und Männerstreit zu berichten wußten und den Schatz der Sagen aus altersgrauer Vorzeit aufleben ließen.

Damals lebte ein Ritter namens Tannhäuser, der hatte den Kaiser verdienstvoll auf dem Zug ins Heilige Land begleitet und viele Mühen und Abenteuer ausgestanden.

Aber ob er auch aus ritterlichem Geschlecht stammte, so hatte er doch wenig von dem kampffrohen Geist seiner Vorfahren geerbt. Im Grunde seines Herzens hielt er nichts von rauhem Männerstreit und ritterlicher Heerfahrt. Er zog es vor, als Sänger durch die Lande zu reiten, und wo er sich als Gast einstellte und um ritterliche Herberge bat, wurde er freudig aufgenommen. Denn überall war die Kunst des weitgereisten Mannes von schönen Frauen geschätzt und stand in der Gunst edler Herren.

Der Tannhäuser wußte die Erwartungen wohl zu erfüllen, und beglückt lauschten die Bewohner der Burg seinem Gesang. Vor allem aber fand Elisabeth, die Nichte des Landgrafen, Gefallen an dem süßen Saitenspiel seiner Lieder, und wenn der Tannhäuser von Minne und getreuer Liebe sang, so glaubte die schöne Jungfrau, daß er mit seinem Lob der Frauen niemanden anders als sie selber besinge.

Die schöne Elisabeth täuschte sich nicht in solchem Glauben, denn das Herz des ritterlichen Sängers war in der Tat in Liebe zu ihr entbrannt – zugleich stürzte ihn diese Liebe in wilde Verzweiflung, denn wie sollte er, der mittellose Ritter, je hoffen dürfen, die Nichte des hochgeborenen mächtigen Landgrafen zur Ehe zu gewinnen!

Eines Tages wartete man beim festlichen Mahl vergeblich auf den Hausgast; als der Burgherr nach ihm schickte, fanden die Diener seine Kammer leer. Ohne Grußwort an den gastfreien Landgrafen war Tannhäuser verschwunden – und ohne Abschied von der Nichte des Landgrafen, die alle Neigung ihres jungfräulichen Herzens dem bezwingenden Sänger zugewandt hatte.

Vergeblich wartete man in der Burg auf ihn – denn was war ein Festmahl ohne Tannhäusers Lieder –, vergeblich auch wartete, sehnsuchtsvollen Kummer im Herzen, die schöne Elisabeth auf seine Rückkehr. Tannhäuser blieb verschwunden.

Wie die Ahnen seines Geschlechts – denn der Tannhäuser ist »der im Tann haust« – zog der Minnesänger, liebeskrank und das Herz voller Unruhe, durch Thüringens unendliche Wälder. Die Einsamkeit werde ihm den Herzensfrieden zurückgeben, so hatte er gehofft, doch sie erhöhte nur seinen untröstlichen Liebesschmerz, und Tannhäuser, den einst alle Menschen wegen seines fröhlichen Gemüts so gern zu Gast sahen, hatte keinen anderen Wunsch, als daß der Tod ihn von aller Seelenqual erlöse. Irrend ritt er weiter durch die Waldeseinsamkeit.

»Holla, Gesell!« rief ihn plötzlich eine Stimme an, und aus dem Waldesgrün erschien ein Reiter, der ein Fahrender schien wie er, denn auch jener trug die Spielmannsfiedel auf dem Rücken. Doch wie verschieden war das Aussehen der

beiden! Der Tannhäuser mit lichtblondem Haar und dem Kleid in hellfrohen Farben, der andere war gehüllt in einen schwarzen Umhang, kohlschwarz waren auch Haar und Bart, und die dunklen Augen hatten stechenden Glanz.

»Woher des Wegs?« rief der Fremde.

Tannhäuser blickte ihn ohne Freundlichkeit an. »Ich habe kein Ziel«, versetzte er düster.

»So laßt uns zusammen gehen«, sagte der andere leichthin, »denn mein Weg geht auch ins Irgendwo.«

Sie schritten nebeneinander her, doch Tannhäuser unterbrach nicht das Schweigen.

»Ich heiße Klingsor«, versuchte der andere das Gespräch zu beleben, aber ihm wurde keine Antwort gegeben.

In sich gekehrt, in düsterem Grübeln, ging Tannhäuser an der Seite des Begleiters durch das Waldesrauschen. Plötzlich wurde er aufmerksam und packte den Begleiter am Arm. »Horch!« sagte er tief betroffen. Über sein Gesicht, das von dem herben Leid gezeichnet gewesen war, glitt es wie ein Schein überirdischer Seligkeit. »Horch!« sagte er wieder. »Was sind das für wundersame Töne – was ist das für ein himmlisches Klingen und Singen?«

Der Begleiter wußte Bescheid und gab lächelnd Antwort: »Die waldige Höhe, die Ihr dort vor uns seht, ist der Hörselberg, und jedermann weiß von seinem Zauberwesen: Dort wohnt die göttliche Venus, die Liebesgöttin, die dem Menschen alle Wonnen dieser Erde zu schenken weiß!«

Unwillig wandte Tannhäuser sich ab. Wer sollte ihm von Liebesseligkeit reden, da er doch gerade seiner Minne zu entfliehen suchte und ihn nach nichts als Trost und Vergessen verlangte?

Da bot sich seinen Augen eine jähe Erscheinung. Der Berg vor ihm öffnete sich und gab einen Blick ins Innere frei. Von dort brach sich ein Glanz wie Feuerschein. Im Innern der Grotte erblickte der Tannhäuser nun liebliche Mädchengestalten von überirdischer Schönheit, die schwebten im Tanz dahin, riefen und lockten ihn mit bezaubernden Tönen.

»Ein Wunder!« stammelte er geblendet von dem Anblick; ihm war, als schaute er mitten hinein ins Paradies.

Klingsors Worte klangen verlockend: »Vertraut Euch der Frau Venus an, Gesell, so schwindet aller Herzenskummer, himmlisches Vergessen winkt Euch – in neuer paradiesischer Liebesseligkeit!«

Der Tannhäuser blickte ihn in tiefer Betroffenheit an. Sollte ihm hier der ersehnte Trost und die Erlösung aus seiner Herzensqual winken? Er erhob sich, um näher zu treten, da fiel sein Blick voller Überraschung auf eine Gestalt, die den Waldweg entlang geschritten kam.

Ein Greis war es, uralt wie die Baumriesen ringsum, doch von aufrechter Haltung, als wäre er ein kraftvoller Jüngling. Väterliche Milde strahlte aus seinem Blick. Offenbar war er ein Pilgersmann, denn er trug Pilgerstab und Pilgertasche.

Der Alte hob warnend den Finger. »Folge nicht der lockenden Verführung!« rief er mahnend. »Verderben droht denen, die den Venusberg betreten!«

»Wer seid Ihr, guter Alter?« wandte sich der Tannhäuser verwundert ihm zu. »Sehe ich in Euch einen Waldgeist?«

Der andere schüttelte mit nachsichtigem Lächeln das eisgraue Haupt. »Den getreuen Eckart heißt man mich. Meine Lebensaufgabe ist es, die irrenden Menschen vor den Gefahren des Hörselbergs zu bewahren. Vernimm meine Warnung, Tannhäuser: Betritt nicht den Berg hier vor dir, denn dort herrscht die höllische Venus! Denk an den Frieden deiner Seele und geh schnell weiter! Wer in diesen Berg eintritt und dessen Freuden genießt, darf nimmermehr zurückkehren! Er wird die ewige Seligkeit verlieren!«

Der Sänger blickte sich nach seinem schwarzen Begleiter um, als wollte er von ihm eine Deutung der warnenden Worte. Doch Klingsor war von seiner Seite verschwunden.

»Dank für deinen Rat, guter Eckart!« rief Tannhäuser dem Alten zu und wandte sich zum Gehen.

»Denkt an Euer Seelenheil, Ritter Tannhäuser«, rief noch mal warnend der Greis dem Sänger nach.

Immer lockender, berückender wurden die Töne, die aus dem Zauberberg

hervor ertönten. »O komm, o komm doch!« riefen die Schönen. Ob er wollte oder nicht – der Ritter verhielt den Schritt – nun hielt er inne und blickte in unwiderstehlichem Verlangen zur Höhe hinauf. Galt nicht ihm die Einladung? Warum sollte er ihr nicht folgen?

»Denk an dein Seelenheil!« klang warnend wieder Eckarts Stimme, doch zu stark waren die betörenden Töne, die den Lauschenden lockend umschmeichelten und in liebliche Träume wiegten. Jetzt wurde deutlich eine Stimme vernehmbar: »So komm doch in mein paradiesisches Reich!«

Vor Tannhäusers Blicken hatte sich die Burg weit geöffnet. Nun löste sich eins der Mädchen aus den Wolkenschleiern. Selig träumend stand er da, als sie ihn an der Hand faßte und in den Berg hineinführte. Er ließ es willig geschehen und betrat einen zauberhaft erleuchteten Saal, wo auf buntem Rosenbett das herrlichste Weib ruhte.

Tannhäuser vernahm nicht mehr Eckarts mahnenden Warnruf, der ihm traurig nachblickte. Vergessen war vor dem lockenden Zauberbild auch die Minne der schönen Elisabeth. Mit unwiderstehlicher Gewalt zog es den Sänger in das Reich der Göttin; sie empfing ihn mit weitgeöffneten Liebesarmen.

Währenddessen verzehrte sich Elisabeth, die schöne Nichte des Landgrafen, in ihrer Sehnsucht nach dem geliebten Sänger, dem ihr ganzes Herz gehörte. Vergeblich blickte sie vom Bergfried weit ins Land hinaus, vergeblich befragte sie die Fahrenden, die auf der Burg des Oheims einkehrten, doch niemand wußte von dem ritterlichen Sänger zu berichten. Und niemand wußte das Leid zu stillen, das in der Seele des Edelfräuleins nagte.

Ihrem besorgten Oheim, dem gütigen Landgrafen, konnte Elisabeths Herzenskummer nicht verborgen bleiben. Freundlich ließ er sie spüren, welches Verständnis er für ihr Liebesweh besaß, und trostvoll sprach er ihr zu: »Ich weiß einen Weg, ihn zu uns zurückzuführen, und den werde ich beschreiten.«

Beschwörend, voll jungfräulicher Scham, bat Elisabeth den Oheim, niemandem das Geheimnis ihrer Minne zu offenbaren, aber der Landgraf Hermann wußte die Nichte mit seinem Plan ungefährdet.

Er rief die berühmtesten Sänger in deutschen Landen auf, sich auf seiner Burg zu einem Wettstreit zu stellen. Solchem Aufruf wird sich der Tannhäuser nicht entziehen, sagte der Herr der Wartburg bei sich; denn er kannte den selbstbewußten Stolz des Sängers und wußte, wie hoch ihm die Ehre seines Standes galt.

Bei diesem Mittlerdienst ahnte er nichts von Tannhäusers Irrweg, er wußte nicht, daß er in den Armen der Venus gefangen lag und dort alle Wonnen glutvollen Liebeszaubers genossen hatte – und er ahnte nicht, daß sich der Sänger längst voll Überdruß von ihr abgewandt hatte. Enttäuscht war der Tannhäuser aus dem Zauberberg der Liebesgöttin entwichen, der sich ihm einst als die Welt aller irdischen Wonnen dargeboten hatte. Längst hatte er erkannt, daß dieses Reich sinnlicher Verführung den Weg ins Verderben wies.

Aber durfte er, der sich so schwer in Schuld und Sünde verstrickt hatte, durfte er mit unbefangenem Blick vor Elisabeth treten, deren reine Liebe er verraten hatte? Bei seinem Umherirren fühlte der arme Tannhäuser in tiefstem Herzen die Schwere seiner Verfehlung. Als er das Betglöcklein einer nahen Kirche läuten hörte, wanderte er dem Klang nach. In der Waldkapelle, zu der er gelangte, warf er sich vor dem Priester auf die Knie und beichtete ihm all seine Sünden.

Doch als der Geistliche vernahm, daß der Beichtende geradewegs aus dem Hörselberg komme, bekreuzigte er sich voll Entsetzen. »Wenn du auch von Reue zerknirscht bist«, sagte der geistliche Vater, »so bin ich doch nicht in der Lage, dich von deiner Sünde loszusprechen.«

So ging Tannhäuser ungetröstet fort und irrte verzweifelt im weiten Wald umher. Gegen Abend gelangte er an ein Kloster. Doch als der Abt Tannhäusers Beichte vernahm, verbot er ihm, die geweihte Stätte zu betreten.

In der Waldeseinsamkeit, in der Tannhäuser in qualvoller Unruhe umherstreifte, wußte er nichts von dem Sängerkrieg, zu dem Landgraf Hermann aufgerufen hatte – aber wie hätte er, der sich als Verworfener fühlte, es gewagt, sich dort im Kreis der edlen Menschen auf der Wartburg zu zeigen.

Bis in die Nähe der Burg, wo er so viele Stunden edler Minne hatte erleben dürfen, führte ihn die Dornenqual seines Gewissens und zugleich die heiße Sehnsucht. In reuevollem Gebet suchte er Befreiung von dem sündigen Leben, zu dem ihn der Irrweg geführt hatte.

Da geschah es, daß das Schicksal ihn zum Leben zurückführte. Denn mit den ritterlichen Sängern, die dem Aufruf zum Wettstreit auf der Wartburg gefolgt waren, war der Landgraf zu fröhlicher Jagd ausgezogen. Wie staunte er mitsamt seinen Gästen, als sie plötzlich den Sänger Tannhäuser erblickten, den sie so sehr in ihrem Kreis vermißten – und wie betroffen und bestürzt zeigte sich der Sänger selber bei dieser Begegnung, die er so ernstlich hatte vermeiden wollen!

»Willkommen, edler Sänger!« grüßte ihn der Landgraf Hermann, und herzlichen Willkommensgruß riefen ihm auch dessen ritterliche Gäste zu, Wolfram von Eschenbach, der derbfrohe Landedelmann, und Walther von der Vogelweide, der Sänger edler Minne und stolzer Heimatliebe, Reiner von Zweter und die anderen wackeren Meister der Sangeskunst. Sie alle spürten nicht, was den Wiedergefundenen so schuldhaft bedrückte, und führten ihn im Triumph zur Wartburg hinauf.

»Nun mag der Sängerkrieg beginnen!« rief Landgraf Hermann, der Burgherr, und blickte sich frohgemut im Kreis um. In festlicher Erwartung scharten sich die Gäste im Saal um den Prunksessel, in dem er, die schöne Elisabeth an seiner Seite, thronte.

»Im Namen des Landgrafen eröffne ich den Sängerkrieg auf der Wartburg«, rief der Herold. »Es singt der Edle von Eschenbach«, klang seine Stimme durch den Saal.

Herr Wolfram trat vor, verneigte sich vor dem Burgherrn und vor den Gästen und sang seine Minnelieder. »In Anbetung möchte ich mich opfernd üben«, so sang er, und sein Lob galt der Reinheit und der edlen Keuschheit, aus der alles Gute in dieser Menschenwelt erwächst.

Als sein Lied verklungen war, trat unter dem Lob der Gäste, die ihm lauten Beifall zollten, Herr Walther auf, der edle Minnesänger. Auch ihn, den von der Vogelweide, wie die anderen, so den ritterlichen Herrn Biterolf, lohnte anerkennender Beifall, doch gespannt sahen alle Gäste dem Tannhäuser entgegen. »Nie wirst du dein Heil finden!« hatte die Göttin des Venusberges ihm zornig nachgerufen, als er sich ihren Lockungen entzog. Sollte das Wort ihn als Fluch begleiten?

Als er vor der festlichen Versammlung stand, packte ihn unwiderstehlich die Erinnerung an jene betörenden Erlebnisse im Zauberberg der Venus. War es aufbegehrender Trotz – war es Verachtung für die mit ihm Wettstreitenden? Wie konnte er Elisabeth vergessen, die in hoher Erwartung vor ihm saß?

Der Tannhäuser schlug in die Saiten und sang von einer Liebe, die nur nach Wonnen und nach Genuß verlangt, triebhaften Genuß begehrt. »Armselig nenne ich Euch und Eure tugendhaften Worte«, so rief er in vermessener Verwegenheit dem Herrn von Eschenbach zu, »denn Ihr habt die Liebe nie genossen! Wer sie kennenlernen will, der ziehe in den Berg der Venus ein!«

In tiefer Betroffenheit hatten alle Teilnehmer die unziemlichen, frevelnden Worte vernommen. Wilde Bewegung ging durch den Festsaal. Edle Frauen, in ihrer Ehre tief verletzt, stürzten davon, die ritterlichen Herren griffen zum Schwert und drangen in Zorneswut auf den Ungebührlichen ein.

»Haltet ein!« rief eine Stimme wie in tiefster Seelenqual. Es war Elisabeth, die sich jäh zum Richter der Kämpfenden aufwarf.

»Wer wird hier urteilen dürfen?« rief sie und wurde ganz offen: »Verletzt ist niemand so sehr wie ich – doch ich bitte um Tannhäusers Leben. Soll er als Verworfener in die Ewigkeit gehen? Laßt ihm sein Dasein, damit er seine Seele von dem ewigen Verderben errette!«

In tiefer Scham blickte Tannhäuser auf die hochsinnige Jungfrau, die in ihrem Edelmut für ihn eintrat. »Wir wissen von Eurer Schuld«, wandte sie sich ihm zu; »nur wenn Ihr echter Reue fähig seid, dürft Ihr das göttliche Heil schauen!«

Ehrfurchtsvolles Schweigen lag über der festlichen Halle. »Nehmet echte Buße auf Euch!« fuhr Elisabeth fort. »Ziehet als Pilger ins ewige Rom und laßt Euch dort entsühnen von dem, der auf Petri Stuhl dazu berufen ist. Mir Armen aber bleibt nichts, als für Euer Seelenheil zu beten.«

Gebrochen, wie ein Verfemter, war Tannhäuser aus dem Saal gewankt. Nun folgte er dem Weg, den die edle Jungfrau ihm angeraten hatte; als Pilger zog er gen Süden, schleppte sich barfüßig über die tiefverschneiten Pässe der Alpen, er mied die Wohnungen der Menschen und nächtigte in Felsspalten und in hohlen Bäumen, bis sich vor ihm die Hauptstadt der Christenheit auftat. Als ein Bild unsagbaren Menschenjammers war Tannhäuser anzusehen, als er sich vor den Heiligen Vater führen ließ. Es war im Garten, wo der Papst zur Mittagsstunde lustwandelte.

»Ihr seht mich hier zu Euren Füßen«, rief Tannhäuser bebend, »habt Erbarmen mit mir verworfenem Sünder!« Er berichtete von der Verfehlung, die er im Venusberg auf sich geladen hatte. »Ihr habt die Macht, Heiliger Vater, mich im

Namen des Höchsten zu entsühnen.« Bittend hob er die Hände: »So sprecht das Wort vergebender Gnade!«

Doch vergeblich hatte der Sünder auf Trost und Vergebung gehofft. »Wer gefehlt hat wie du, bleibt in ewiger Verdammung verworfen«, sagte der Heilige Vater hart und unzugänglich. »Sieh diesen Krummstab, den ich trage: Wie er niemals wieder in frischem Grün ersprießen wird, so muß auch dir die Erlösung versagt bleiben!« Mit diesen Worten hatte der Heilige Vater seinen Stab in die Erde seines Gartens gestoßen. Ungetröstet, aller Hoffnung beraubt, taumelte Tannhäuser von dannen.

Wenige Tage später wandelte der Papst wieder durch die Gartenpracht, wo er das Bekenntnis des fremden Pilgrims vernommen hatte. Wie ein Blitzstrahl durchfuhr es ihn urplötzlich, als sein Auge auf den im Boden steckenden Krummstab fiel: Das dürre Holz hatte ausgeschlagen, es hatte Triebe gesetzt und sprießende Blätter! Er erlebte es: Ein Gotteswunder war hier geschehen. Der Höchste selber hatte seinem Vertreter auf Erden gezeigt, was es mit dem Zeugnis seines Verdammungsurteils auf sich habe; und er hatte in göttlicher Offenbarung dargetan, daß er dem reuigen Sünder seine Vergebung schenke.

Umsonst ließ der Papst nach dem Pilger aus dem Norden suchen. Niemand wußte ihn aufzuspüren.

Tannhäuser hatte sich, ganz zerschmettert in seiner Verzweiflung über das gnadenlose Urteil, der Heimat zugewandt. Wieder schleppte er sich über die unendlichen Straßen und über die Schneepässe der Alpen. In fieberndem Verlangen trieb es ihn zum Hörselberg, wo ihn einst Venus in Liebe umfangen hatte. Ihrem Zauber wollte er sich wieder ergeben, mochte ihn auch die Welt verworfen nennen.

Schon stand er in dem lieblichen Waldtal, aus dem sich der schicksalhafte Berg erhob, schon umschmeichelten ihn die betörenden Klänge mit unwiderstehlicher Verlockung – da sah er wiederum einen Waldwanderer auf sich zukommen. War es wieder ein Warner, der ihn zurückhalten wollte?

Wolfram war es, den Tannhäuser so sehr verletzt hatte. Mit tiefem, nachsichtigem Ernst blickte der von Eschenbach den gebrochenen Mann an: »Wohin führt dich denn dein Weg?«

Wortlos wies Tannhäuser auf die bewaldete Höhe des Zauberbergs.

Da faßte Wolfram ihn tief betroffen am Arm. »Dem Verderben willst du dich hingeben und weißt nicht, was sich ereignet hat?« Tannhäuser verneinte schweigend. »So ist dir nicht bekannt«, fuhr Wolfram in tiefer Erregung fort, »daß der Heilige Vater dich auf allen Wegen suchen läßt?«

Wortlos starrte der andere ihn an. »Um dir sagen zu lassen, daß Gott dir deine Schuld vergeben hat!« berichtete Wolfram tief bewegt. »Und diese Vergebung verdankst du dem Gebet der jungfräulichen Elisabeth, die dir in reiner Minne zugetan war. Sie ist für dich gestorben! Bereits zu Lebzeiten galt sie als eine Heilige!«

Da warf sich Tannhäuser auf die Knie und sandte ein inbrünstiges Gebet zum Himmel. Er wußte sich mit ihm versöhnt.

Sagen aus Frankreich

Die Sage von Roland

Der mächtige Frankenkaiser Karl, Herr des Abendlandes, regierte vom Nordseestrand bis zu den Gipfeln der Alpen, von der Elbe bis an die Grenze Spaniens. Treue Helfer waren ihm seine Paladine, zwölf an der Zahl. Die stärksten unter ihnen waren der Held Roland, sein Schwestersohn, dessen Schwert Durandart, das heißt ›unzerbrechlicher Stahl‹, und sein meilenweit dröhnendes Horn Olifant, die hochberühmt waren. Ihm zur Seite stand sein Freund, der treue Oliver, dazu Graf Turpin, der – als Erzbischof – eine gewaltige Klinge führte. Das riesige abendländische Reich hielt gottesfürchtiger Christenglaube zusammen, und deshalb sah der Kaiser seinen ärgsten Widersacher in den heidnischen Mauren, deren Vordringen nach Spanien er zurückzuweisen hatte. Der Islam hatte das Kreuz Christi des Landes in schwere Bedrängnis gebracht.

Sieben Jahre war der Kaiser jetzt südlich des Pyrenäengebirges gewesen und hatte alle festen Plätze und Burgen unter seine Herrschaft gezwungen. Nur die Stadt Zaragossa, im fruchtbaren Tal des Ebro gelegen, hatte bis zuletzt widerstanden.

Doch als der Kaiser nun mit großer Heeresmacht heranrückte, entsank den Heiden der Mut. Marsilias, ihr König, sandte Boten an den Hof des Frankenkaisers, die um Frieden baten. Siebenhundert Kamele und vierhundert Maultiere, beladen mit Gold und kostbarem Gerät, dazu dreitausend Fässer Wein bot der Heidenfürst, wenn Kaiser Karl mit seinem Heer abziehe. »Mit meinen Kriegern werde ich dir zur Kaiserpfalz Aachen folgen«, gelobte der Heidenfürst, »und dort den christlichen Glauben annehmen.«

Karl hatte seine getreuen Waffengefährten zusammengerufen, um ihren Rat zu hören. Manche dieser Paladine sprachen dafür, doch Roland, der starke Held, wollte nichts wissen von einem Vertrag mit dem Heidenkönig; er ahnte Verrat.

Karl aber, der sonst gewohnt war, Rolands Rat zu folgen, ließ sich von den Vorschlägen bestimmen, die die anderen Reichsbarone und besonders Graf Ganelon ihm machten. Unwillig ließ sich Roland überstimmen. »Als Abgesandten, der mit König Marsilias alles Erforderliche besprechen soll, das ist mein Rat«, sagte er, »nimm Ganelon.« Der war als Eifrigster dafür eingetreten, dem Vorschlag des Sarazenenfürsten zuzustimmen.

Roland, stets aufrecht und ehrlich, ahnte nicht, daß er sich mit seinem Rat einen Todfeind gemacht hatte: Ganelon war Rolands Stiefvater und argwöhnte, der Stiefsohn trachte ihm nach dem Leben, um in den Besitz seines Erbes zu gelangen. So verzieh er Roland nicht, daß dieser ihn durch seine Entsendung ins Sarazenenlager tödlicher Gefahr aussetzte. Die Mauren hatten bereits einmal tückischen Mord verübt, als sie das heilige Gesandtenrecht verletzten.

In seinem Haß gegen den Paladin des Kaisers ließ sich Ganelon nun verleiten, üblen Verrat zu spinnen: Nach dem glänzenden Empfang, den Marsilias dem Kaiserboten bereitete, verband er sich mit den Feinden und vereinbarte mit ihnen, den herrlichen Recken Roland beim Rückmarsch des Heeres in eine tödliche Falle zu locken.

So klug war der arglistige Plan gesponnen, daß Kaiser Karl und mit ihm sein Kriegsrat sich täuschen ließen. Der Heidenkönig lieferte den Schlüssel der Stadt Zaragossa aus, stellte Geiseln und versprach den geforderten Tribut. Da rüstete das kaiserliche Heer zum Zug in die Heimat. Roland, Erzbischof Turpin sowie der junge Oliver wollten mit einer auserlesenen Schar zurückbleiben und darüber wachen, daß die Mauren Wort hielten. Als Nachhut sollten sie dann dem gewaltigen Heereszug folgen.

Da erscholl froher Jubelruf, es wehten die Kriegswimpel, und tausend Hörner erklangen beim Abmarsch. Karl hatte seinem Neffen das halbe Heer geben wollen, doch Roland wies ihn ab: »Ich benötige nicht mehr als zwanzigtausend Mannen unter der Führung Eurer Paladine, dann habt Ihr niemanden zu fürchten, solange ich lebe.«

Schon nach wenigen Tagen hatte der heimwärts ziehende Heerbann die Pässe der Pyrenäen erreicht. Hoch und abschüssig ragten die Bergwände, die man überqueren mußte, und dunkel und eng waren die Täler, die sie durchzogen.

Am letzten Paß im Tal von Ronceval ließ Kaiser Karl das Heer an sich vorüberziehen. Düstere Vorahnungen quälten ihn, denn ein Traum hatte ihn erschreckt: Ihm war ein Engel des Herrn erschienen, der ihn vor Ganelon warnte. »Er riß mir den Speer aus der Hand und zertrümmerte ihn an einer Felswand, daß die Splitter zum Himmel hinaufflogen«, berichtete Karl voller Sorge seinem vertrauten Paladin, dem Herzog von Naimes. Nun plötzlich war dem Herrscher klar, daß Ganelon auf Verrat sann und Roland mit Hilfe der Sarazenen verderben wollte. »Wie konnte ich so sorglos sein, nur zwanzigtausend Mannen bei ihm und den Paladinen zu belassen«, klagte er in bitterem Selbstvorwurf.

Doch nun war es zu spät. Als der Kaiser mit seinem Heer den Paß hinter sich hatte, ließ Roland am Ausgang ein befestigtes Lager aufschlagen. Er war sich nicht sicher, ob der Maurenkönig sein Wort halten oder die Gelegenheit zu einem Überfall benutzen werde. Sorgsam ließ er die Umgebung besetzen und sandte Graf Walther auf einen Felskegel; er sollte die Nachhut gegen unvermuteten Angriff sichern.

Marsilias, der Sarazenenkönig, hatte die Menge seiner kampffähigen Krieger aufgeboten, mehr als hunderttausend Mannen. Er besprach mit den Heerführern seinen Plan. »Wenn Allah mit uns ist«, rief er, »so muß der Sieg unser sein, denn wir sind in der Überzahl, und der Prophet Mohammed vermag mehr als Sankt Peter zu Rom. Ich selber will euch führen und in der Bedrängnis des Kampfes nicht von euch weichen, das schwöre ich euch bei meinem Schwert! Seht hier die blanke Klinge aus Toledo! Sie werde ich im Kampf mit Rolands Schwert kreuzen, und bald sollt ihr erkennen, wessen Waffe einen bessern Streich führt!«

In diesem Augenblick überbrachte ein Bote Graf Walthers atemlos die Meldung, daß sich ein riesiger Heerbann auf das Tal zu wälze. Roland und der junge Oliver eilten auf die Warte; in der Ferne sahen sie, soweit das Auge reichte, Schwerter in der Sonne blitzen, und sie hörten Klirren von Waffen und Hörnerschall.

»Ich glaube«, sagte Rolands treuer Waffengefährte, »wir werden unsere Schwerter noch einmal färben müssen. So reiten nicht Männer, die ihren Herrn nach Aachen zur Christentaufe begleiten! Das ist ein Kriegsheer, das uns überwältigen will. Blast Euer Horn Olifant, Freund Roland! Kaiser Karl wird es vernehmen und mit seinem Heer umkehren, um uns Hilfe zu bringen.«

»Nur ein Feigling täte so etwas«, versetzte der Recke ingrimmig. »Solange wir unverwundet sind und kämpfen können, muß das Horn schweigen. Für immer wäre mein Ruhm dahin, wenn wir es nicht wagten, den Kampf mit den Heiden aufzunehmen!« Er war voller Vertrauen auf sein gutes Schwert Durandart.

In Olivers Antlitz schoß heiße Röte. »Verzeiht meine unbedachte Äußerung. Mich befiel eine Schwäche, da ich an Auda, meine Schwester, dachte, die mit Euch verlobt ist.« Die beiden Freunde reichten einander die Hand.

Jeden der Paladine wies Roland an, wie die Heerscharen gegen den übermächtigen Feind zu verteilen seien. Der kampfgewaltige Erzbischof Turpin breitete segnend seine Hände über die Scharen der Krieger; dann stiegen alle zum Entscheidungskampf entschlossen zu Pferde.

Roland und Oliver, die Seite an Seite ritten, sahen mit Sorge, wie sich der Ring der Feinde enger und enger um sie schloß. »Mir will scheinen«, sagte Oliver bitter, »es ist die letzte Nachhut unseres Lebens, die wir führen werden.«

Jetzt mußte auch Roland an Ganelons Verrat glauben. Entschlossen ritt er den Sarazenen entgegen, um ihrem Angriff zuvorzukommen und sie in offenem Feld zu treffen. »Reitet an, ihr Freunde!« rief er den Mitstreitern zu. »Die Sarazenen sind gekommen, sich den Tod zu holen. Ruhm und Beute warten auf euch!«

Wie der Sturmwind sprengten die Franken auf die Feinde los. Es war nur die Vorhut ihrer Streitmacht, aber schon diese war den Franken an Zahl weit überlegen. An ihrer Spitze ritt auf feurigem Berberhengst König Marsilias' Neffe Adolart, der in früheren Kämpfen schon manchen von Karls Kriegern aus dem Sattel geworfen hatte. In seiner Siegesgewißheit hatte er seinem Oheim das Versprechen gegeben, ihm das Haupt Rolands als Siegesbeute zu überbringen.

»Allah il Allah!« brauste der Kampfruf der Sarazenen zum Himmel. Die Ebene schien unter dem donnernden Stampfen der Hufe zu zittern. »Monjoie, monjoie!« erscholl der Schlachtruf der Franken über die Ebene hin. »Heute wird das Frankenreich seinen Kriegsruhm einbüßen!« schrie Adolart in wildem Siegestaumel.

Wortlos gab Roland seinem edlen Roß, das die besten Sarazenenpferde übertraf, die Sporen und sprengte mit eingelegter Lanze auf den prahlenden Gegner ein. Furchtbar war der Zusammenstoß der beiden Kämpfer. Roland traf den Gegner mit seinem Speer so gewaltig, daß Adolart mit gebrochenem Rückgrat auf den Fels stürzte.

»Kaiser Karl wird seinen Ruhm nicht verlieren!« rief der Franke voll ingrimmiger Kampfeswut. »Schlagt mit euren Schwertern drein, ihr Freunde!« rief er den Waffengefährten zu. »Nur uns winkt der Sieg!«

Mit dem Schlachtruf des Kaisers stürzten sie sich in die Reihen der feindlichen Sarazenen. Krachend zerbrachen die Rundschilde unter den wuchtigen Schlägen der fränkischen Schwerter. Oliver traf im Kampfgewühl auf Falsaron, einen der kampfstärksten Mauren, und warf ihn tot aus dem Sattel. Ein grausiges Kämpfen setzte sich nun fort, auf beiden Seiten mit Erbitterung geführt. Das ganze Tal erbebte von Waffengetöse und von wildem Kampfgeschrei; es vervielfachte sich gräßlich durch den Widerhall von den Felswänden her.

Viele Stunden währte der furchtbare Kampf. Wer von den Feinden nicht weichen wollte, starb unter dem Ansturm der Frankenhelden; ihre Rosse traten bis über die Knöchel in Blut. Doch immer neue Kämpfer drängten nach, und auch manch tapferer Franke mußte der Übermacht erliegen.

Herrlich taten sich die Paladine hervor. Roland selber vollführte mit seinem guten Schwert Durandart Wunder der Tapferkeit. Erst als sich ihr Feldherr Magaris selbst, von einem Lanzenstoß schwer getroffen, nur noch mühsam im Sattel halten konnte, wichen die Sarazenen zurück, wandten sich dann zur Flucht und überließen den Franken das Schlachtfeld. Sie sammelten sich dann im Schutz der Felswände.

Doch König Marsilias hatte neue Krieger von fern herbeigerufen, und mit dem Sonnenaufgang standen frische Kämpfer in unendlicher Zahl bereit. Mit Sorge vernahmen die Franken, die todmüde nach dem schweren Ringen in den Schlaf gesunken waren, den Klang der tausend Kriegshörner, und mit Bestürzung sahen sie die Höhen ringsum von Sarazenen besetzt, die mit wildem Ungestüm heranstürzten.

Wieder hub ein grausiges Kämpfen an, auf beiden Seiten mit Erbitterung geführt. »Unser ist der Sieg! Monjoie! Monjoie!« schrien die Franken. »Allah! Allah!« scholl dem entgegen der Ruf der Feinde.

Ein ungleicher Kampf war es, denn die Franken waren geschwächt vom Vortage, und ihre Waffen waren schartig geworden. Hier fand Herzog Engelir, einer von Kaiser Karls tapferen Paladinen, den Tod in der Begegnung mit dem starken Helden Climorin von Zaragossa. Oliver rächte den erschlagenen Kampfgefährten, indem er mit seinem guten Schwert Alteklere, das heißt »das Hochberühmte«, den Heiden niederstreckte; noch sieben arabische Fürsten, die ihn umdrängten, sanken unter seinen Streichen zu Boden.

Graf Turpin hatte die Verteidiger in zwei Kampfhaufen geteilt. Die eine Gruppe führte Roland selbst. Der Feind ihm gegenüber stand unter Marsilias' Führung, der auf seinem feurigen andalusischen Hengst dahergesprengt kam und mit gewiß hundertfacher Übermacht vordrang. So wogte das grausige Morden hin und her. Herzog Sansun, einer der tapferen Paladine, fand an Olivers Seite den Tod; Roland selber rächte den Erschlagenen an dem starken Sarazenen. Auch die anderen Paladine, vor allem der Erzbischof Turpin, vollbrachten gleich ihm Wunder an Tapferkeit.

Marsilias winkte seinen Sohn Zurfalu herbei: »Siehst du den Reiter dort an der Spitze der Christen?« schrie er ins Kampfgetümmel.

»Natürlich, Vater, seine Rüstung leuchtet wie Silber.«

»Das ist der Held Roland, der Tapferste unter der abendländischen Sonne. Sinkt er dahin, so wird die grüne Fahne des Propheten noch lange über Spanien wehen.«

»Ich werde das betreiben, Vater«, rief der Maurenjüngling, »und mir steten Ruhm erwerben.« Kampfesfroh preschte er auf den starken Franken zu. Gelassen sah Roland ihn anreiten.

»Fahre hin, du Christenhund!« schrie Zurfalu ihm entgegen, als er mit eingelegtem Speer auf ihn eindrang; doch an Rolands Schild prallte der feindliche Stahl ab. Roland gab seinem Streitroß einen Schenkeldruck, daß das Tier einen gewaltigen Sprung auf den jugendlichen Kämpfer zu machte, und ließ sein gutes Schwert Durandart durch die Luft sausen. Wie vom Blitz gefällt stürzte der Maure leblos aus dem Sattel.

Marsilias schrie auf: Welch grausamer Anblick war doch der Tod des eigenen Sohnes. Mit wildem Ruck trieb er sein Streitroß an, um den Sohn zu rächen. Es entbrannte ein heißer Streit zwischen den beiden tollkühnen Männern. Furchtbare Hiebe wurden erteilt und hingenommen, beide kampferprobten Männer wußten in ihrer Kampferfahrung die Entscheidung hinauszuziehen. Schließlich ein brüllender Schmerzenslaut des Sarazenen: Roland hatte eine Blöße zu nutzen verstanden und dem Gegner mit einem schweren Schlag die Schwerthand abgehauen. Doch den harten Kämpen rettete sein unübertreffliches Streitroß vor dem Todesstreich. Der Maurenkönig konnte es mit der Linken herumreißen, bevor Roland zum zweiten Schlag ansetzte. Mit langen Sprüngen hetzte der Hengst in den Schutz der sarazenischen Schlachtreihe zurück.

Wütend setzte Roland ihm nach. »Deine Rechte, die du zum Schwur falscher Eide erhoben hast, ist meine Beute«, zürnte er, »doch ich will deinen Kopf, der diesen schändlichen Verrat ersonnen hat!«

Für die Franken war es ein Kampf ums Überleben, ein Todeskampf, denn immer neue Haufen von Sarazenen strömten von den Bergen ins Roncevaltal hinab. Dabei geschah es, daß der tapfere Graf Richard von der Übermacht herandrängender Sarazenen umzingelt und von zehn Speeren zugleich durchbohrt wurde. Roland konnte dem Waffenfreund nur aus der Ferne den letzten Gruß nachrufen. Sollte man nun Kaiser Karl zu Hilfe rufen? Roland wußte, daß es zu spät war. »Und dennoch werde ich das Horn blasen«, sagte er sich. »So wird es den Kaiser wenigstens zur Rache herbeiholen. Und unsern erschlagenen Leibern wird ein ehrliches Begräbnis in der Heimat zuteil.« So setzte Roland sein Horn an die Lippen.

Mit voller Kraft stieß er hinein, und brüllender Donner rollte zwischen den Felswänden des Tals von Ronceval. Sogleich stockte der Kampf, das Waffengetöse schwieg; starr vor Grauen standen die Feinde. Erst als der Donner langsam verhallte, wich ihr Schaudern, und das mörderische Tun begann von neuem.

Über die Berge hatte sich der Klang geschwungen und war bis an das Ohr des Kaisers gelangt.

»Roland befindet sich in Not«, sagte Karl mit dumpfer Stimme und wollte sogleich aufbrechen, ihm beizustehen. Doch der treulose Ganelon suchte ihn zu beruhigen.

»Wer sollte ihm wohl ein Leid antun?« rief er unbesorgt; »es ist doch Friede mit den Sarazenen geschlossen! Ich denke, er ist auf der Jagd in den Bergen und bläst vor Freude über sein Jägerglück.«

Doch Kaiser Karl hatte Ganelons Arglist durchschaut und drängte zur Umkehr. Den Verräter ließ er fesseln und auf ein Maultier binden. In aller Eile strebte das Frankenheer zurück ins Tal von Ronceval.

Dort tobte indessen der Todeskampf der überlebenden Frankenhelden. Allzu hart war ihr Schicksal, denn ein neues Heer rückte heran. Es waren die Könige von Äthiopien und von Karthago, dunkelhäutige Fürsten mit ihren Scharen, an die fünfzigtausend, die von Afrika her das Meer überquert hatten zum Kampf gegen den verhaßten Frankenkaiser.

Mit neuem Mut, zum Tode entschlossen, stellten sich die Franken dem Ansturm der ausgeruhten Kämpfer, die in unendlicher Überzahl auf sie eindrangen. Bald waren die Reste des Frankenheeres ganz von Feinden umschlossen.

Auch Oliver geriet in die Lage, von einer Übermacht umzingelt zu werden, und stand in verzweifeltem Abwehrkampf. Seine Reisigen und Knechte waren dahin, nur er, Karls tapferer Paladin, stand noch aufrecht. Von allen Seiten umblitzte ihn die tückische Fülle der krummen Maurensäbel, daß sein Schwert Alteklere sich der Vielzahl nicht mehr erwehren konnte. Von hinten traf den Helden ein Streich, der ihn zu Boden streckte.

Roland kam dem Freund zu spät zu Hilfe. Er jagte die mordgierigen Feinde auseinander und stand tieftraurig vor dem todwunden Freund.

»Mein Leben geht zu Ende«, sagte Oliver mit leiser Stimme. »Kommst du noch in die Heimat zurück, Roland, so überbring Auda, meiner Schwester, den letzten Gruß.«

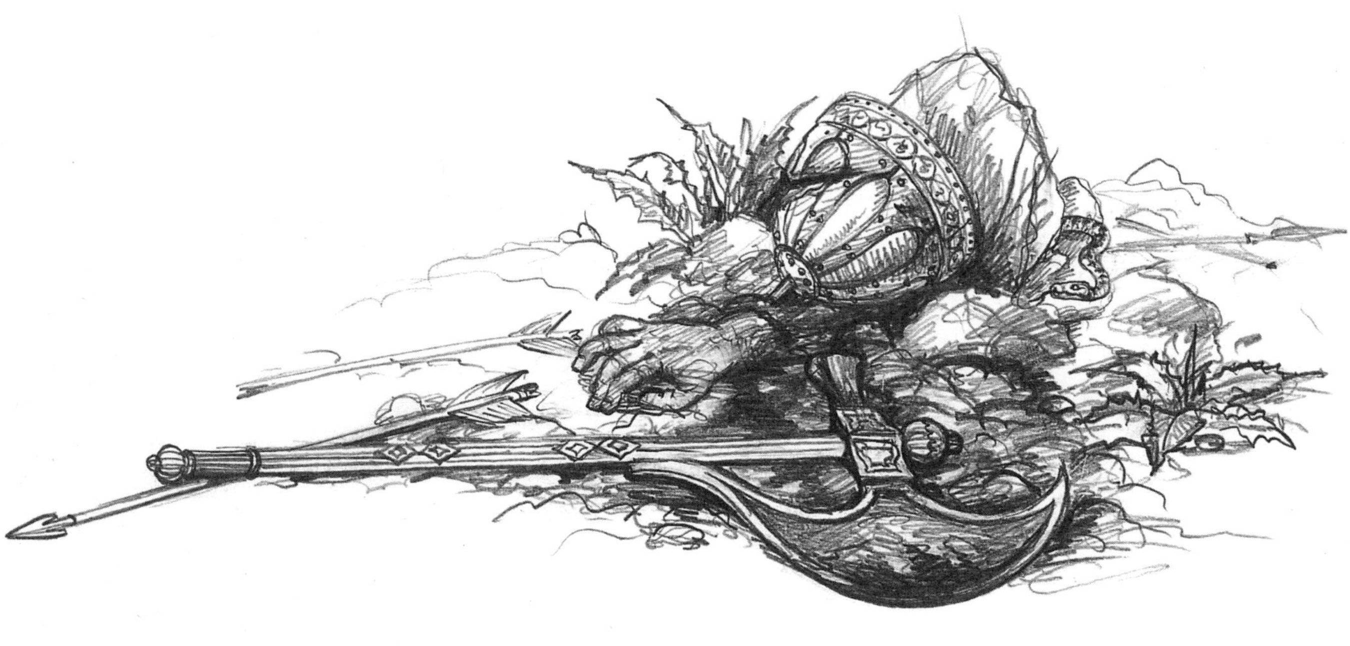

Roland bettete den Freund auf ein moosbewachsenes Fleckchen Grün und suchte den Sterbensmüden zu trösten: »Ruh dich hier ein wenig aus. Bald bin ich wieder bei dir. Doch der Erzbischof ist in großer Not, ich muß ihm zu Hilfe eilen.«

Es gelang Roland jedoch nicht, bis zu der Stelle durchzubrechen, wo sich der Erzbischof Turpin, von Wunden bedeckt, seines Lebens wehrte. In rasendem Schmerz über den Untergang seiner tapfersten Mannen stand Roland da.

Die Donnerstimme Olifants hatte den Helden Oliver aus seiner Betäubung gerissen. Noch einmal fühlte er seine Kraft erwachen und drängte erneut ins Kampfgewühl zurück. Verstört und seiner Sinne nicht ganz mächtig, bestieg er sein Schlachtroß, das zur Seite graste, und ergriff Alteklere, sein gutes Schwert. Aber sein Blick war so umwölkt, daß er nicht mehr Freund und Feind unterscheiden konnte. Wahllos schlug er auf dem Schlachtfeld mit dem Schwerte drein.

»Erkennet Ihr mich denn nicht?« schrie ihn plötzlich eine Stimme an, daß er zusammenzuckte. Es war Roland selber, dem er einen Streich auf den Helm versetzt hatte. Fast hätte er den Freund, des Kaisers geliebten Paladin, den Verlobten seiner Schwester, erschlagen!

Roland führte den Freund zum zweiten Mal aus dem Schlachtgetümmel und bettete ihn in dem nahen Wäldchen ins Moos. Die Hände gefaltet, ging der edle Held mit Gebet und frommem Segenswunsch aus der Welt. In unendlichem Schmerz sah Roland den Freund scheiden; so stark war sein Kummer, daß er ohnmächtig neben dem Toten niedersank.

Als er die Augen öffnete, stand der Erzbischof Turpin vor ihm. Der wackere Gottesmann hatte sich aus der Übermacht freikämpfen können. Er reichte dem Waffenbruder stumm die Hand.

»Wir sind die Letzten«, murmelte Roland mit trübem Lächeln.

»Die Letzten in der Schlacht werden die Ersten im Himmel sein«, entgegnete der Erzbischof mit verklärtem Angesicht.

Nur diese beiden Helden waren noch am Leben; die ganze Nachhut der Franken hatte den Tod gefunden. Roland und Graf Turpin kämpften ihren letzten Kampf. Die Felswand bot ihnen im Rücken und von der Seite Schutz, so daß die Sarazenen nur von vorn her angreifen konnten. Gedeckt durch die Büsche, schlichen sie herbei, schleuderten ihre Speere und schossen ihre Pfeile, und immer wieder sprang Roland in schnellem Ausfall hervor, und streckte einen der Verwegenen nieder. Bald war das Felsrund dicht umgeben von einem Wall erschlagener Sarazenen.

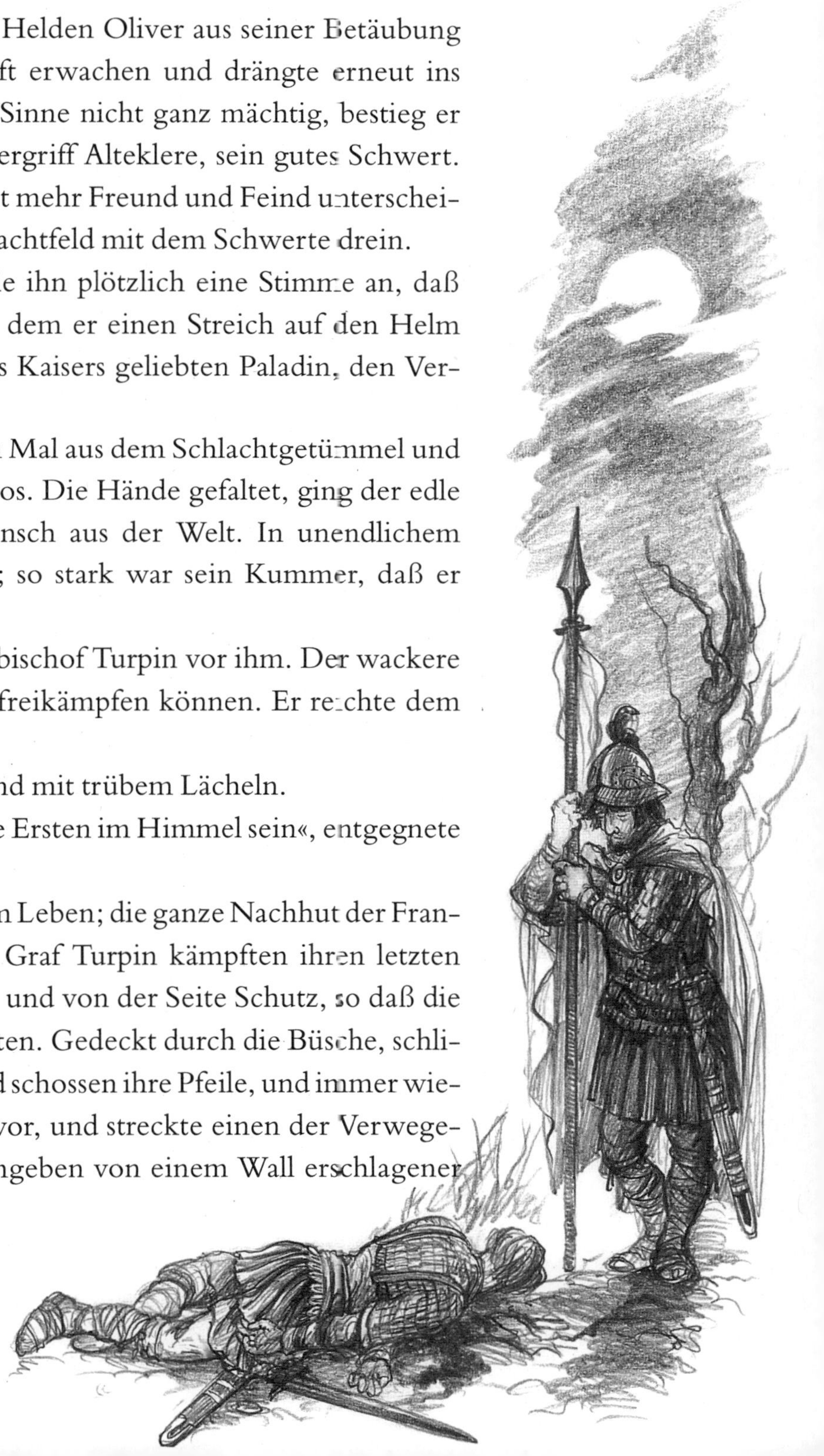

Der Erzbischof Turpin war zu Tode verwundet. Doch unbeugsam stellte er sich neben Roland, seinen Waffenbruder. »Blast noch einmal Euer Horn!« bat er dann mit ersterbender Stimme, »vielleicht vernimmt der Kaiser unsern Hilferuf.«

Roland tat nach dem Geheiß des Freundes. Auch er war aufs äußerste erschöpft, doch er blies so gewaltig, daß ihm die Schläfenader zersprang. Die beiden Frankenhelden vernahmen des Kaisers Antwortruf und faßten neuen Kampfesmut. Angsterfüllt nahmen ihn aber zugleich die Sarazenen auf. Nur ein Gedanke trieb sie: Roland und seinen Waffengefährten zu erschlagen und dann vor der Rache des Kaisers zu fliehen.

Die Vielzahl der Sarazenenkrieger drang auf Roland ein. Doch dem Helden hatte der Antwortruf des Kaisers neue Kraft geweckt: In wildem Kampfesgrimm bestieg er sein edles Streitroß und sprengte mitten in die Heidenritter hinein! Unter der Menge der feindlichen Speere brach sein treues Pferd zusammen, doch die Sarazenen zerstoben nach allen Seiten; niemand konnte den furchtbaren Hieben seines Schwertes Durandart widerstehen.

Aus vielen Wunden blutend, schritt Roland zu Graf Turpin zurück, der kraftlos im Gras ruhte. Behutsam erleichterte er dem Waffengefährten die schmerzvolle Lage und verband ihm die Wunden. Dann blickte er über das Kampffeld hin: kein Heide ringsum. Da ließ er den sterbenden Erzbischof wieder allein, um die erschlagenen Paladine zu suchen. »Ich will sie hier vor Euch niederlegen«, sagte er, »damit sie aus Eurer Hand den heiligen Segen erhalten.«

Mit unendlicher Mühe verrichtete der verwundete Held diese Pflicht, die die Freundestreue ihm gebot. Leichnam auf Leichnam legte er neben dem Erzbischof nieder, und mit tränenerstickter Stimme hob Turpin die Hände und segnete sie: »Möge Gott Eure Seele ins Paradies aufnehmen«, sagte er, »und auch meine dazu, denn noch heute werde ich mit Euch vereint sein!«

Da übermannten auch Roland, den unbezwinglichen Recken, die unendliche Mühsal und der Schmerz um die gefallenen Waffenfreunde; kraftlos sank er neben den Erschlagenen ins Gras. »Hätte ich nur einen Schluck Wasser!« stieß er hervor.

Der Erzbischof, selbst zu Tode verwundet, richtete sich mit übermenschlicher Kraft auf, nahm Rolands Horn Olifant zur Hand und wankte davon, es am nahen Bach zu füllen. Doch inmitten dieser edlen Freundestat traf ihn der Tod: Ein tiefer Seufzer entrang sich seiner Brust, und dann sank der fromme Gottesmann leblos ins Moos.

So fand ihn Roland: Die Hände friedlich über die Brust gekreuzt, lag der tote Erzbischof und hielt die gebrochenen Augen zum Himmel gerichtet, als wolle er Gott den Herrn bitten, ihn in sein ewiges Reich aufzunehmen. Weinend kniete Roland vor dem getreuen Mitstreiter.

Er fühlte, daß nun auch ihm der Tod nahe war. Da schritt er, schwer sich stützend auf Durandart, zur nahen Waldlichtung, wo vier mächtige Felsblöcke Schatten boten. Mit dem Rücken lehnte der Held sich dort an, um den Tod zu erwarten.

Während er so reglos mit geschlossenen Augen lag, erhob sich aus den Umherliegenden einer der Sarazenen; inmitten der Wut des Kampfes hatte er sich nach seiner Verwundung totgestellt. Nun glaubte er, bei Kaiser Karls treuestem Paladin leichte Mühe zu haben, ihm Schwert und Horn zu rauben. Roland fuhr aus seiner Ohnmacht auf, als der heimtückische Mann ihm sein Schwert abziehen wollte. Mit seinem herrlichen Horn traf Roland ihn so schwer, daß der Wüstensohn zu Tode getroffen hinsank. Traurig betrachtete der Held sein Horn, das von der Wucht des Streiches zersprungen war.

»Nie wieder wirst du bei froher Jagd oder auf dem Kriegszug erklingen!« rief er mit versagender Stimme. Sterbensmüde ließ er sein Haupt auf den Fels sinken.

In bitterem Schmerz blickte er dann auf sein gutes Schwert. Sollte er zulassen, daß es nach seinem Verscheiden in Feindeshand falle? Da raffte er sich mit letzter Kraft empor und hieb mit dem Schwert so wuchtig, wie er es in den Zeiten seiner stärksten Heldenkraft getan hatte, auf den Felsen ein, um die Klinge zu zerschmettern.

Doch war Roland der beste und stärkste unter Kaiser Karls Paladinen, so war Durandart das beste und stärkste der Schwerter: Es zerbrach nicht, ja, es bekam unter dem wuchtigen Schlag nicht eine Scharte – anstatt zu zerspringen, zerspaltete es den harten Felsen in zwei Teile! Herrlich blinkte der Stahl unversehrt im Schein der Abendsonne.

Mit inniger Rührung blickte der Held auf seine getreue Waffe, die ihm in mancher Männerschlacht gedient hatte und nun auch im Sterben nicht von ihm lassen wollte. Kaiser Karl, sein Oheim, hatte ihn einst mit dem herrlichsten Schwert umgürtet. »Möge Gott verhüten«, stieß Roland hervor, »daß dir die Schmach geschehe, in die Hand der Unchristen zu fallen!«

Mit Mühe richtete er sich noch einmal auf und legte das blanke Schwert unter sich, so daß er es ganz mit seinem Leibe deckte. Das Haupt richtete er nach Süden gewendet, wo er die Sarazenen wußte, um auch im Tod noch als Sieger feindwärts zu blicken. Schon spürte er, wie ihm die Sehkraft schwand. Demütig rief er den Herrn des Himmels an und bat ihn um Erbarmen: »Vergib mir die Sünden, die ich begangen habe!«

Dann nahte der Tod und entführte den Helden in sein Reich. Ohne Schmerzen verschied Roland, der treueste von Karls Paladinen. Wettersturm brauste über das Schlachtfeld hin, verklang sodann wieder – und darauf senkte sich lautlos die Nacht über das Tal von Ronceval, dessen Boden blutdurchtränkt war und bedeckt von den Leichen so vieler erschlagener Krieger.

Mit seinen schnellsten Reitern war Kaiser Karl, von Sorge getrieben, dem Hauptheer vorausgeeilt und schon nicht mehr fern der Kampfstätte. Nun wußte er mit Sicherheit, daß sich Roland, sein geliebter Neffe, in höchster Not befand. »Blast mit aller Kraft die Hörner, damit meine Paladine ihren Ruf vernehmen!« rief er seinen Begleitern drängend zu.

Mit dem Morgengrauen ertönte Hörnerschall der heranrückenden Franken von den nahen Waldbergen herüber. »Monjoie! Monjoie!« erscholl ihr Siegesruf. Mit Schrecken nahm Karl wahr, daß seine Paladine keine Antwort erklingen ließen. Doch wie packte ihn das Entsetzen, als er mit seinen Helden ins Tal hinabspähte!

Grauenvoll war das Bild dieser Stätte. Der Kaiser selbst brach in Tränen aus beim Anblick der vielen toten Krieger. Fassungslos stand er vor seinem gefallenen Neffen, der, das Haupt gegen Zaragossa gerichtet, wie schlafend im Gras ruhte. Tränenden Auges stieg der Kaiser vom Pferd, nahm den Leichnam in seine Arme und küßte ihn innig auf die bleiche Stirn.

»Nie mehr wird ein Held für mich sein wie du, treu bis in den Tod«, sprach Karl mit leiser Stimme. »Keinen treueren Freund hatte ich auf Erden als dich, lieber Neffe Roland!« Mit inniger Rührung nahm er das Schwert an sich, das der Held mit seinem Leibe geschützt hatte.

Mit Kaiser Karl beweinte das ganze Heer die herrlichen Paladine, die ihr Leben geopfert hatten, und die vielen Ritter und Mannen.

In das Klagen hinein klang der Ruf des Herzogs Naimes von Bayern, der in der Ferne den Staub der flüchtenden Sarazenenhaufen erblickte. »Noch können wir sie einholen«, rief er, »und Rache nehmen für unsere erschlagenen Waffenbrüder!«

Gräßlich war die Vergeltung, die die Verfolger übten. Mit seiner Hauptmacht war Kaiser Karl wieder zurück an den Ebro gezogen. Dort traf er auf die Streitkräfte, die der schwerverwundete Marsilias herbeigeholt hatte. Sie standen unter dem Befehl des Kalifen von Babylon.

Aus der grimmigen Schlacht, die entbrannte, ging das Frankenheer nach zwei Tagen als Sieger hervor. Das Drachenbanner Babylons sank mit seinem erschlagenen Herrscher in den Staub. Auch Marsilias selbst wurde im Kampf von dem Todesstreich getroffen. Nur wenige Heiden entkamen dem Rachewerk. Als Sieger zog der Kaiser in Zaragossa ein.

Zurück nach Ronceval, gingen die Franken an die schmerzvolle Aufgabe, die Toten zu bestatten. Sie wurden alle mit Wein gewaschen und dann eingesalbt in alexandrinische Tücher gehüllt, auf daß ihre Leichen unverwest mit in die Heimat überführt werden konnten.

Dann ging der reisige Zug heimwärts ins Frankenland nach Aachen. Mit Lorbeerzweigen bekränzt, doch unter Trauerklängen hielten die Sieger ihren Einzug in die Kaiserpfalz.

Den Herrscher drängte es, Gericht zu halten über Ganelon. Die weisesten Männer bestellte er zu Richtern über den Verräter, der um Gold dem edelsten der Paladine samt zwanzigtausend Mannen den Tod gebracht hatte.

Gefesselt stand Ganelon vor der Gerichtsversammlung. Er leugnete jede Schuld, doch der Urteilsspruch lautete, daß ein Zweikampf über Ganelons Tod entscheiden solle. Der Ritter Pinabal, ein Neffe Ganelons, war bereit, für ihn zu streiten.

Für den erschlagenen Roland trat Dietrich von Anjou zum Kampf an. »Ganelon ist ein Verräter«, rief er, »und ich will dafür eintreten, wenn auch Pinabal ein hochberühmter Recke ist.«

Beide Kämpfer warfen einander den Handschuh vor die Füße, und damit war der Zweikampf beschlossen. Mit ungeheurer Kampfeswucht stießen die beiden zusammen. Pinabal war breitschultrig und riesenstark, Dietrich schlank und von behender Gewandtheit.

Krachend zersplitterten die Lanzen. Die beiden Gegner sprangen aus dem Sattel und kämpften zu Fuß weiter. In dem erbitterten Schwertkampf gelang es dem riesenstarken Pinabal, Dietrich schwer zu verwunden.

»Ergib dich!« rief er, doch der wackre Held, der Rolands Sache verteidigte, dachte nicht an Unterwerfung.

»Ich wäre ein Schurke gleich Ganelon, den du schuldlos nennst«, stieß er hervor. Und dann schwang er sein Schwert so wuchtig, daß er dem riesengewaltigen Gegner Helm und Haupt spaltete und ihn zu Tode getroffen in den Sand warf.

Ganelon brach zusammen und beugte sich dem Gottesgericht. Er gestand seine schwere Schuld ein, und die Richter entschieden, der ungetreue Mann, der die edelsten Helden in den Tod gestürzt hatte, solle von wilden Pferden zerrissen werden.

So geschah es. Olivers Schwester, die schöne Auda, vermochte den Tod ihres Bräutigams Roland und ihres Bruders nicht zu verwinden und starb vor Herzeleid an der Stätte, wo die Toten von Ronceval in Ehren zur letzten Ruhe gebettet waren.

König Artus und seine Ritter

König Artus herrschte mit Kraft und Weisheit über sein Reich, der Ruhm seiner Taten hatte zahlreiche tapfere Ritter angezogen. Alltäglich erfüllte festliches Treiben den Königshof. Prächtige Ritterspiele und fröhlicher Gesang ließen die Lüfte erschallen, jubelnder Zuruf pries den Sieger, zierliche Burgfräulein wurden zum Tanz geführt und drehten sich in munterem Reigen zur Musik der Zimbeln, Flöten und Drommeten, üppige Gastmähler erquickten die Helden. Sie versammelten sich an der berühmten Tafelrunde, an der der König sie um sich zu haben liebte. Dieser Tisch bezeichnete das Universum, die Welt, die ja auch eine runde Scheibe darstellt. Die Zahl der tafelnden Teilnehmer füllte den Tisch ganz genau aus; zog einer von ihnen davon, so schrumpfte die Tafel durch ihre Zauberkraft ein.

Einst veranstaltete der König zur Osterzeit an seinem Hof in Carlion wieder ein großes Fest, und gern erschienen sie, Könige und Fürsten, Grafen und Ritter, die hochgeborenen Damen und die vornehmen Edelfräulein; zahlreich trafen sie ein aus Britannien und Irland, aus Holland und aus dem Frankenland. Reich besetzte Tafeln standen bereit, und in bunten Reihen ließen sich die Geladenen zum heiteren Mahl nieder.

Aber bevor sich die fröhlichen Gäste an den köstlichen Speisen und dem erlesenen Wein erlaben konnten und sich an kurzweiligem Zeitvertreib erfreuten, geschah etwas Seltsames, das die frohgemute Stimmung plötzlich in Betroffenheit und Unmut verwandeln sollte.

In den Saal trat nämlich ein Bote, stattlich und von gewinnendem Aussehen. An einer Schnur trug er ein Trinkhorn, das er in der Hand hielt: Ein wunderbares Stück war es und so kostbar, wie wohl noch keiner der Gäste es vor Augen gehabt hatte; es war aus Elfenbein gefertigt und mit vier goldenen Bändern, die es umschlossen, mit reichem Zierat und eingelegter Arbeit und mit Edelsteinen geschmückt. Am oberen Rund war ein silberner Ring eingefügt, an dem hingen hundert winzige Glöckchen aus reinem Gold; wenn man mit dem Finger nur leicht anschlug, so begannen diese hundert Glöckchen auf dem Horn so lieblich und süß zu erklingen, daß weder Geige noch Harfe noch Sirenengesang sich damit hätten messen können. Und so wohltönend klang ihre Melodie in die Weite, daß sie an die drei Meilen weit vernehmbar war. Nicht verwunderlich waren diese wundersamen Eigenschaften des Trinkhorns, denn eine kunstfertige Fee hatte es zur Zeit des frommen Kaisers Konstantin geschaffen, und sie war es, die dem Horn diese Zauberkraft verliehen hatte.

Der Bote, gekleidet in ein schönes Gewand aus Seide, hob sein Instrument empor, daß die Glöckchen erklangen. Da vergaßen die Gäste auf einmal die köstlichen Speisen, die vor ihnen standen, und des Königs Knappen, die den Fisch auftrugen, und die Mundschenken, die den herrlichen Wein kredenzen wollten, blieben wie gebannt auf ihren Plätzen stehen. Herrn Keye, dem Seneschall, entfiel die Schüssel, die er in der Hand hielt, und der Brotschneider verlor die Kraft über das Messer, so daß er sich damit in die Hand stieß. König Artus wurde plötzlich stumm. Unheimlich war die Stille, die einsetzte.

Der junge Mensch schritt mitten durch den Saal auf den König zu; er hatte ihn an seiner Würde sogleich erkannt und verneigte sich zu ehrerbietigem Gruß: »Der Herr dort oben in der Himmelshöhe segne und erhalte Euch, König Artus, und alle die edlen Ritter, die ich hier versammelt sehe!« König Artus erwiderte seinen Gruß freundlich.

»Höret meine Botschaft«, fuhr der junge Mensch sodann fort. »Ich bringe Euch von Herrn Mangon, dem edlen und tapferen König von Moraine, dieses kostbare Trinkhorn. Er hat es seiner Schatzkammer entnommen und läßt Euch bitten, ihm für sein Geschenk weder zu danken noch seiner mit Unwillen zu gedenken.«

»Gern will ich diese Bitte erfüllen und das Horn so entgegennehmen«, versetzte König Artus. Er empfing es aus der Hand des Boten und ließ diesem aus goldenem Krug Wein einschenken. »Nehmt hier an meinem Tisch Platz«, sagte er, »und eßt und trinkt nach Gefallen. Ich werde Euch nach dem Mahl zum Ritter schlagen und gebieten, daß man Euch morgen früh hundert Pfunde Goldes auszahlt.«

Doch der Bote gab mit achtungsvoller Haltung Antwort: »Es würde sich nicht ziemen, daß ein Knappe an der Rittertafel Platz nähme. Laßt mich in meine Herberge gehen, um dort mich auszuruhen. In festlicherem Gewand, so wie es der Würde unseres Tages entspricht, werde ich alsbald zu Euch zurückkehren und aus Eurer Hand entgegennehmen, was Ihr mir zugesagt habt!«

Damit ging der Sendbote davon, doch er begab sich nicht zur Herberge, sondern verließ die Stadt Carlion in großer Eile, als fürchte er, man werde ihn verfolgen und könne ihn einholen.

In tiefem Sinnen hielt König Artus das prächtige Trinkhorn in der Hand. Nachdenklich zeigte er es Herrn Gawain und den übrigen Rittern seiner Tafelrunde. »Seht«, rief der König plötzlich, »dort sind in das Gold der Bänder Reihen silberner Schriftzeichen eingetrieben.« Neugierig ließ er den gelehrten Schloßkaplan kommen, der den verborgenen Sinn der Zeichen ergründen sollte.

»Herr König«, sagte dieser, als er die Schrift entziffert hatte, und er konnte sich dabei eines Lächelns nicht erwehren. »Gewähret mir Gehör. Was ich soeben gelesen habe, will ich Euch sogleich leise ins Ohr sagen. Bis auf den heutigen Tag hat man etwas so Seltsames und Wundersames weder in England noch in einem anderen Land der Welt vernommen. Aber es scheint mir – verzeiht, Herr König – nicht ratsam, es hier auf unserer frohen Festversammlung auszusprechen.«

Aber solche Abwehr verstärkte natürlich des Königs Neugier. »Ich bestehe darauf«, rief er, »daß Ihr die Inschrift auf dem Trinkhorn allen meinen Rittern hier im Saal vorleset. Auch die edlen Damen und die hochgeborenen Fräulein sollen sie vernehmen.«

Jeder in dem festlichen Kreis harrte nun in Spannung der Neuigkeit. Aber mancher freute sich zu früh, denn bald gab es nicht wenige, die traurig und zornig bereuten, Zeuge gewesen zu sein.

»Besser wäre es, Herr König«, sagte der kluge, wohlgesonnene Kaplan noch einmal, »besser wäre es, Ihr wolltet meinen Worten vertrauen. Wenn es aber Euer Wille ist, alles zu erfahren, so höret, was Herr Mangon Euch entbieten läßt: ›Dieses Trinkhorn hat eine rachsüchtige Fee in bösem Spott geschaffen, und sie gab ihm diesen Sinn: Kein Mann, sei er auch noch so hochgestellt und klug und wakker, kann daraus trinken, wenn er nicht in glücklicher Ehe lebt; jedem also ist das Trinken versagt, der eifersüchtig ist oder von seiner Frau betrogen wird. Er wird den Wein trotz aller Vorsicht verschütten und sein Gewand, sei es noch so kostbar, damit beflecken. Wer aus diesem Horn trinken will, muß also eine Ehefrau haben, von der nur Gutes zu berichten ist: Sie darf niemals Untreue oder Gewinnsucht oder Hoffart zeigen und nie ihr Auge auf einen anderen Mann werfen.‹«

Stille herrschte ringsum im Kreise. Der Kaplan fuhr mit feinem Lächeln fort: »Der Ehemann also, der eine solche Frau besitzt, wird ohne alle Besorgnis seinen Wein aus dem Horn trinken können.«

So lautete die Inschrift. »Wenn diese Zeilen die volle Wahrheit sprechen«, schloß dann der gelehrte Mann, »so glaube ich nicht, daß es hier bei uns und weit im Umkreise einen einzigen verheirateten Ritter gibt, dem das Trinkhorn auch nur einen kleinen Schluck gewähren wird . . .«

Betroffenes Schweigen herrschte im Saal. So manche edle Dame, die frohgestimmt an König Artus' Hof gekommen war, ließ den Kopf hängen. Kaum eine befand sich unter ihnen, ob sie noch so treu als Ehefrau war, die jetzt nicht die Augen zu Boden schlug; selbst der Königin erging es nicht anders. Und ebenso war es mit den hochgeborenen Rittern am Hof, denn sie dachten nicht ohne Zweifel an die Herzensgefühle ihrer Gattinnen.

Die schönen Edelfräulein dagegen begannen zu kichern und im Scherz und Spott miteinander zu flüstern, blickten lächelnd in die Runde, als wollten sie sagen: Heute wird alle Unehrlichkeit offenbar werden; heute werden wir erkennen, wer eifersüchtig ist und wer es mit der ehelichen Treue nicht genau nimmt.

Selbst König Artus war unwillig, doch er ließ Unruhe und Ärger nicht spüren und tat heiter und unbekümmert. Er rief den Seneschall Keye herbei: »Füll mir das kostbare Horn!« gebot er ihm. »Ich selber will als erster daraus trinken.«

Herr Keye füllte sogleich das Horn mit bestem Wein und reichte es seinem Herrn. König Artus führte es zum Munde und – o weh! – er verschüttete das Getränk, daß es an seinem kostbaren Gewand herab zu Boden tropfte. Grimmiger Zorn packte den König, daß seine Hoffnung ihn betrogen hatte; er hätte der Königin ein Messer ins Herz gestoßen, wenn nicht Herr Gawain und mehrere der Ritter es ihm aus der Hand gewunden hätten.

»Herr König«, fuhr der edle Gawain ihn voller Unwillen an, »mäßigt Euch doch in Eurem Zorn! Glaubt Ihr, es gäbe auf der weiten Welt eine einzige Ehefrau, die nicht – und wäre es nur ein einziges Mal – einen törichten Gedanken gehabt hätte? So will es mir nicht verwunderlich erscheinen, daß Euer Versuch mit dem wundersamen Trinkhorn mißlang. Laßt alle verheirateten Ritter hier im Saal den gleichen Versuch machen! Erst wenn diese Probe gegen Euch entscheidet, werdet Ihr unsere liebwerte Königin zu Recht tadeln dürfen, denn Ihr seid ja ein hochberühmter Herr und König. Aber unsere Frau Königin ist redlich und treu, und noch niemals haben wir vernommen, daß sie einen Fehltritt begangen hätte.«

Da wandte sich die Königin selber, tief gekränkt über Artus' Mißtrauen, an Herrn Gawain, der so ritterlich für sie eintrat: »Mag doch mein Herr und Gemahl einen Scheiterhaufen aus dornigem Holz entzünden und mich ins Feuer werfen lassen, damit ein Gottesurteil über mich Recht spreche! Wird mir dann auch nur ein Haar auf meinem Kopf oder der Saum meines Kleides versengt, so soll er mich für schuldig ansehen und von wilden Pferden zu Tode schleifen lassen! Denn ich bekenne hier: Niemals habe ich einen anderen Mann geliebt, und niemals werde ich einen anderen Mann lieben als den, der mir ehelich angetraut ist.

In einem zwar kündet das Trinkhorn die Wahrheit: Vor Jahresfrist schenkte ich einem jungen Knappen einen Ring, weil er einen Schurken von Riesen, der Herrn Gawain schwer beschuldigt hatte, zu Boden warf. Als dieser junge Held von hier schied, erwies ich ihm diese Freundlichkeit in der Hoffnung, ich würde ihn für unseren Hof gewinnen. Nie hätte ich ihm meine Zuneigung geschenkt, wenn er bei uns geblieben wäre, denn niemals habe ich gegen die gute Sitte verstoßen. Nicht den reichsten und mächtigsten Herrscher auf Erden, und wäre es der König von Rom, und keinem Grafen oder Kalifen, und böte er mir den Goldschatz aus dem Märchenland, würde ich neben meinem Gatten lieben.

Wer dieses Trinkhorn gesandt hat, tat mir große Schmach an. Sicherlich hat dieser Mann niemals eine edle Frau geliebt. Niemals werde ich wieder fröhlich sein, bevor er mir Genugtuung gegeben hat.«

Doch da fuhr König Artus auf: »Rede bitte nicht weiter! Keinem der befreundeten Fürsten in der Nachbarschaft und keinem meiner Verwandten wäre ich noch zugetan, wenn er gegen den Übersender des Trinkhorns zum Rachefeldzug auszöge. Habe ich nicht dem Boten, der das Trinkhorn brachte, vor allen Rittern versprochen, ich würde seines Herrn weder mit Dank noch mit Unwillen gedenken? Unrecht wäre es also und ehrlos, mein Wort zu brechen. Ein König, der sich widerspricht und sich selber Lügen straft, darf nicht auf Lob rechnen.«

Beschwörend blickte die Königin ihn an. »Mein Herr Gemahl«, sagte sie, »seit dem Tage, da ich mich mit Euch verlobte, bin ich glücklich. Gar schlimm vergeht sich eine Frau, die einen guten Gatten hat und dennoch einen anderen Mann zum Freund erwählt. Ich bekenne offen, daß ich den besten der Könige dieser Erde zum Gemahl habe. Wie sollte ich da einen bessern verlangen wollen? Ihr zürnet mir zu Unrecht, mein Gemahl. Darum meine ich, Ihr solltet keinem Eurer edlen Ritter dieses Trinkhorn in die Hand geben, weil Ihr damit die Ehre seines Weibes gefährdet!«

Doch König Artus schüttelte unwillig den Kopf: »Alle Könige, Herzöge und Grafen, die hier im Saal anwesend sind, sollen die Probe mit dem Horn machen, so gebiete ich. Soll ich vielleicht ganz allein beschämt dastehen?«

Mit diesen Worten reichte er dem König von Sinadone das Horn. Doch kaum hatte dieser es zur Hand genommen, so verschüttete er auch schon den Wein. Da ergriff König Nut das Horn; aber auch über sein Gewand ergoß sich der Wein. Aguisset, der König von Schottland, wollte die Trinkprobe mit Gewalt erzwingen, doch zu seinem großen Unwillen erlebte er den gleichen Mißerfolg. Da griff der König von Cornwallis danach; er hielt sich für geschickter und glaubte schon, das Glück sei ihm hold – doch der Wein floß daneben. Nicht besser erging es vier anderen Königen, die ihr Heil versuchten. Dem König Caraton rann der Wein in seinen langen Bart, zwei Könige von Irland und nicht weniger als dreißig Grafen mußten sich gleichermaßen peinlich beschämen lassen: Nicht einem einzigen all dieser Herren gelang es, auch nur einen Schluck aus dem Horn zu trinken.

»Der Teufel soll es holen«, rief König Gohort wütend, und alle Ritter, die sich beim Probetrunk enttäuscht sahen, stimmten ihm zu. Denn jeder wollte ja der Inschrift Glauben schenken und sah deshalb seine Gattin und sich selber der Schande preisgegeben. König Artus sah mit Freude, daß seine Gäste dasselbe Mißgeschick traf wie ihn selber.

»Ihr Herren«, rief er lachend, »ich bin froh, daß ich nicht allein den Spott zu tragen habe. Wer mir dieses Horn schickte, hat mir in der Tat ein großes Geschenk gemacht. Für alles Gold der Erde möchte ich dieses Wundertrinkhorn nicht missen. Jeder verheiratete Ritter soll künftig mit ihm die Probe machen.«

Die Königin war vor Erregung über und über rot geworden. Lieblicher als eine voll erblühte Rose war sie anzuschauen, und dem König selber erschien sie so schön, daß er sie an sich zog und vor allen Rittern dreimal küßte.

»Ich zürne dir nicht mehr«, sagte er leise.

Und ebenso leise entgegnete sie: »Ihr seid mein gnädiger Herr.«

Nun erprobten die Großen und die Kleinen am Hof das Trinkhorn. Es war da ein feingebildeter junger Herr, liebenswert und tüchtig im Umgang mit der Waffe, wohlgebaut und mit blanken Augen, die fröhlich in die Welt hineinschauten; kein Artusritter – es sei denn der unübertreffliche Herr Gawain – war ein besserer Kämpfer als er. Caradoc hieß dieser Ritter. Seine junge Frau, Schwester des Königs Galahal, war ihm treu ergeben und stand in ihrer Schönheit selbst der Königin nicht nach; mit ihrem langen Blondhaar glich sie einer Märchenfee.

Unbefangen blickte sie jetzt ihren Gatten an: »Habt keine Bedenken, lieber

Freund, aus dem Horn zu trinken. Stolz erhobenen Hauptes sollt Ihr zu meiner und Eurer Ehre den Versuch wagen. Keinen noch so hoch gestellten Herrn möchte ich gegen Euch, mein geliebter Gemahl, eintauschen. Eher würde ich ins Kloster gehen und Nonne werden.«

Da sprang Ritter Caradoc voller Freude auf, ließ sich das Trinkhorn mit edlem Wein füllen und – leerte es bis auf den Grund! Ein Raunen von bewundernder Überraschung ging durch die Reihen der vielen versammelten Gäste. Frohgestimmt schritt Caradoc auf König Artus zu und reichte ihm das geleerte Trinkhorn.

»Ich beglückwünsche Euch zu Eurer Tat, mein wackrer Ritter«, sprach der König ihn freudig an. »Hundert Augenzeugen bekunden diese Leistung. Meine königliche Anerkennung will ich Euch deutlich machen: Das Land Cirencestre, das ich Euch vor Jahresfrist als Lehen gegeben habe, übertrage ich Euch jetzt für alle Zeit, Euch und Euren ritterlichen Nachkommen. Und als meine Würdigung, daß Ihr eine so liebenswerte Gattin Euer eigen nennen dürft, übereigne ich Euch zu stetem Angedenken dieses kostbare und wertvolle Trinkhorn als mein königliches Geschenk. Möget Ihr alle Zeit unbesorgten Mutes daraus trinken können!«

Der Löwenritter

Das unkämpferische Treiben an König Artus' Hof behagte dem Ritter Kalogreant nicht mehr. Er fürchtete zu »verliegen«; es drängte ihn, in die Welt hinauszureiten und kühne Abenteuer zu bestehen.

Auf seiner reisigen Fahrt gelangte er in den Wald von Breziljan. Es war eine Wildnis, wie er sie noch nie erlebt hatte. Da wimmelte es von Raubtieren aller Art, Löwen und Panther gab es in Fülle, Auerochsen und Büffel, Dickhäuter und Wildkatzen strichen durch das Gehölz. Lange blickte der Ritter nach einem menschlichen Wesen aus – da zeigte sich das sonderbarste, das ihm je vor Augen gekommen war: An Hautfarbe glich es einem Mohren, sein Haupthaar sträubte sich empor wie der Stachelwald eines Igels, und aus dem Mund ragten Zähne, so mächtig wie die Hauer eines Ebers.

Kalogreant rief das unheimliche Geschöpf an: »Wer bist du, seltsamer Waldmensch?«

»Der Meister dieser Tiere«, gab der andere zur Antwort. Seine Stimme klang sanfter, als nach seinem Aussehen zu erwarten war. »Ich pflege und füttere sie. Vor mir sind sie zahm wie die Hündlein. Aber Euch warne ich, ihnen gegenüberzutreten, denn Euch würden sie in Stücke reißen.«

»Meinen Dank für den Rat«, lächelte der Ritter zurück.

»Was willst du hier in meinem Reich, Fremder?« fuhr der Waldmensch fort.

»Ich bin ein Ritter und suche Abenteuer«, gab Kalogreant zur Antwort.

»Da kann ich Euch ein Abenteuer nennen, das seltsamste, das es gibt: Nicht weit von hier liegt im Schatten einer Linde ein Brunnen mit einem steinernen Trog daneben, und am Stamm des Baums hängt ein kupferner Kessel. Schöpft mit diesem Kupferkessel Wasser aus dem Brunnen und gießt es in den Trog . . .«

»Und was weiter?«

»Nichts weiter. Die Folgen werdet Ihr dann sehen und werdet erkennen, daß guter Rat teuer ist.« Damit machte sich der Waldmensch davon.

Ritter Kalogreant folgte der Weisung und fand nach kurzem Ritt den Brunnen wie auch die angegebenen Umstände. Er nahm den Kessel vom Baumstamm, füllte ihn aus dem Brunnen und goß das Wasser in das Becken.

Da begab sich Entsetzliches: Die Sonne verlor ihren Glanz, das Vogelgezwitscher in den Zweigen verstummte, der Himmel ringsum bezog sich mit düsteren Wolken, Blitze zuckten, Donner krachte, als wäre das Weltgericht angebrochen. Schweres Unwetter mit peitschendem Hagelregen tobte, daß die Äste der Bäume abbrachen und der ganze Wald sich entlaubte. Es warf den Ritter zu Boden, daß er glaubte, sein letztes Stündlein sei gekommen. Sein Überleben verdankte er seinem stählernen Panzer, der zerbeult war, als hätte man mit Steinschleudern auf ihn geschossen. Als Kalogreant sich vom Boden erhob, sah er einen fremden Ritter heransprengen. Der zügelte sein Roß vor ihm und schrie ihn an: »Meinen Wald habt Ihr vernichtet, meine Tiere getötet. Dafür soll Euch die gebührende Strafe treffen!«

Vergeblich suchte der Artusritter zu erklären, daß er ohne seine Absicht das Unwetter ausgelöst hatte; er möge lieber dem Waldmenschen verbieten, Unwis-

sende zum Brunnen zu schicken. Doch Kalogreant kam nicht zu Wort, denn der Unbekannte hatte in seinem Zorn bereits die Lanze eingelegt. Er war als Kämpfer weit überlegen und stach den Artusritter bereits beim ersten Anreiten aus dem Sattel. Doch ohne ihm weiteren Schaden anzutun, wandte der Reiter das Schlachtroß und entschwand. Dem Besiegten blieb nichts übrig, als sich zu erheben. Nach dieser Niederlage gelüstete ihn vorerst nicht nach weiteren Abenteuern. Er entschloß sich, zum Artushof und zur Tafelrunde zurückzukehren.

Dort nahm man ihn freundlich auf: »Das freimütige Geständnis Eurer Niederlage ehrt Euch«, sagte der König. »Die Wahrheit schändet nie.«

Doch der Truchseß Keye, stets zum Spott aufgelegt, stichelte: »Unser Freund ist sehr schlau, denn ich meine, er hat die Schuld auf uns abgewälzt. Wer von uns wollte ihm noch das gescheiterte Abenteuer zum Vorwurf machen, wenn selbst unsere hochberühmte Tafelrunde nun nicht wagt, den Strauß noch mal zu versuchen?« Der Spott war klug gesetzt, denn der König selbst zeigte sich angegriffen.

»Wer sagt Euch das?« rief er gereizt. »Ich selber werde mit meinem ganzen Gefolge das Wunder im Wald von Breziljan prüfen. Rüstet euch, Gawan und Keye, auf, ihr Edlen alle, rüstet euch zur Abenteuerreise! In zwei Wochen brechen wir auf!«

Die Ritter jubelten. Nur einer unter ihnen, der junge Ywain, war unzufrieden.

»Der König hat nur Gawan und den Truchseß genannt«, sagte er bei sich selbst, »die beiden bevorzugt er, und auch ihnen wird jeder neue Ruhm zufallen.« Ywain war entschlossen, ihnen zuvorzukommen. Niemand sollte von seinem Plan wissen. In wenigen Tagen, bevor der König mit seinem Gefolge überhaupt aufgebrochen wäre, würde er das Abenteuer bestanden haben.

Ywain verweilte nicht und ritt bereits am nächsten Morgen aus der Burg. In scharfem Ritt erreichte er bald den gefährlichen Wald.

Dort verhielt sich alles genau, wie Kalogreant es geschildert hatte: Er begegnete dem Waldmenschen, wurde von diesem zum Brunnen gewiesen und entfesselte wie sein Vorgänger das fürchterliche Unwetter. Wieder kam der Ritter, der sich als Herr des Brunnens bezeichnete, angesprengt, um den Eindringling zu bestrafen. Doch der junge Artusritter erwies sich kampfstärker als sein Waffenbruder. Mit seinem Schlachtschwert traf er den Gegner auf den Helm, daß dieser nur die Flucht ergreifen konnte. Mit klaffender Wunde floh er, von Ywain schwer be-

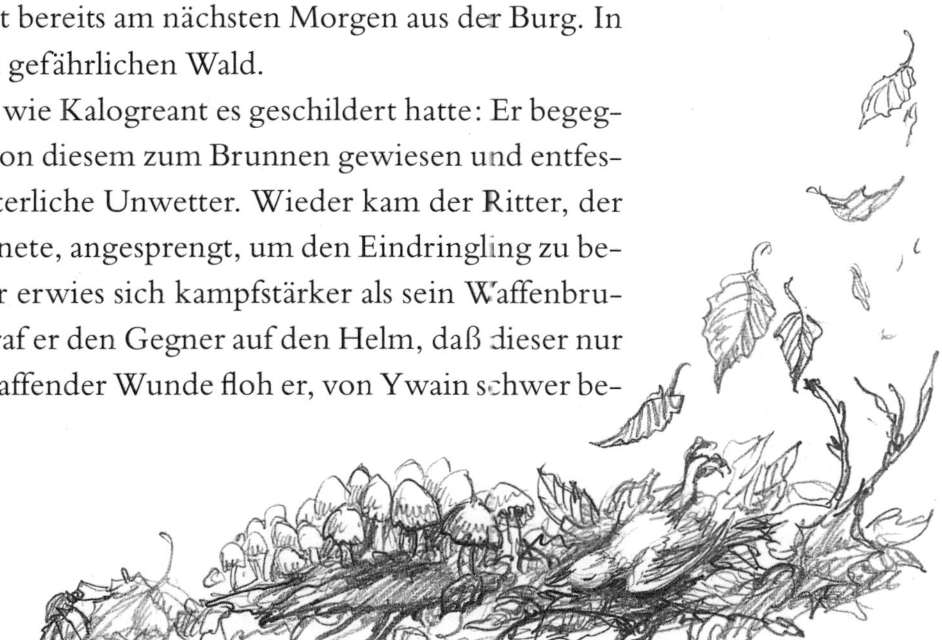

drängt, auf sein nahes Schloß. Unmittelbar an der Zugbrücke erreichte dieser seinen Gegner und holte zu einem vernichtenden Schwertstreich aus. Doch in diesem Augenblick wurde das Fallgitter ausgelöst. Krachend fuhr das schwere Eisen nieder und trennte die Kruppe von Ywains Streitroß ab; er selbst blieb unverletzt. Während der flüchtende Burgherr mit letzter Kraft in den Hof hetzte, ging ein zweites Fallgitter vor dem Verfolger nieder; Ywain saß nun eingesperrt wie in einem engen Käfig. Vergeblich rüttelte er an den Gitterstäben.

Wie staunte er, als sich da plötzlich ein Burgfräulein zeigte. Sie wandte sich ihm voller Mitleid zu und beklagte sein Schicksal: Er sei dem Tod verfallen.

»Ihr habt unsern Herrn, den König von Ascalon, erschlagen. Seine Gemahlin weiß sich keinen Trost und will Euren Tod. Doch das Wappenzeichen des Königs Artus, das ich auf Eurem Schild gesehen habe, veranlaßt mich dazu, Euch zu helfen. Ich gebe Euch hier einen Ring, der den Zauber besitzt, Euch unsichtbar zu machen, Ihr werdet ihn bald benötigen. Nur eine Bedingung stelle ich: Verratet niemandem, daß Ihr ihn von dem Edelfräulein Lunete erhalten habt!« Schon war sie verschwunden.

Bald darauf gab es große Unruhe vor dem Fallgitter. Der Burgherr wurde zu Grabe getragen. In stummem Schmerz schritt das Trauergeleit vorüber. Angeführt wurde es von einer schönen Frau, es war die Witwe des Toten – Ywain meinte, noch nie solcher Schönheit begegnet zu sein. Seine Sinne waren so eingenommen, daß er völlig vergaß, in welch hoffnungsloser Lage er sich befand.

Da wurde er aufgeschreckt. Es erschienen einige Burgknechte, bewaffnet mit mannslangen Spießen. Sie traten an den Torbogen und stießen in die Gitterstäbe hinein. In seiner Bedrängnis konnte Ywain noch schnell an seinem Zauberring drehen, um sich unsichtbar zu machen. So stocherten die Knechte ins Leere, und der Ritter konnte ihrem Stoßen durch wildes Tanzen ausweichen. Das dauerte eine ganze Weile, bis die Männer meinten, ihre Aufgabe erfüllt zu haben.

Völlig erschöpft sank Ywain in unruhigen Schlaf. Doch es waren wunderschöne Träume, die ihn aufsuchten – er träumte von der herrlich schönen Königin von Ascalon. Als sich Lunete am Morgen vor das Gitter wagte, fand sie den Eingesperrten in heiterer Stimmung.

»Mein Herz ist in Minne verstrickt«, erklärte er strahlend; »meine Erkorene ist die wunderschöne Frau, die gestern hier vorüberschritt.«

Lunete blickte ihn erschrocken an: »Diese Liebe ist hoffnungslos, Herr Ritter! Meine Herrin denkt voller Haß an Euch! Wie sollte es wohl anders sein dem Mörder ihres Gatten gegenüber?«

Er blickte das Edelfräulein entschlossen an: »Ich bitte dich nur um diesen einen Dienst, Lunete: Sag deiner Herrin, sie möge meinen Tod befehlen! Und berichte ihr als meine Botschaft, daß in zwei Wochen Männer im Wald erscheinen werden, die das Geheimnis ergründen wollen; es sind König Artus und seine Ritter. Mein Rat gilt der Königin, ihre besten Kämpfer aufzubieten, denn die berühmte Tafelrunde stellt streitbare Ritter.«

Lunete vernahm das alles mit tiefem Erschrecken. Sie bewunderte den ritterlichen Ywain und war entschlossen, die Königin mit ihm zu versöhnen.

Ihren Plan verstand sie geschickt zu betreiben. Sie wußte die Person des Ritters Ywain so wirksam zu rühmen, daß die Königin unvermerkt von ihrem Haß abließ und mit Gefallen dem Bericht zu folgen bereit war. Und als sie begann, echte Neigung zu zeigen, legte das Fräulein ihr listig dar, daß König Artus mit seinem Gefolge nahe, und machte deutlich, daß sie zu ihrem Schutz einen starken Ritterarm benötige. Die Königin gab ihr recht und mußte zugeben, über solchen Helfer nicht zu verfügen.

Nun hatte das pfiffige Edelfräulein Frau Laudine, wohin sie sie lenken wollte.

»Ich empfehle Euch, Herrin, den Helden, der hinter dem Gitter des Torbogens festgehalten wird, Euch vor Augen kommen zu lassen . . . Ich bin bereit, ihn zu Euch zu führen!«

In Begleitung der Knechte trat Lunete vor das Gitter, ließ es aufziehen und eröffnete dem Ritter ihren Auftrag. Als dieser dann vor der strahlenden Gestalt der Königin stand, ergriff ihn das Bild ihrer Erscheinung so überwältigend, daß er sich zum Tode bereit erklärte: »Der Tod aus Eurer Hand, Frau Königin, bedeutet für mich eine Liebkosung.«

Dieses Zeichen übermächtiger Liebe durchfuhr Königin Laudine wie ein Blitzschlag. Es entfachte auch in ihr die Flamme heller Leidenschaft. Der vor ihr kniende Ritter fühlte sich unvermutet von zwei zarten Armen emporgezogen, er blickte in die Augen einer überglücklichen Frau, in deren Glanz er erkannte, daß seine Liebe erwidert wurde. Und dabei war noch kein Wort aus ihrem Mund gefallen.

Lunete, das Edelfräulein, hatte zwei Menschenherzen zusammengeführt. Wenige Tage darauf wurde Hochzeit gehalten. Von allen Burgen des Landes erschienen die Ritter und huldigten dem neuen König.

König Artus aber hatte sein Wort wahr gemacht und war zu dem neuen Abenteuer aufgebrochen; inzwischen war er bei dem Brunnen eingetroffen. Der stets spottende Keye, der Truchseß, blickte sich im Kreis der Artusritter um.

»Einer fehlt an unserer Tafelrunde«, sagte er, »Ritter Ywain ist ihr ferngeblieben; sicherlich will er dem armen Kalogreant die Schande seiner Niederlage erleichtern helfen.«

Gawan, Ywains Freund, fuhr auf: »Was wagt Ihr da zu sagen? Ich bin sicher, daß Ywain nicht mit uns ausgeritten ist, weil er vor einer kühnen Aufgabe steht.«

Der Truchseß ließ sich nicht beirren. »Wäre er mit uns zum Strauß angetreten, hätte er erleben können, was ein Sack empfindet, der zu Boden plumpst.«

Alle blickten auf den König. Er hatte selber Wasser aus dem Brunnen geschöpft und goß es in den Steintrog. Wieder wurde dadurch das Unwetter ausgelöst. Auch die kampferprobten Helden mußten sich gestehen, daß sie solches Abenteuer noch nie erlebt hatten. Alles verlief weiter, wie Kalogreant es berichtet hatte. Das Unwetter war kaum vorbei, da kam ein Ritter angriffsbereit dahergesprengt.

Ritter Keye wandte sich an den König. »Gewährt mir die Ehre des ersten Gefechts«, bat er unerschrocken. König Artus gab seine Zustimmung, der Truchseß legte die Lanze ein und sprengte dem fremden Ritter entgegen. Durch dessen Visier blitzten zwei mutige Augen; zu erkennen war sein Gesicht nicht.

Krachend stießen die beiden Kämpfer zusammen, Speer gegen Schild. Dem Truchseß zersplitterte die Lanze, er stürzte polternd vom Streitroß. Der Gegner riß seinen Renner herum und hob den Augenschutz, um sich dem Besiegten zu zeigen. Da trat Gawan aber schon vor den Besiegten: »Das war wahrlich ein kurzer Zweikampf. Sicherlich, Herr Keye, seid Ihr absichtlich gestürzt, um zu ergründen, wie einem Sack zumute ist, wenn er zur Erde plumpst.«

Aber sein rächender Spott wurde übertönt von dem Jubel der Ritter, denen sich der Sieger gezeigt hatte: Stürmische Heilrufe begrüßten Ywain. Mit Erstaunen vernahmen die Artusritter von seinem abenteuerlichen Schicksal. Mit Freuden nahmen sie seine Einladung auf die Burg von Ascalon an.

Dort empfing Frau Laudine die Gäste mit strahlendem Lächeln. Sie fühlte sich auf dem Gipfel des Glücks, nachdem ihr der herrliche Ritter zum Gatten geworden war und sie jetzt die berühmtesten Helden als ihre Gäste bei sich sehen durfte. Gawan wandte sich auch mit höflichen Dankesworten an Lunete: »Ich werde Euch immer Dank wissen für das, was Ihr für meinen Freund Ywain getan habt.«

Eine volle Woche weilten die Ritter auf der Burg zu Ascalon. Der neue Burgherr und seine liebreizende Gemahlin erwiesen ihnen alle Ehren und mühten sich, ihnen viele Annehmlichkeiten zu bereiten.

Doch dann nahm Gawan seinen Freund beiseite: »Das Schicksal hat Euch vor allen andern weit herausgehoben. Ein herrliches Weib habt Ihr und seid Herr über viel schönes Land. Aber hütet Euch davor, unter so viel Glück Eure Aufgabe zu vergessen, die heißt ritterliche Ehre und Kampfbereitschaft. Reizt es Euch nicht, hinauszuziehen in die lockende Welt, glanzvolle Turniere zu erleben, kühnen Speerkampf und wilde Abenteuer?«

Diese Mahnung fiel wie Feuer in Ywains Ritterseele ein. Er wollte nicht verliegen, wollte nach den ritterlichen Geboten in die Welt hinausziehen, Abenteuer bestehen, glanzvolle Turniere erleben, in ritterlichem Tjost die Waffen kreuzen und Bedrängten helfen.

So stimmte er dem Freund zu: »Gawan«, sagte er, »ich ziehe an Eurer Seite mit in die Welt hinaus.«

Es wurde ihm eine schwere Aufgabe, der liebenden Gattin zu eröffnen, daß die Tage des Minneglücks zu Ende gehen müßten.

»Laudine«, sagte er, »ich werde übers Jahr wieder bei dir sein.«

Die junge Frau zeigte Verständnis wie die rechte Gattin eines Ritters. »So werde ich dich zu der nächsten Sommersonnenwende umarmen dürfen, mein Gemahl.« Als teures Erinnerungszeichen steckte sie ihm einen goldenen Ring an den Finger.

Doch es sollte eine lange Zeit der Trennung werden. Gemeinsam zogen die beiden in die Fremde. Gawan wußte, wo Turniere stattfanden, und zeigte sich freundschaftlich, denn er förderte den Ruhm des Jüngeren. Immer ließ er Ywain den Vortritt, immer gewann dieser. »Mein eigenes Ansehen ist vollendet«, wies er den Freund zurück, der Einspruch erhob, »das Eure muß noch wachsen.«

Doch über diesen glanzvollen Ritterspielen, über eitlen Nichtigkeiten vergaß Herr Ywain seine eigentliche Ritteraufgabe. Es waren nicht wahrhaft ritterliche Taten, sondern spielerische Feste, Ritterschauen, in denen er Befriedigung fand, weil er der Mittelpunkt dieser Feste war.

Die Sommersonnenwende war verstrichen, ohne daß Herr Ywain an sein Versprechen dachte, schon schrieb man den Sommerausgang im Kalender, ohne daß er an die zugesagte Heimkehr dachte.

Ein neues Fest stand bevor: König Artus selber hatte seine Freunde zur Lustbarkeit eingeladen. Sie fand vor seiner Burg Karidol statt. Dort auf freiem Feld waren festliche Zelte errichtet, zwischen denen sich fröhliche Gäste ergingen. Gawan und Ywain ritten in den Kreis und wurden mit Jubel begrüßt. Jeder wollte den herrlichen Helden die Hand reichen.

Für Ywain war ein Prunkzelt errichtet. Dort saß er an der Seite des Königs, der seinen Ehrengast aufgesucht hatte, und berichtete von seiner Ritterfahrt. Da plötzlich wurde der Vorhang des Zeltes beiseite geschlagen, in der Öffnung stand Lunete, die Ehrenjungfrau der Königin Laudine. In flammendem Zorn schritt sie auf Ywain zu, hoch aufgerichtet stand sie vor ihm und riß ihm den Ring vom Finger.

»Im Namen meiner königlichen Herrin, du Wortbrüchiger!« stieß sie aus. Ringsum wurden Entsetzensschreie laut.

Ywain hatte die entehrenden Worte ohne Widerspruch hingenommen. Tief gedemütigt, gebrochen, wankte er aus dem Zelt. Sein Gewissen hatte ihn wild gepackt. »Nur fort«, drängte es ihn, »fort aus dem Angesicht der Menschen, damit ich allein bin mit meiner Schande.« Sinnlose Verwirrung des Geistes packte ihn – Ywain war nicht mehr im Besitz seiner Verstandeskräfte. Er riß sich die Kleidung vom Leib und stürzte aus dem festlichen Lager.

Viele Tage stürmte Ywain in seiner Geistesverwirrung durch die Landschaft, das gesicherte Bewußtsein war von ihm gewichen. Schließlich gelangte er in eine wüste Einöde. Dort endlich machte er halt. Er verspürte nagenden Hunger, denn seit vielen Tagen hatte er keine Nahrung zu sich genommen. Mit dem Dolch, der an seinem Gürtel stak, fertigte er sich, endlich etwas zum Bewußtsein gekommen,

Pfeil und Bogen, fand einen verendeten Hirsch, aus dessen Gelenk er die Sehne trennte. Er spannte damit den Bogen und besaß nun eine Jagdwaffe, mit der er sich Nahrung beschaffen konnte. So gelang es ihm, manches Wildbret zu erlegen. Er verspeiste es roh wie ein Wilder, so tief war der Ritter gesunken.

Nur langsam wich die Verzweiflung von ihm, doch Ywain war ein anderer geworden. Unstet irrte er umher. Als die Mittagssonne am Himmel stand, sah er eine einsame Hütte in einer Rodung. Als Bettler pochte er an die Pforte und bat um ein Stück Brot. Es vergingen Monate, während derer sich Ywain dort aufhielt und alltäglich um Brot bettelte.

Immer mehr verkam der einst so herrliche Mann. Von Schmutz bedeckt, glich sein Gesicht dem eines Mohren, die einst so strahlend hellen Augen hatten allen Glanz verloren, dem Siedler in der Waldhütte grauste vor dem Verwahrlosten, daß er ihn von seiner Schwelle verjagte. Wieder irrte der Ärmste durch das Land. Als Ywain einst eine Landstraße überquerte, überfiel ihn die Müdigkeit, daß er zusammenbrach und im Staub der Straße einschlief.

Da geschah es, daß drei Edelfrauen des Weges geritten kamen. Die stutzten vor dem männlichen Körper im Schmutz der Straße und stiegen vom Pferd, um dem verkommenen Mann zu helfen. Die eine von ihnen erkannte ihn.

»Es ist nicht ein Bettler oder Pilgersmann«, erklärte sie, »den wir vor uns haben. Denkt euch nur, es ist der Ritter Ywain, ich erkenne ihn an einer Narbe im Gesicht!«

Die zweite der Damen war nicht weniger betroffen: »Und ich erkenne seinen beklagenswerten Zustand; er scheint mir seiner Sinne beraubt und außerhalb seiner Verstandeskraft.«

Und wieder die erste: »Ich besitze eine heilende Wundersalbe. Trägt man sie dem Wahnsinnigen auf die Stirn auf, wird er augenblicklich geheilt und verstandesklar.«

Sogleich waren die drei sich einig, dieses Wundermittel anzuwenden. Sie hatten nämlich einen besonderen Gedanken dabei: Ihre Herrin, die Edelfrau Narigon, die ohne männlichen Schutz war, hatte unter dem Übermut ihres frechen Nachbarn, des Grafen Aiers, zu leiden. Nun faßten sie Hoffnung, der einst so berühmte Ywain könne hier Abhilfe schaffen.

Tatsächlich erfüllte sich das Wunder, als die Damen die Salbe angewendet hatten. Ywain erwachte aus seinem Schlaf, richtete sich auf und blickte verwundert um sich. »Bin ich denn Ywain, der ruhmbekränzte Ritter, oder nicht? Wie lange habe ich im Schlaf gelegen – und welchen Anblick biete ich?«

Da traten die drei Damen, die sich versteckt gehalten hatten, hervor.

»Ihr habt Euch nicht geirrt, Ritter«, rief die erste, »Ihr seid geheilt und habt zu Eurem Ritterdasein zurückgefunden.«

Die zweite wies auf die Kleidung, die sie ausgebreitet hatten: »Zieht doch die Gewänder an, die wir Euch mitgebracht haben, und kommt mit uns auf das Schloß unserer Herrin hier in der Nähe! Ihr bedürft der Pflege, und wir wollen Euch zur Gesundung zurückführen.«

So geschah es. Bei kräftigender Speise und stärkenden Bädern stand Ywain bald wieder da als der kühne Ritter, der unbesiegbare Kämpfer.

Die Zeit drängte auch, daß der Burgfrau Hilfe wurde, denn der zudringliche Nachbar stand bereits vor den Mauern und setzte zur Belagerung an. Die Abwehr der Mannen der Burgherrin war nur schwächlich.

Da trat der neue Gast der Burg den Reihen der Feinde, die bereits den Sieg vor Augen sahen, gegenüber. Die Speere zerspellten unter seinen Hieben, sein Schwert brach blutige Gassen in die Reihen. Die Eindringlinge mußten weichen und wurden bis an den nahen Fluß zurückgedrängt. Doch bevor sie sich dort sammeln konnten, stieß Ywain nach und trieb sie in die Fluten hinein. Graf Aiers selbst fand inmitten seines flüchtenden Haufens den Tod.

Nun stand Ywain in neuem Ruhmesglanz da, die Kunde seiner Heldentat flog über das Land. Frau Narigon bat ihn zu bleiben. Im tiefen Herzen hoffte sie, die Gattin des Helden zu werden. Doch ihn drängte es, wieder hinauszuziehen zu kühnen Taten. Dabei mied er die Straßen, die zu König Artus' Hof führten.

Als er im wilden Gebirge auf einsamem Pfad fürbaß ritt, vernahm er aus einer wilden Schlucht ein schauerliches Brüllen. Vom Rand des Abgrunds blickte er in die Tiefe und sah, wie dort unten ein Löwe in verzweifeltem Kampf mit einem Lindwurm verbissen war. Das Drachenungeheuer, das aus den Nüstern Feuer schnob, hielt seinen Gegner so fest umschlungen, daß dieser nur mehr ein winselndes Röcheln von sich gab. Ywain gelüstete es, dem edlen König der Tiere zu Hilfe zu kommen, doch ihn durchfuhr der Gedanke, der Löwe werde die Rettung mit Undank erwidern und den Menschen als seinen Feind umbringen.

Doch die ritterliche Pflicht, dem Unterlegenen beizustehen, gab den Ausschlag. Schon war er vom Pferd und sprang mit gewaltigen Sätzen den Hang hinunter. Der Lindwurm wandte sich von seinem Opfer ab und ging wütend auf den neuen Feind los. Doch der Held zauderte nicht und stieß ihm das Schwert bis zum Heft in den Leib. Aufbrüllend sank der Drache in sich zusammen, atmete zum letzten Mal seinen giftigen Feueratem aus und wälzte sich verendend auf die Seite.

Und der Löwe? Würde er nun seinen Retter als leichte Beute zerreißen? Er duckte sich vor Ywain nieder und sah dankbar, mit treuem Hundeblick, zu ihm empor. Und als sich der Held eilig von dem Tatort entfernen wollte und den Abhang hinaufstieg, folgte ihm das Raubtier auf den Fersen.

Als Ywain oben angekommen war, sein Streitroß bestieg und davontrabte, hielt sich der Löwe leicht an seiner Seite. Im Wald schließlich verschwand er zwischen den Bäumen und schien nun seine eigenen Wege zu gehen. Doch er stellte sich wieder ein; im Maul trug er ein Reh, das er seinem Retter zu Füßen legte. Ywain konnte sich nicht genug wundern. Er entfachte ein Feuer und ließ das Fleisch braten. So köstlich mundete es ihm und ihm zur Seite seinem Jäger, der an dem Genuß teilhatte. Als Ywain sich am Abend unter einem Baum zur Ruhe legte, lagerte sich der Löwe als Wächter davor und behütete den Schlaf seines Herrn.

Von dieser Zeit an waren das königliche Tier und der Ritter unzertrennlich. Ywain trug seither den Beinamen »der Löwenritter«.

Schon längere Zeit war das seltsame Paar durch die Lande gezogen, als sich Ywain eines Tages unerwartet dem Zauberbrunnen gegenüber sah, bei dem sein Lebensschicksal mit Glück und Leid die Wende genommen hatte.

Es war die Stelle, an der er damals das Wasser in das Becken gegossen und damit die schicksalsschweren Ereignisse ausgelöst hatte. Die Erinnerung an diese Erlebnisse trieb ihm das Blut so stark zum Herzen, daß er ohne Bewußtsein vom Roß sank. Bei dem Sturz geschah es, daß er sich das Schwert in den Körper stieß. Das Blut strömte dem Ohnmächtigen aus der Wunde. Doch der treue Löwe war sogleich zur Stelle und leckte es weg, und so lange setzte er sein hilfreiches Tun fort, bis es zu strömen aufhörte. Mit seinen Tatzen liebkoste der Löwe seinen Herrn, daß dieser bald das Bewußtsein zurückerlangte und die Augen öffnete.

Er stöhnte auf: »Hier befinde ich mich im Reich meiner Gattin und bin doch

nur ein fahrender Ritter ohne Land. Warum darf ich nicht heimreiten in meine Burg? Es ist mir versagt, meine Liebste in die Arme zu nehmen, denn noch habe ich meine schwere Schuld nicht getilgt!«

Noch war seine Klage nicht verklungen, da vernahm er ein wundersames Echo: »Zeiget nicht zu viel Selbstmitleid, Herr Ritter, denn das Schicksal, das mich geschlagen hat, ist noch viel härter.« Die Stimme kam aus einer nahen Waldkapelle.

Ywain eilte hinüber, doch vergeblich rüttelte er an dem Tor; es war verschlossen. Da rief er durch das Gitterfenster: »Wer spricht denn hier?«

Sogleich erscholl eine Antwort: »Eine Jungfrau sitzt hier gefangen, die morgen auf den Flammen des Scheiterhaufens sterben wird.«

Ywain war entsetzt. »Erklärt mir doch Euer Verbrechen, für das Ihr solche Strafe erleiden müßt«, rief er.

»Ich habe schwere Schuld auf mich geladen, denn ich vermittelte meiner Herrin einen Gatten, der ihr treulos geworden ist. Sie hat mir verziehen, doch ihr Truchseß und seine beiden Brüder haben durch ihre Verleumdungen das harte Urteil gegen mich erwirkt; sie neiden mir die Gunst meiner gütigen Herrin.«

Da wußte Ywain, wen er vor sich hatte. »Lunete, du bist es!« schrie er auf. »Was kann ich tun zu deiner Rettung? Sag es mir sogleich!«

»Nur wenn sich zwei Helden bereit erklären, für mich zum Kampf gegen meine Ankläger anzutreten, könnte ich dem Flammentod entgehen, hat der gestrenge Richter bestimmt.« Ein langer Seufzer folgte der Erklärung.

»So darfst du wissen, Lunete, daß Ywain hier vor dem Tor steht. Ich werde dich jetzt entgelten lassen, was du einst Gutes für mich getan hast.«

Lunete stieß einen Freudenschrei aus. »Ein Wunder ist geschehen. Doch ich muß fürchten, daß Ihr allein seid, zwei Kämpfer müssen sich stellen . . .«

»Seid ohne Sorge, Lunete, ich habe einen Freund mir zur Seite. Wir werden dir morgen in deiner Not beistehen, Ywain und sein Löwe.«

Er dachte, sich auf der nahen Burg ein Nachtlager zu erbitten.

Dabei hätte sich beinahe ein Abenteuer ergeben, das ihn von neuem treulos gemacht hätte. Der Burgherr nämlich befand sich in schwerer Notlage. Der Riese Harpin hatte ihm seine sechs Söhne entführt und wollte sie nur im Tausch gegen des Ritters liebliches Töchterlein freigeben. Am nächsten Morgen wollte er vor der Burg erscheinen und seine Forderung erfüllt sehen. Und der nächste Morgen, das war der Zeitpunkt, da Ywain für Lunete streiten sollte!

Doch der Held zauderte nicht einen Augenblick: Er versprach dem gebeugten Vater seine Hilfe und war entschlossen, die Befreiungstat so schnell zu vollenden, daß er noch rechtzeitig bei der Kapelle eintreffen werde.

Bereits vor Sonnenaufgang stand der Löwenritter vor der Ritterburg und sah dem Zweikampf mit dem Riesen entgegen. Doch der Unhold zeigte sich nicht, und Ywain mußte fürchten, sein Versprechen der Jungfrau gegenüber nicht einzuhalten. »Laßt mich nicht im Stich«, jammerte der Burgherr verzweifelt, »rettet meine Söhne!«

»Ich habe mein Wort verpfändet«, versetzte der Ritter hart, »und um kein Gut der Welt ist es mir feil.« Schon wollte er seinem Streitroß die Sporen geben.

»Vielleicht habt Ihr Mitleid mit den Neffen Eures Freundes«, versuchte der Burgherr von neuem, ihn zu gewinnen. »Ihr dürft wissen, daß die Mutter meiner Söhne die Schwester Eures Freundes Gawan ist.«

Der Löwenritter zauderte. »Herr Ritter«, seufzte er, »in welchen Zwiespalt bringt Ihr mich. In der Kapelle wartet auf mich eine Jungfrau, die unschuldig verurteilt ist. Hier ist es die Verwandtschaft meines Waffengefährten, die auf Rettung hofft. Gut denn, ich werde noch eine Weile warten.«

Stunde auf Stunde verrann. Wie aus Erz gegossen saß der Löwenritter auf seinem Roß; die Brust wollte ihm schier zerspringen. Wie sollte er sich vor Lunete rechtfertigen?

Da endlich löste sich die Spannung. Der Riese kam daher, eine ungeschlachte Erscheinung, bewaffnet mit einer riesigen Eisenstange. In seinem Gefolge waren sechs Jünglinge, zierlich und fein; sie saßen auf ärmlichen Kleppern. Die Schwänze der Gäule waren zusammengebunden, so daß keiner der Reiter ausscheren konnte. Ein Zwerg schwang seine Peitsche über den Häuptern der Gefangenen.

Schon aus der Ferne brüllte der Riese: »Wenn man mir jetzt nicht sogleich das Ritterfräulein übergeben wird, knöpfe ich die sechs Knäblein an den nächsten Baum!«

Ywain dachte nicht daran, sich in einen Redekampf einzulassen. Mit banger Sorge dachte er an Lunetes Not. In vollem Galopp sprengte er auf den Unhold zu. Der meinte noch, ihm ein Spottwort entgegenrufen zu können, da hatte ihm der Löwenritter schon mit solcher Wucht die Lanze in den Wanst gerammt, daß die Spitze in der Wunde abbrach. Unbeugsam schwang der Unhold seine riesige Eisenstange und ließ sie auf Ywains Helm niedersausen, daß ihm die Sinne vergehen wollten und sein Kopf auf den Hals des Pferdes niedersank. Schon ließ der Riese sein Siegesgebrüll erschallen und holte zu neuem Schlag aus.

Mit bedrohlichem Knurren waren die Augen des Löwen dem Verlauf des Kampfes gefolgt. Zornig peitschte jetzt sein Schwanz den Erdboden, mit einem gewaltigen Satz sprang er den Unhold an und schlug ihn. Bereits schwer getroffen von Ywains Lanzenstoß, schwand ihm jetzt der Atem. Als Ritter Ywain zur Besinnung zurückfand, war die Arbeit bereits getan.

Der Burgherr überbot sich in Dankesworten. Die jungen Menschen dankten ihrem Retter mit Jubelrufen, doch Ywain drängte zum Aufbruch. »Fragt Euch jemand, wer Euch befreit hat«, gebot er allen, »so nennt keinen Namen. Niemand soll wissen, wer der Löwenritter ist.« Damit sprengte er davon; in riesigen Sprüngen folgte ihm das Wüstentier.

Tatsächlich war inzwischen allerhöchste Eile geboten. Die Henkersknechte hatten den Riegel der Kapellentür geöffnet und die bedauernswerte Jungfrau auf die Hinrichtungsstätte am Brunnen geschleift; dicht gedrängt umsäumte die Menge von Mitleidigen und Neugierigen den errichteten Scheiterhaufen. Der verleumderische Truchseß und seine beiden Brüder traten sodann in die Mitte und wiederholten ihre falschen Beschuldigungen. Die Ritter zeigten an der Trefflichkeit der Aussagen keine Zweifel.

Ihr Urteil lautete auf Tod durchs Feuer; es sei sogleich zu vollstrecken. Mit rohen Händen zerrten die Henkersknechte Lunete auf den bereits errichteten Holzstoß und schnürten sie an den Todespfahl. Verzweifelt ließ die Jungfrau ihre Blicke umherirren. Würde ihr kein Retter erscheinen?

Die Knechte hatten mit den Fackeln den Scheiterhaufen entzündet. Gierig fraßen sich die Flammen durch das leichte Holz zu den mächtigen Balken hindurch. Beißender Rauch begann Lunete den Atem zu nehmen. Verzweifelt gab die Jungfrau alle Hoffnung auf. Schicksalsergeben schloß sie die Augen und erwartete den Tod . . .

In diesem letzten Augenblick durchbrach ein Reiter, gefolgt von einem Löwen, die gaffende Menge. Niemand erkannte den Retter.

Ywain wandte sich mit zornfunkelnden Augen an den Richter: »Zwei Retter sind zur Stelle, wie Eure Forderung lautet, und wollen für die Jungfrau Lunete kämpfen. Unterbrecht auf der Stelle den Vollzug der ungerechten Strafe!«

Der Richter war bleich geworden und wagte keinen Einwand. Auch das Gesicht des Truchseß wurde blaß, doch es geschah aus Wut. »Wo ist der zweite Kämpfer?« schrie er. »Ich erblicke nur einen Löwen!«

»Der Löwe ist mein Kampfgefährte«, gab Ywain ruhig zurück.

»Es ist gegen die Ordnung«, schrie der andere. »Ich verlange, daß die Hexe verbrannt wird!«

Der Richter folgte dessen Aufforderung und ließ den Löwen an eine starke Kette legen. So ergab sich dann, daß der Löwenritter allein gegen drei Gegner stand: Es war ein höchst ungleiches Kämpfen. In geschlossener Reihe drängten die drei Brüder vor. Doch Ywains Waffen waren von unübertrefflicher Festigkeit; alle drei Lanzen der Gegner zersplitterten an ihrer Härte. Jubelnder Beifall für den Einzelkämpfer durchgellte die Luft. Während man den Brüdern neue Speere reichte, ergriff Ywain die Gelegenheit und warf den Truchseß mit einem gewaltigen Lanzenstoß aus dem Sattel.

Schon kamen die beiden Brüder herangesprengt, doch ihre Lanzen zerbrachen wiederum an der Härte von Ywains Schild. Jetzt folgte der Fußkampf der Ritter. Sie gingen mit den Schwertern aufeinander los, zwei gegen einen. Als dann gar der Truchseß wieder zu Kräften gekommen war und Ywain damit drei Gegner zu bestehen hatte, geriet er in allzu große Bedrängnis. Die drei Gegner trieben ihn im Ring umher. Für die Zuschauer, die mit ihrem Herzen auf Ywains Seite standen, war es nur eine Frage der Zeit, daß der fremde Ritter unterliegen mußte.

Der angekettete Löwe hatte die ganze Zeit mit wütendem Knurren an seiner Kette gezerrt. Jetzt, in der höchsten Not seines Herrn, sprengte er mit einem urgewaltigen Ruck die Kette, blickte sich im Stolzgefühl seiner Freiheit kurz um und schoß mit Gebrüll auf die Gruppe der kämpfenden Männer zu. Er sprang den Truchseß an und durchbiß ihm jäh das Genick. Während dieser böse Mensch tot zusammenbrach, sprang der Wüstenkönig den nächsten der Brüder an, doch dieser kam dem Ansturm zuvor und ließ den Löwen in das vorgehaltene Schwert rennen. Ywain kam dem Freund schnell zu Hilfe, und nun gewannen die beiden die Überlegenheit. Schließlich brach das Brüderpaar hilflos in die Knie und bat um Gnade.

Die Menge ringsum klatschte den Siegern stürmischen Beifall. Niemand bemitleidete das arglistige Brüderpaar, als sich an ihnen das Schicksal nach gegebenem Recht erfüllte. Sie mußten auf den Scheiterhaufen steigen, wie das Gesetz es vorschrieb: Kann der Ankläger die Schuld des Angeklagten nicht beweisen, so erleidet er dieselbe Strafe, die er jenem zugedacht hat.

Inzwischen hatte Frau Laudine vernommen, daß ihre Jungfrau einen Retter gefunden hatte. In strahlendem Glücksgefühl umhalste sie Lunete und wandte sich dann an den Sieger. Ywain hatte das Visier nicht geöffnet und schickte sich eben an, die Stätte seiner kühnen Rettungstat unerkannt zu verlassen. Laudine erkannte ihren Ehegatten nicht.

»Darf ich Euch einladen, mir auf meine Burg Ascalon zu folgen?« fragte sie den Fremdling mit holdem Lächeln. »Dort könnt Ihr Euch von dem schweren Kampf erholen und Eure Wunden pflegen.«

Der Gefragte schüttelte traurig den Kopf. Beim Anblick seiner liebreizenden Gattin wollte ihm das Herz brechen in seiner Seelenqual. Sein ganzes Unglück kam ihm zum Bewußtsein, sein Schicksal, vor der eigenen Gemahlin fliehen zu müssen.

»Mein Dank gilt Euch, Dame«, sagte er mit höfischer Verneigung. »Nicht am Leib bin ich verwundet, sondern in der Seele. Mich drückt schwere Schuld; sie zwingt mich weiterzuziehen. Meinen Namen darf ich nicht nennen.«

Frau Laudine blickte dem geheimnisvollen Fremden nach. »Möge der tapfere Mann bald Erlösung von seinen Seelenqualen finden!«

So trennte man sich, Ywain ritt in schnellem Trab davon. Jetzt erst bemerkte er, daß der Löwe vom Blutverlust sehr geschwächt war; er vermochte dem Pferd kaum zu folgen. Da nahm ihn der Ritter zu sich auf den Pferderücken. In einer der Burgen am Wege fand er Obdach, und dort pflegte er seinen treuen Kampfgefährten gesund, dem er sein Leben verdankte.

Noch hatten die Leiden, die der Löwenritter zu bestehen hatte, nicht ihr Ende gefunden. Die schwerste Prüfung hielt ihm das Schicksal noch bereit: Er mußte gegen den eigenen Freund kämpfen.

Dies ist die Vorgeschichte: Graf Schwarzdorn, der gestorben war, hatte seinen beiden Töchtern all sein Gut hinterlassen. Die ältere der beiden wollte nicht mit der Schwester teilen, sie beanspruchte das ganze Erbe für sich allein. In dem heftigen Geschwisterstreit drohte die jüngere, sich einen starken Helfer zu suchen. »An König Artus' Hof lebt der Ritter Gawan, der gilt als Helfer von bedrängten Frauen. Bei ihm werde ich Unterstützung finden.«

Die ältere Schwester beschloß, der anderen zuvorzukommen. Heimlich reiste sie an den Artushof und suchte den Ritter Gawan auf. Mit ihrem Lügengespinst gewann sie den hilfsbereiten Helden für ihre Sache. Gawan zeigte sich bereit, ihr zu ihrem angeblichen Recht zu verhelfen.

Die jüngere Schwester, die dann in Karidol, wo König Artus' Hof hielt, erschien, mußte erfahren, Gawan sei bereits ausgeritten, um der Tochter des verstorbenen Grafen Schwarzdorn zu ihrem Recht zu verhelfen. So hatte sich das junge Edelfräulein überlisten lassen.

In ihrer Bedrängnis wandte sie sich an König Artus selber, und der gütige König wies ihr einen Ausweg: »Wenn dir jemand in deiner Not helfen kann und es wagen wird, dem starken Gawan im Zweikampf gegenüberzutreten, so ist es der Ritter Ywain; man nennt ihn den Löwenritter. Doch ich weiß nicht zu sagen, wo er sich aufhält, seit er ausgeritten ist.«

Mit einem Hoffnungsschimmer machte sich die Schwester auf die Suche. Wo sollte diese Suche ansetzen? Sie sandte einen Knecht auf die Burg Ascalon, doch als der Bote vor die Burgherrin trat und den Namen Ywain nannte, wurde er schroff abgewiesen.

»Sprich mir nicht von diesem Mann«, fuhr ihn die Dame hart an und ließ den Boten von der Burg weisen.

Da kam dem Edelfräulein ein Zufall zu Hilfe. Sie war zu dem Zauberbrunnen des Breziljan-Waldes gelangt und traf dort Lunete, die vom Aufenthalt des Löwenritters wußte. Lunete wies das Edelfräulein auf das nahe Schloß, in dem Ywain mit seinem Löwen Unterkunft gefunden hatte.

Als sie den Artusritter dort antraf und um seine Hilfe bat, blickte er fragend auf den Löwen. Doch der war wieder geheilt. Da zögerte Ywain nicht, seiner Ritterpflicht zu entsprechen. Ebenso wie Gawan kannte er den Namen seines Gegners nicht. Der Löwenritter brach sogleich auf, denn die Zeit drängte sehr, die Frist für die Gültigkeit des Erbes würde in den nächsten Tagen ablaufen.

Auf dem Turnierplatz vor dem Schloß des Grafen Schwarzdorn trafen die beiden Gegner – beide unerkannt – zum Tjost aufeinander. Nach den strengen Regeln durfte der treue Löwe jedoch nicht dabei sein. Zahlreiche Zuschauer, ältere Männer und Frauen, hatten sich auf dem Plan eingefunden. Atemlos folgten ihre Augen dem Kampfgeschehen, denn niemand hatte je solchen Zweikampf erlebt. Mit aller Wucht fielen die Schwertstreiche, doch mit gleicher Fertigkeit wurden sie abgewehrt.

Viele Stunden lang währte bereits der Streit, als die Sonne zur Mittagshöhe stieg. Noch stand der Waffengang unentschieden. Da vereinbarten sie in ritterlicher Übereinkunft eine Waffenruhe. Doch bald erhob sich der Tjost von neuem, und beide führten die Waffen mit einer Wucht, als hätten sie soeben erst den Kampfplatz betreten.

Als mit sinkender Sonne immer noch keine Entscheidung anstand, mußte die Menge der Zuschauer fürchten, daß der harte Zweikampf schließlich noch ein Todesopfer fordern würde; beide Kämpfer hatten ihre Zuneigung gefunden, und gern hätten sie dem Ringen ein Ende gemacht. Sie drängten die ältere Schwester, die Auseinandersetzung ehrenvoll mit einem Unentschieden ausgehen zu lassen,

doch die Dame zeigte sich in ihrer Haltung nicht zu einem Vergleich bereit; sie wollte das gesamte Erbe für sich.

»Ich bin mit einem Vergleich einverstanden«, rief die jüngere Schwester sogleich. So eingenommen war sie von dem herrlichen Ritter, der für ihre Sache eintrat, daß ihr alles daran gelegen war, sein Leben zu erhalten.

Doch der Löwenritter schüttelte den Kopf. »Ein Tjost, der einmal begonnen ist, muß bis zum bitteren Ende durchgestanden werden.«

Aber der Abend senkte sich herab, noch war kein Ende abzusehen. Da entschlossen sich die unermüdlichen Streiter, den Zweikampf zu unterbrechen, um ihn am anderen Morgen fortzusetzen.

Ohne Arg erwies jeder seinem Gegner die ritterliche Ehre. Dabei lüftete Gawan als Zeichen seiner Achtung nun endlich sein Visier und nannte seinen Namen.

Ywain wußte sich vor Freude nicht zu fassen. »Ich, Euer Gegner, bin Ywain, bin Euer Freund!« rief er.

»Also Ihr seid der geheimnisvolle Held?« rief Gawan jubelnd. »Mein tapferer Freund Ywain ist der Löwenritter? Laßt Euch umarmen, teurer Freund!«

So hatten sich die beiden strahlenden Gestalten von Artus' glänzendem Hof hier auf so wundersame Weise wiedergefunden! Und der Erbstreit der beiden Schwestern? Gawan mußte erkennen, daß die ältere ihn mit ihren falschen Aussagen überlistet hatte, und er drohte ihr: »Willigt Ihr nicht ein, so werde ich mich für besiegt erklären, und Ihr geht des gesamten Erbes verlustig!«

So erhielt die jüngere Schwester in dem Erbstreit, was ihr an Erbteil nach Testament und Gesetz zustand, und zwei Freunde hatten sich dabei wiedergefunden.

Die Kunde von dem schweren Ritterkampf flog durch die Lande. König Artus entbot den beiden Gruß und Einladung, sogleich an seinen Hof zurückzukehren. Mit großen Ehren wurden sie dort empfangen.

Nicht lange aber hielt es den Löwenritter dort in Karidol. Seine Sehnsucht trieb ihn unwiderstehlich in die Nähe von Laudine, um eine Versöhnung mit ihr zu erreichen. In aller Heimlichkeit verließ er mit seinem Gefährten den Königspalast und ritt geradenwegs in den Wald von Breziljan zu dem Zauberbrunnen, der für ihn so schicksalhaft geworden war.

»Tu es noch einmal«, gebot ihm da eine innere Stimme, »wiederhole jetzt, was du damals vollbracht hast, als du Laudines Liebe erobert hast – beginn dein Leben gleichsam von neuem, um damit die Irrwege auszulöschen, die du seither gegangen bist.«

Das bedeutete für den Ritter das erlösende Wort. Entschlossen ergriff er den Kupferkessel und goß das geschöpfte Wasser in den steinernen Trog. Wieder brach das Unwetter los, und wieder wie einst gab Lunete ihrer Herrin, der Königin von Ascalon den Rat, beim Löwenritter Hilfe zu suchen.

»Beim Löwenritter?«

»Ja, er oder keiner kann Euch helfen. Ich werde ihn holen.« Die kluge Lunete wußte, wo sie ihn zu suchen hatte. Sie eilte zum Brunnen und traf dort den Ritter mit dem Löwen richtig an. Keine Botschaft konnte ihm willkommener sein, als die Aufforderung, an den Königshof zu kommen. Würde Laudine nicht weiter zürnen, wenn sie in dem Löwenritter ihren treulosen Gatten erkannte?

Wieder wurde Lunete, die Kluge, Vermittlerin. Sie eilte zu ihrer Herrin zurück und meldete ihr: »Der geheimnisvolle Held ist nur dann bereit, vor dem Antlitz der Königin zu erscheinen, wenn diese verspricht, ihm die Neigung seiner Gattin wieder zu verschaffen, die ihm seit langem entfremdet ist.«

Lächelnd vernahm Laudine die Bedingung. »Wie soll ich wissen, ob es ein hartnäckiger Zwist ist, der den unbekannten Ritter von seiner Gemahlin trennt, doch sag ihm, ich werde versuchen, eine Versöhnung herbeizuführen.«

Noch am selben Tag stand Ywain vor seiner angetrauten Frau. Laudine wußte ihr Glück nicht zu fassen. In Lunetes zartgesponnenem Netz hatte sie sich sogleich eingefangen. Wie selig war sie, selbst die Frau zu sein, deren Gunst und Liebe sie dem Gatten erringen sollte!

Die Reue des Raubritters

In einer festen Burg am Meer hauste einst ein Ritter namens Norbert. Im Land ringsum war er gefürchtet, denn er war gewalttätig und ohne Rücksicht, dabei hochfahrend und stolz, und seine Burg war so unbezwinglich fest, daß niemand ihm etwas anhaben konnte.

In dem männlich schönen Äußeren aber, mit dem die Natur ihn beschenkt hatte, lebte eine nichtswürdige Seele, denn jener Ritter scheute sich nicht, auf Raub auszureiten. Er plünderte friedliche Kaufleute aus, bedrängte Wanderer und Pilger. Dieser Raubritter kannte nicht Mitleid noch Scham und war ohne alle Gottesfurcht. Ja Predigt und Gottesdienst verachtete er, für Gebet und Beichte, Kirchengebote und Pilgerfahrt hatte er nur Hohnworte.

Jahrzehntelang führte Norbert ein solches Raubritterdasein und ein Leben in Gesetzlosigkeit; zahllos waren die Menschen, denen er Schande, Armut oder Tod gebracht hatte.

Es war wenige Tage vor Ostern; nun nahte der Karfreitag, der heiligste Tag des Jahres. Für Ritter Norbert hatte dieser Tag nichts Festliches. Von seinen Dienern ließ er sich ein reichliches Wildbret herrichten.

»Heute geht's wieder auf einen fetten Beutezug!« rief er in wilder Lust, »da will ich essen, saufen und prassen!«

Niemand wagte, sich seinem Befehl zu widersetzen. Doch einige der treuen Diener hatten den Mut, ihm ihre Bedenken vorzutragen: »Heute ist der heilige Freitag, an dem unser Herr für uns am Kreuz gestorben ist. Will es nicht frevelhaft erscheinen, diesen Tag durch solches unchristliches Tun zu entweihen? Jeder gute Christ begeht den Karfreitag in Ehrfurcht!«

»Ich will kein guter Christ sein!« schrie er böse.

»Daß Euch nicht Gottes Zorn treffe, Herr Ritter!« sagte einer der alten Diener demütig und faltete fromm die Hände.

Nur lästerliche Hohnworte hatte der Herr als Antwort: »Bevor mich Gottes Zorn erreicht, wird viel Zeit vergehen. Noch große Taten werde ich begehen: Menschen überfallen und berauben, aufhängen und verbrennen, quälen und erschlagen!«

Der alte Diener schüttelte verständnislos den Kopf. Er wagte es von neuem, seinen Herrn zur Einsicht zu führen. »In diesem Wald«, begann er, »wohnt ein frommer Klausner, den suchen die gottesfürchtigen Menschen zur Beichte ihrer Sünden auf. Seid Ihr nicht bereit, mit uns dorthin zu ziehen und Euch gottgefällig von Euren Sünden zu befreien?«

Der Ritter stieß ein rohes Lachen aus. »Beichten!« sagte er. »Wer will mir denn Sünden vorwerfen?«

Doch schließlich ließ er sich bewegen, den Eremiten aufzusuchen. »Nicht Gott zuliebe geschieht es oder gar für den Klausner, sondern nur, um Eurem Ammenglauben zu Gefallen zu sein.« So rief der gewalttätige Mann.

»Führt mein Pferd herbei!« befahl er wütend und sprengte davon, daß die Diener ihm kaum zu folgen vermochten. Vor der Hütte des Klausners angelangt, wollte er aber nicht aus dem Sattel.

»Beeilt euch!« rief er den Dienern zornig zu. »Jeder Augenblick reut mich, den ich Kaufleute und Pilger ungeschoren lasse. Sie sollen nicht unbehelligt ihrer Straße ziehen.«

Da betraten die Männer allein die ärmliche Hütte des Klausners; sie berichteten dem frommen Mann von ihrem gewalttätigen Herrn, der vor der Tür auf seinem Streitroß halte. Sogleich erhob sich der Einsiedler, und gestützt auf seinen Stab, denn er war vom Alter gebeugt, trat er vor den Ritter.

»Seid uns willkommen, Herr«, sagte er mit leiser Stimme. »Ihr tut recht, zur Beichte zu erscheinen, denn heute am heiligen Freitag muß ein jeder Christenmensch in sich gehen und in milden Gedanken an Gott alles Böse ablegen.«

Ritter Norbert wollte zornig aufbegehren.

»Handelt doch so, lieber Herr«, sagte der Klausner nachsichtig, »Ihr wißt, daß Rittertum zu hoher Gesinnung verpflichtet. Bei dem, der für uns den Kreuzestod erlitt, bitte ich Euch, heute Euer Herz aufzuschließen. Tretet in meine Behausung ein!«

»Beim Teufel!« rief der Ritter in unbändigem Zorn, doch der Eremit wahrte seine milde Nachsicht. »Nicht für mich«, sagte er, »sondern für Gott sollt Ihr es ja tun.«

»Gott hat in Euch einen gar hartnäckigen Fürsprecher«, fuhr der Ritter auf. »Was denn tun? Selbst wenn ich Eurer Bitte entspräche und einträte, so würde ich fürwahr nichts Gutes tun, nicht Paternoster sprechen noch Almosen geben!«

Doch schließlich ließ sich Ritter Norbert durch die Bitten des Klausners bewegen, seine Zelle und die Kapelle zu betreten. Mit sanfter Bewegung führte der fromme Greis ihn zum Altar, und mit ebenso sanftem Drängen suchte er ihn zu bewegen, seine Sünden zu beichten.

Wieder wollte der Ritter zornig aufbegehren, doch der Klausner wich nicht zurück. »So zeigt nur die Bereitschaft, eine einzige Sünde zu bekennen«, rief der Einsiedler, »damit ich als Gottes Vermittler für Euch beten kann! Ich beschwöre Euch, Herr Ritter, geht in Euch – an diesem heiligsten Tage des ganzen Jahres!«

Da endlich ließ der Ritter sich erweichen. Fluchend trat er an den Altar und tat Beichte nach seiner Art: Wie er geraubt und gemordet habe, wie er Kaufleute überfallen und wehrlose Pilger gequält, Gott verhöhnt und die Heiligen mißachtet, nicht Messe gefeiert noch Fastengebot gehalten habe.

Mit Entsetzen vernahm der fromme Mann solch ruchloses Bekenntnis. Vergeblich mahnte er den Ritter wieder zu innerer Einkehr, vergeblich bat er ihn, echte Buße zu tun zur Sühne seiner Sünden.

Hohnlachend wies der Gottvergessene auch die mildesten Bußgebote zurück. Nicht für die Dauer eines Vaterunsers wollte er die Worte eines Priesters hören.

Da machte der fromme Eremit in seiner geduldigen Nachsicht einen letzten Versuch, den verstockten Wüstling vor Gott gerecht werden zu lassen: »Bringt Ihr es fertig, dieses Fäßchen«, sagte er und reichte ihm dabei das kleine Holzgefäß, »von der Quelle dort drüben gefüllt zurückzubringen, so soll dieser Dienst als Buße für die Fülle Eurer Sünden gelten, und Ihr sollt frei und vor Gott gerecht sein!«

Spöttisch lächelte der Ritter über die seltsame Buße und willigte ein. »Zum Henker, ja!« rief er. Mit diesem hämischen Fluch verpfändete er sein Ritterwort, das Fäßchen mit Quellwasser zu füllen.

»Bleibt zurück!« gebot er seinen Dienern herrisch, als sie ihn begleiten wollten, und eilte zur Quelle. Schnell tauchte er es ins Wasser ein – kein Tropfen drang in den Spund. Verwundert wendete er es nach allen Seiten, er prüfte mit seinem Stab die Öffnung, ob der Eremit es etwa verstopft habe, er schöpfte mit den Händen – es blieb leer. In blindem Zorn und mit einer Flut gottloser Verwünschungen versuchte der Ritter es von neuem – vergeblich!

Der fromme Klausner vergoß bittere Tränen aus Mitleid mit dem harten Mann, dem Gott so sichtbar seine Sündenlast vor Augen hielt. Doch in seiner Verstocktheit zeigte der Ritter keine Einsicht und blieb weiterhin unbußfertig.

»Ich habe mein Ritterwort verpfändet und werde nicht ruhen noch rasten«, so gelobte er ingrimmig, »bis ich den Spuk gebannt habe und das verzauberte Fäßchen gefüllt zurückbringe. Mein Haupt will ich nicht waschen, meine Haare ungekämmt und meine Nägel ungeschnitten lassen, will auf keinem Pferd reiten und in keinem Bett ruhen, bis ich das Teufelsfaß bis an den Rand gefüllt habe!«

Zornig sandte er seine Mannen heim und ließ sie sein Streitroß wegführen. Mit solchem Versprechen schied er von dem Einsiedler.

Allein, ohne Geld und ohne Nahrung, machte der Ritter sich auf den Weg. Hunger und Durst quälten ihn, während er ruhelos und flüchtig dahinzog; längst hatte er seine prächtigen Kleider verkaufen müssen. Wälder und Täler durchschritt er und überquerte Hügel und Berge; bei jeder Quelle, die er erblickte, bei jedem Weiher und jedem Wasserlauf versuchte er, das Fäßchen zu füllen – vergeblich. Zorn und Fluch begleiteten jeden neuen Versuch.

Der Hunger ließ ihn vor fremden Türen um einen Bissen Brot betteln. Doch wenn auch alles vergeblich war – sein Sinn blieb hart und verstockt. Unstet durcheilte er Länder und Gaue bergauf und talabwärts und tauchte das Fäßchen in Bäche und Ströme, in Seen und Teiche – vergeblich. Die Bewohner der Dörfer wichen dem elenden Jammerbild aus dem Weg, schlossen vor seiner Schreckensgestalt angstvoll die Türen und jagten ihn wie einen tollen Hund von dannen, so daß er unter freiem Himmel nächtigen mußte. In zerlumptem Kittel, verwahrlost und verwildert, wankte der Ritter am Stab daher.

Ein Jahr war verflossen, seit er das Gelübde auf sich genommen hatte. Seine Kraft war gebrochen, sein Mut dahin – und immer noch blieb sein Herz verstockt und unbußfertig. Da beschloß er, zum Klausner zurückzukehren. Am gleichen Tag, da er ausgezogen, am heiligen Freitag war es, als er die Kapelle wieder betrat. Der Einsiedler blickte erstaunt und voller Mitleid auf den wegmüden Fremden, der zerlumpt und entkräftet, das Fäßchen an rostiger Kette am blutiggescheuerten Hals, vor ihm stand.

»Lieber Bruder«, sagte er milde, »was führt dich zu mir? Und wer gab dir das Fäßchen, das ich so gut kenne? Heute ist es ein Jahr vergangen, seit ich es dem männlichsten, kräftigsten Rittersmann übergeben habe. Wer weiß, ob er noch am Leben ist, denn er ist nicht wieder zu mir zurückgekehrt. Doch nun sag mir, wer

du bist, und nenne mir deinen Namen! Und sag mir, was dich so tief bedrückt. Vielleicht, daß ich dir helfen kann . . .«

»Ihr seid es, der mich in solches Elend gestoßen hat!« unterbrach ihn der Ritter rauh und in wilder Erregung; wüster Zorn glomm in seinen Augen.

Ganz verwundert blickte der Klausner ihn an. »Ich, Freund? Ich entsinne mich nicht, dir je begegnet zu sein!«

Fassungslos vernahm der fromme Mann nun die Wahrheit; er glaubte, ein Trugbild zu schauen, als er in der jammervollen, völlig entkräfteten Bettlergestalt den einst so stolzen Ritter wiedererkennen mußte, und in tiefer Bewegung vernahm er den Bericht des Ritters über die bösen Tage und schlimmen Nächte seiner Irrfahrt und über sein stets vergebliches Bemühen.

Doch als der gottergebene Einsiedler vernehmen mußte, daß auch all die grauenvollen Leiden dieses verruchten Abenteuers den verstockten Sinn des Ritters nicht hatten erweichen können, mischte sich Entrüstung in seine Worte. »Nur wenn Ihr tiefe, ehrliche Reue empfindet über all Eure Missetaten, wird Gott Eure Buße annehmen«, rief er aus.

Der Ritter aber blieb verstockt.

Da kniete der fromme Mann in aufrichtigem Schmerz nieder, betete zu Gott und bat inbrünstig um Vergebung für den hartherzigen Schuldbeladenen. »Errette ihn vor dem Verderben, Herr«, rief der Einsiedler in seiner Seelennot. »Und ist es möglich, so nehmt mein Leben als Opfer hin, damit er vor der Verworfenheit bewahrt werde!«

Da – als er den ehrwürdigen Greis für ihn, den Sündigen, so beten sah, wurde sich der Ritter plötzlich seiner unendlichen Schuld bewußt; Demut, Bußfertigkeit, Zerknirschung packten ihn beim Gedanken an die eigenen Sünden: All sein Trotz wich tiefem Verlangen nach Herzensfrieden. In heißem Gebet wandte sich der Ritter zum ersten Mal seinem Gott zu und betete um Vergebung seiner Sünden. Demütig gelobte er, fortan in Gottesfurcht zu leben.

Gott ließ ihn seine Gnade schauen. Eine Träne, die sich vom Auge des Ritters löste, fiel auf den Spund und – füllte das Fäßchen, daß das Naß nach allen Seiten überquoll! Der Eremit fuhr tief betroffen auf, als er Zeuge dieses Wunders wurde.

»Seht da«, stieß er aus, »Gott erweist Euch ein sichtbares Zeichen seiner Gnade!«

In inniger Rührung konnte er dem Ritter verkünden, daß Gott ihm hier ein sichtbares Zeichen seiner Gnade erwiesen habe.

Lanval

Unter den Rittern an König Artus' Tafelrunde war als wackerer Gast ein Königssohn aus Cornwallis. Lanval war einer der Tapfersten am Hof, und wenn es galt, den Feinden des Königs Trotz zu bieten, so vertraute Artus auf keinen wie auf ihn: Stets war es Lanval, dem er den Sieg verdankte.

Doch immer wieder mußte der Ritter es erleben, daß König Artus ihn zu vergessen schien, wenn er seine Mannen für ihre Verdienste belohnte. Während die anderen reich mit Gaben bedacht wurden, blieb Lanval stets ohne eine Anerkennung. Da war es nicht verwunderlich, daß der edle Ritter betrübt war über solche Zurücksetzung. Immer mehr hielt er sich abseits von den Glücklichen, die sich an des Königs Gunst erfreuen durften, und immer wieder trug er Zorn und Kummer in den Wald hinaus, oder er ritt weit übers Land auf Abenteuer, und oft erwog er, vom Königshof zu scheiden, wo man seine Dienste und Verdienste so wenig zu schätzen wußte.

Als Lanval eines Tages, mit seinem Schicksal hadernd, in trüben Gedanken durch den Wald ritt, überquerte er eine prächtige Wiese, bunt von Sommerblumen; ein munteres Bächlein rauschte murmelnd durch die Au, und ringsum jubilierten die Vögel. Es war ein paradiesisches Plätzchen, wie geschaffen zum Ausruhen.

So stieg der Ritter vom Roß, löste ihm den Sattelgurt und ließ es grasen. Er selber warf sich ins üppige Gras und hing seinen Gedanken nach. Sie waren nicht heiter trotz des herrlichen Sommertages. Ob auch die Blumen lieblich blühten und Käfer und Vögel voll Lebensfreude umherschwirrten, ob auch die Falter und Libellen sich beseligt auf den Blüten wiegten und der Bach sommerfroh rauschte – Herrn Lanvals Stirn blieb voll Gram und Unwillen wegen all der Ungerechtigkeit, die er stets erlebte.

Wie er so unmutig und sorgenvoll über das sonnenbeschienene Land hinschaute, gewahrte er zwei Fräulein, die durch die hohen Blumen der Sommerwiese geradewegs auf ihn zukamen. Wunderschön von Gestalt und Antlitz waren sie, daß Lanval glaubte, niemals lieblichere Gestalten erblickt zu haben. In ihren purpurroten Gewändern spielte der Sommerwind; leicht schwebten die Schleier, die sie um den Hals gewunden trugen.

Voller Erstaunen über die wundersame Erscheinung erhob sich Ritter Lanval und ging den beiden entgegen. Doch ehe er sie ansprechen konnte, verneigten sie sich tief vor ihm. Die eine begann: »Herr Lanval, wir überbringen Euch eine Botschaft unserer Herrin; sie entbietet Euch ihren Gruß und läßt Euch einladen, sie in ihrem Zelt zu besuchen. Seid Ihr bereit, der Einladung zu folgen, so wollen wir Euch zu ihr geleiten.«

Ritter Lanval war tief bewegt. Da gab es für ihn kein Bedenken; er ließ sein Pferd auf der Wiese grasen und folgte den beiden schönen Jungfrauen. Sie schritten durch das hohe Gras am Bach entlang, bis sich vor ihnen ein Zelt, ganz in Silber schimmernd, erhob. »Wir sind am Ziel«, sagten die beiden Schönen, schlugen die Vorhänge zurück und führten ihn zu ihrer Herrin.

Nie hatte Lanval eine so schöne Frau vor Augen gehabt. Sie lag auf weichen Polstern hingestreckt und bot einen Anblick, der wie der sonnige Maienmorgen strahlte.

Wie ein Himmelsgruß durchfuhr es den Ritter, als sie ihn ansprach. »Lanval, liebster Lanval«, begann sie, »vernehmt, was ich Euch sage: Nur um Euretwillen bin ich von weit her hier ins Land des Königs Artus gekommen und um Euch anzugehören mit allem, was ich bin und habe. Ich kenne kein Verlangen, als Euch,

glücklich zu machen. Solange Ihr Euch ritterlich erweist, will ich nicht von Euch lassen. Dafür verlange ich nichts als Eure Gegenliebe: Keiner anderen dürft Ihr gehören als mir allein! Und etwas Besonderes verlange ich von Euch: Niemand darf von unserer Liebe wissen; Ihr sollt sie geheimhalten vor jedermann. Würde jemand von unserer Liebe erfahren, so wäre ich Euch auf immer verloren.«

Bezaubert stand der Ritter Lanval da. »Schönste der Frauen«, stieß er eilends hervor, »niemals werde ich das Geheimnis verraten, das gelobe ich Euch.«

Da streifte sie ihm einen schlichten Ring auf den Finger: »Dieses Ringlein wird Euch Glück bringen, mehr Glück, als jemals ein großmächtiger Fürst erleben kann. Denn alles, was Ihr Euch wünscht, wird sich erfüllen. So oft Euch das Verlangen ergreift, mich leibhaftig zu sehen, so dreht nur einmal behutsam den Ring: Dann werde ich bei Euch sein und werde mit Euch sprechen – und niemand anders als Ihr wird meine Stimme vernehmen, und kein anderes Auge als Eures wird mich erblicken.«

Beseligt und in unendlichem Entzücken hatte Lanval sein Knie gebeugt, da umfaßte ihn die unbekannte Schöne und gab ihm einen Kuß auf den Mund. Den Ritter, der noch niemals Frauenliebe hatte erleben dürfen, überkam ein Gefühl, für das er keinen Namen wußte. Überirdische Glückseligkeit hielt ihn gefangen; sie hob ihn empor, umwob ihn mit wundersamem Himmelsglanz – da schwanden ihm die Sinne.

Als er wieder zu sich fand, lag er auf der Wiese und schaute mit weitgeöffneten Augen in den Himmel hinein. Wo aber war das seidenschimmernde Zelt geblieben, wo waren die Jungfrauen, die ihn hergeleitet, und wo sie, die herrlichste aller Frauen, die sein Herz hatte erglühen lassen, wie er es noch niemals empfand? War alles nur ein Traum? Der Ritter Lanval lag wieder im blumigen Gras; das Bächlein rauschte murmelnd hindurch wie vorher, und ringsum jubilierten die Vögel.

War alles wie vorher? Unbezwingliche Sehnsucht packte den Ritter nach der schönen Frau, die ihm überirdische Wonnen verheißen hatte. War alles nur ein Traum gewesen, ein Traum, der ihn genarrt hatte? An seiner Hand erblickte er den schlichten Goldreif, den die Schöne ihm an den Finger gestreift hatte. Da

wußte Lanval, daß er nicht geträumt hatte. Glückselig bestieg er sein Roß, das unbekümmert auf der sommerbunten Wiese graste, und ritt gedankenvoll zu seiner Herberge zurück.

Urplötzlich hatte sich sein Leben ganz verändert. Seinen Knappen gab er prächtige Kleider und versah sie mit herrlichen Waffen. Fröhlich feierte er Feste im Kreis der Freunde, und es gab keinen bedürftigen Ritter in der Stadt, dem er nicht geholfen hätte. Nie hatte Lanval geahnt, daß sich ein Menschendasein so herrlich erfüllen könne. Jeden Tag drehte er an dem schlichten Fingerring, und sogleich erschien seine Liebste vor ihm. Weit abseits der Stadt wanderten die beiden Hand in Hand über blumige Auen. Dabei scherzten sie innig miteinander und lebten nur ihrer Liebe.

»Warum hält sich Ritter Lanval denn so häufig vom Hofe fern?« fragte die Königin mehr als einmal ihren Gemahl. Auch König Artus, der den Ritter nie an den Hof geladen hatte, empfand nun selber Verlangen nach ihm.

Bald nach dem Johannestag veranstaltete der Herr der Tafelrunde ein großes Fest, zu dem er die Ritter mit ihren Damen einlud. In fröhlicher Stimmung erschienen sie alle, genossen die herrlichen Speisen, die Küche und Keller boten, und lustwandelten in heiterem, vertrautem Gespräch durch den Rosengarten. Überall sah man einen der edlen Ritter mit einer schönen Dame einherschreiten – nur Lanval ging allein.

Da trat die Königin zu ihm. »Sucht Ihr die Einsamkeit, Herr Ritter?« fragte sie, und der Blick, den sie ihm zuwarf, offenbarte deutlich, daß er ihr nicht gleichgültig sei.

»So ist es, Herrin«, versetzte er kurz und weckte damit um so mehr ihre Neugierde. »Um die Wahrheit auszusprechen, Frau Königin«, erwiderte er dann auf ihr Drängen, »all meine Gedanken gehören der Dame meines Herzens . . .«

»Ist sie denn so häßlich, daß Ihr uns ihren Anblick entziehen müßt?« fragte spöttisch die Königin. Das also war Lanvals Geheimnis!

Der Gefragte lächelte versonnen vor sich hin. »Häßlich, Herrin?« fragte er zurück. »Nein, sie ist schöner als . . .« Doch dann, als wollte er die Königin nicht verletzen, glitt sein Blick von ihr hinüber zu den vielen liebreizenden Frauen und Edelfräulein, die fröhlich vorüberwandelten. ». . . ist schöner als die Schönsten hier in Eurem Rosengarten!«

Lanval sah, wie das Antlitz der Königin vor Zorn erglühte. »Verzeiht, hohe Herrin«, stieß er hervor. Doch sie hatte sich schon erhoben und schritt voller Unmut zum König hinüber, der scherzend im Kreise seiner Ritter stand.

Unwillig vernahm auch er, was Lanval geäußert hatte. Er ließ ihn zu sich kommen. »Ich habe Eure Prahlerei gehört«, sagte er. »Wollt Ihr allen Ernstes behaupten, daß Eure uns allen unbekannte Herzensdame schöner sei als alle Damen hier an meinem Hof?«

»Wenn Ihr mich danach fragt, Herr König, so muß ich darauf mit Ja antworten! So ist es in der Tat!« versetzte Lanval.

»Auch schöner als die Königin?« brauste König Artus auf.

Lanval blickte trotzig vor sich hin. »Auch schöner als die Frau Königin!« rief er dann. »Hundertmal schöner!«

Da packte den König unbändiger Zorn über so viel Vermessenheit. »Elender Prahler!« stieß er hervor. »Wer so redet, hat nichts als den Tod verdient!«

Doch dann besann er sich und spürte, wie er in seinem Zorn ritterliche Grenzen überschritten hatte. »Ich will Gnade walten lassen«, sagte er, »sofern Ihr für Eure freche Behauptung den Beweis anzutreten vermöget. Sofern Ihr jedoch gelogen habt, so sollt Ihr für die schändliche Schmähung der Königin büßen! Mit Schimpf und Schande werde ich Euch sodann aus der Tafelrunde ausstoßen!«

Wie reute Lanval seine leichtfertige Rede! Wie sollte er sich jetzt aus der Bedrängnis herauswinden? Trübe Ahnungen erfüllten ihn. Jetzt hatte er wohl seine Liebe verspielt. Er versuchte, sich dem König anzuvertrauen. Er berichtete von der Begegnung mit der himmlisch schönen Fee und von dem Ring, den sie ihm geschenkt hatte. Doch König Artus lächelte nur ungläubig. »Wenn es sich so verhält«, sagte er, »so bringt doch Beweise! So dreht doch an Eurem Zauberring!«

Lanval war verzweifelt, denn der Ring hatte seine Wirkung verloren.

Bis zum Sonnenuntergang hatte König Artus ihm Frist gelassen. Schon neigte sich der Sonnenball dem Abendhimmel zu. Vergeblich drehte Lanval an dem Ring, der ihm sonst immer wieder so viele Wonnen beschert hatte – der Zauber war erloschen! Vergebens schritt Lanval auf den einsamen Wegen des Rosengartens und rief seine Bitte um Verzeihung in die Lüfte – keine Antwort kam ihm von der Liebsten zurück. Würde er sie nie wieder in seine Arme schließen dürfen?

Da wandte er sich zu dem Platz zurück, wo der König mit den Rittern und mit den edlen Frauen wartend stand. Mochte ihn jetzt die Schande treffen – nicht feige wie ein Dieb wollte Lanval sich davonstehlen. Er wollte sich bekennen zu dem, was er vorher ausgesagt hatte.

So wiederholte er auf des Königs Geheiß seine kühne Behauptung: »Die Dame meines Herzens ist schöner als die Schönste an König Artus' Hof – schöner auch als unsere Königin!«

Als er diese Worte stolz in die Lüfte rief und alle Ritter und Edelfrauen voll Betroffenheit auf den König blickten, da ertönte es plötzlich wie von silbernen Pferdehufen, und mitten in den Kreis hinein sprengten zwei wunderschöne Frauen; noch niemand an Artus' Runde hatte so viel Schönheit gesehen. Es waren die beiden Jungfrauen, die den Ritter einst zu dem Zelt ihrer Herrin geleitet hatten. Und dann erschien sie selber, die so schön war wie keine Frau auf Erden; auf milchweißem Zelter kam sie dahergesprengt und alle, Ritter wie Frauen, verneigten sich tief vor ihrem überirdischen Liebreiz.

Sie aber rief mit heller Stimme über die Versammelten hin: »Nun richtet, ihr Herren! Ich war dem Mann, über den ihr urteilen sollt, in Minne ergeben. Wenn ihr mich ehren wollt, so vergebt ihm, daß er mit seiner Huld prahlte.«

König Artus, die Königin und alle Ritter und alle Damen mußten erkennen, daß Lanval die Wahrheit gesagt hatte, denn niemandem war es zweifelhaft, wem der Schönheitspreis in dem Wettstreit gebühre. Schon aber hatte die Fee ihren Renner gewendet und jagte davon. In aller Hast schwang sich Ritter Lanval auf s ein Streitroß und sprengte hinter ihr her.

»Seid mir nicht gram, Herrin«, bat er inständig, »und verzeiht mir mein unbedachtes Wort!« Sie blickte nicht hinter sich und trieb ihren Renner nur zu schnellerem Lauf an.

Wieder rief Lanval ihr seine Bitte zu, doch vergebens.

Da kreuzte ein reißender Strom den wilden Ritt der beiden. Die Dame wandte ihm den Blick zu. »Reitet nicht weiter, Herr Lanval«, bat sie, »denn das Wasser ist allzu gefährlich.«

Doch ungehemmt folgte er ihr in den wildschäumenden, gurgelnden Fluß hinein. Die Wellen schlugen gierig über ihm zusammen, und die Flut drohte ihn zu verschlingen. Da streckte die Fee die Hand aus, zog ihn zu sich auf ihren silberglänzenden Renner und rettete ihn aufs feste Land. Sie führte ihn in ihr paradiesisches Feenreich, und dort lebte er fortan mit ihr in ungetrübtem Eheglück.

Das Zauberland heißt Avalun und ist nur den Seligen zugänglich. Keines Menschen Fuß hat bisher den Weg dorthin gefunden.

Sagen aus England

Beowulf

Im Angelnland, das König Hygelac voll Weisheit beherrschte, lebte vor Zeiten der junge Beowulf, der zu den tapfersten und stärksten Kriegern des Landes zählte. Schon als Knabe – so rühmte man ihm nach – hatte er sich durch seine Kühnheit hervorgetan, als er einst, das Schwert in der Faust, in voller Rüstung weit ins Meer hinausgeschwommen war und wilde Seeungeheuer bekämpft hatte. Eine ganze Nacht hatte er dort in dem brandenden Meer im Streit zugebracht und viele der Unholde, die gierig ihre Fangarme nach ihm ausstreckten, besiegt.

Einst kam an den Königshof ein dänischer Spielmann, der sang von der herrlichen Burg, die sich sein Herr, der König Rudigar von Dänemark, erbaut hatte. Staunend vernahmen die Helden von dem säulengeschmückten Wunderbau, und mit ritterlichem Ingrimm vernahmen sie von Grendel, dem schrecklichen Moorgeist, der dort sein Unwesen treibe und alle in Furcht und Schrecken halte.

Der tapfere Beowulf trat sogleich vor König Hygelac und bat um Urlaub: »Ich will den Kampf wagen und das Dänenland von dem Ungeheuer befreien.«

Mit vierzehn Waffengefährten, darunter der schwertgewaltige Wiglaf, bestieg er sein Drachenschiff, fuhr übers Meer und erreichte glücklich Dänemarks Küste und die Hirschburg mitten in der Heide. Wie staunten die Angeln, als sie das mächtige Bauwerk mit Türmen und Zinnen erblickten, das in der Frühsonne funkelte und glänzte wie Walhall, die ewige Wohnung der Götter!

König Rudigar empfing die Gäste freundlich und ließ sie ihre seemüden Glieder auf den Metbänken ausruhen. Aber nur widerwillig gestattete er den Helden, den grimmigen Moorgeist zu bekämpfen. »Schon so viele meiner besten Recken haben es gewagt und sind dabei von ihm elendiglich umgebracht worden«, seufzte der König, »daß wir uns zur Nachtzeit immer vor ihm verbergen müssen.«

Als dann die Dämmerung hereinsank, wagte denn auch keiner der Dänenkrieger, in der herrlichen Halle zu bleiben. Beowulf aber gebot seinen Kriegern, sich zur Ruhe zu legen. Er selber löste den Harnisch und legte sein Schwert beiseite, denn er wußte, daß das Untier mit Waffen nicht zu besiegen sei. Mit seinen bloßen Fäusten wollte der Held es kühn bestehen.

Mitternacht war es, als ein finsterer, riesenhafter Schatten lautlos über die Schwelle drang. Er griff nach dem ersten der schlafenden Krieger, doch da packte der starke Beowulf mit seinen Fäusten zu, daß der Unhold wild aufbrüllte. Immer fester umklammerte Beowulf den feuchten, scheußlichen Leib. Die Halle erbebte unter dem wilden Ringen, und todesmutig stürzten die Angelnkrieger herbei, ihrem Herrn beizustehen. Doch nicht Schwert noch Speer konnten der Zauberkraft des schrecklichen Grendel etwas anhaben. Um so fester jedoch war Beowulfs Griff. Zwar entkam ihm der Unhold mit scheußlichem Geheul, aber seinen Arm samt der Achsel mußte er im Griff des Helden zurücklassen.

Die dänischen Recken kamen herbeigestürzt, und mit Grauen und mit Jubelrufen bestaunten sie Beowulfs Siegesbeute. Man folgte der Blutspur des todwunden Moorgeistes, die sich durch die Heideblüten bis an den Rand des brodelnden und gärenden Moores hinzog. Dort war der furchtbare Grendel verendet.

Prächtige Kampfspiele veranstaltete der König dem heldenhaften Gast zu

Ehren, und er überreichte ihm kostbare Gaben und eine prunkvolle Ritterrüstung zum Geschenk. Bis in die Nacht währte das Fest bei Met und fröhlichem Saitenspiel, bei Jubelgesang und Becherklang.

Doch es gab ein schreckliches Erwachen. Denn war Grendel auch tot, so lebte seine Mutter, das grauenvolle Moorweib. Lechzend vor Verlangen, Grendel zu rächen, mit Feuerflammen in den Augen, stieg sie aus der Tiefe des Moors hinauf, folgte der Todesspur ihres Sohnes und drang in die Hirschburg ein. Sie packte ebenfalls den ersten der schlafenden Helden, schlug ihm ihre Krallen in den Leib und entkam mit ihrer Last, ehe die Krieger zum Schwert zu greifen vermochten. Wie Hohn erklang aus der Ferne das schrille Gelächter des Ungetüms durch die Nacht.

Entsetzt über solchen neuen Frevel, standen die Helden ratlos im Kreis. Wieder war es Beowulf, der ihnen Mut zusprach. »Allvater hat den Weltenlauf so geordnet«, rief er, »daß gute Tat den Sieg behält über bösen Spuk und über alle bösen Geister!«

Hoch zu Roß sprengten die Helden aus den Toren der Hirschburg dem Grendelmoor zu, dessen brausendes Brodeln schon aus der Ferne zu ihnen herüberklang. Auf dem modrigen Wasser schwamm allerlei seltsames Gewürm mit Drachenköpfen und Fischleibern. Die Schlachtrosse bäumten sich und zitterten vor Grauen. Aber wenn den Waffengefährten auch die Hände bebten, Beowulf ließ sich furchtlos wappnen, faßte seinen mächtigen Speer und – sprang in voller Rüstung in die gähnende Tiefe. »Allvater hilf!« war sein Gebet, ehe ihn die Wogen zischend verschlangen.

Auf dem Grund des Moors galt es einen Kampf auf Leben und Tod mit dem furchtbaren Moorweib zu bestehen. Mochte Beowulf auch sein gutes Schwert Rausching auf ihr Haupt niedersausen lassen, der Zauber schützte sie vor jeglicher Verwundung. Sie packte den Helden mit den Eisenkrallen ihrer Fangarme und rang ihn mit übergewaltiger Kraft zu Boden. Nur der gute Harnisch schützte Beowulf vor dem Tod.

Doch da gewahrte er in der Wand des Gewölbes ein altes Schwert des Riesengeschlechts, eine Waffe aus der Vorzeit. Dieses zauberstarke Eisen packte er und ließ es auf den Hals des Moorungetüms niedersausen, daß es in wildem Zucken verendete.

Lange Stunden hatten die Waffengefährten auf Beowulfs Rückkehr warten müssen. Wie jubelten sie, als der Strudel ihn plötzlich jäh in die Höhe riß und aus dem quirlenden Schaum emporhob! Bei sich führte er als Siegeszeichen den Schwertgriff der Riesenwaffe und – das blutige Haupt des Moorweibs, als er hochaufatmend wieder die reine Luft der Menschenerde atmen konnte.

Nach vollendeter Befreiungstat schied Beowulf von Rudigars Hof; der greise König überhäufte ihn mit Geschenken und vergoß Tränen wehmutvollen Dankes, als er den herrlichen Helden ziehen ließ.

In hohen Ehren diente Beowulf nun wieder seinem König im Angelnland. Als Hygelac dann bald darauf im Krieg unter den scharfen Beilen der Friesen den Tod fand, schien niemand geeigneter, die Krone zu tragen, als der ruhmvolle Held Beowulf. In Milde und Gerechtigkeit führte er das Zepter, und kein Feind wagte es, gegen ihn und sein Reich das Schwert zu erheben.

Doch urplötzlich wurde das Friedenswerk gestört. Feuersglut wälzte sich von den Bergen herab in die friedlichen Täler und verbrannte Burgen und Gehöfte; mit dem Morgen klomm der Brand wieder die Höhen hinan. Doch Nacht für Nacht geschah das gleiche: Das Feuer strömte von den Bergen herab.

Ein Drache war es, der dort oben im Gebirge hauste. Wieder mußte König Beowulf, ob er auch alt geworden war, seinem Volk Beschützer sein. Er ließ sich einen Schild schmieden, der ihn vor dem Drachengift schützen sollte, und wagte den gefahrvollen Kampf. Ein Feuerregen sprühte über den Helden her, und an der Zauberkraft der schuppigen Hornhaut zersprang sein gutes Schwert. Wiglaf, sein treuer Waffengefährte, kam ihm zu Hilfe und traf den Drachen in die Seiten, wo die Haut ungeschützt war. Und Beowulf, obwohl aus furchtbaren Wunden blutend, stieß dem Untier den Dolch in die Seite, daß dessen glühender Atem verwehte und es röchelnd verendete.

Doch kein Jubelruf erhob sich über diesen Sieg, denn der Drache hatte Beowulf, den herrlichen Helden, mit in den Tod gerissen. Das schreckliche Drachengift und die schweren Wunden zerstörten seine Lebenskraft. König Beowulfs letzte Freude war der unermeßliche Goldschatz, den er dem Drachen entrissen hatte. Freund Wiglaf breitete ihn vor ihm aus. Nicht für sich wollte Beowulf die Siegesbeute, sondern zur Linderung der Not für die Armen und zum Lohn für seine Tapferen.

Mit hohen Ehren bestattete man den toten Heldenkönig, der ein Vorbild tapferen, ruhmreichen Lebens gewesen war. Ein mächtiger Scheiterhaufen wurde errichtet, auf dem Beowulf in blinkender Rüstung, so wie er stets zum Kampfe ausgezogen war, ruhte; nicht waffenlos sollte er einziehen in die ewige Halle der Götter. Die Edelinge umritten den riesigen Feuerbrand, und dann errichteten sie einen gewaltigen Leichenhügel am Vorgebirge, der weithin über die See sichtbar war.

So fuhr Beowulf, der Held, zu den Göttern.

Tristan und Isolde

Auf seiner Burg zu Tintajol herrschte König Marke über Kurneval und England. Er war geliebt und geachtet von allen Bewohnern seines Landes; viele hochgesinnte Ritter und schöne Damen scharten sich um seinen Thron. Unter ihnen war Tristan, des Königs Neffe. Seinen Vater Riwalin von Parmenie hatte König Morgan von Bretagne erschlagen, und seine Mutter Blancheflur, König Markes Schwester, war nach der Geburt des Knaben vor Gram gestorben. Weil es in Trauer zur Welt gekommen war, hatte das Kind den Namen Tristan erhalten. Riwalins Lehnsmann, der treue Marschall Rual, hatte sich seiner angenommen und ihm eine sorgfältige Erziehung gegeben. Später war Tristan nach mancherlei Irrfahrt zu seinem Oheim nach Tintajol gelangt und hatte an Markes Hof alle Herzen für sich gewonnen. Unübertrefflich war er in allen ritterlichen und höfischen Künsten. Als er, kaum den Knabenschuhen entwachsen, den Ritterschlag erhielt, wußte jeder im Lande, daß niemand solcher Ehre mehr wert sei als der jugendfrische Tristan.

Bald darauf trat der junge Ritter vor König Marke und bat um Urlaub; er wollte in die Bretagne ziehen und den Tod seines Vaters rächen.

So geschah es, und Tristan erwarb sich dabei hohen Ruhm. Er erschlug Herrn Morgan, den Mörder seines Vaters, gewann sein Land zurück und gab es dem treuen Rual zu Lehen.

Doch als er an Markes Hof nach Cornwallis zurückkehrte, fand er das ganze Land in Trauer. Denn wiederum jährte sich dort der Tag, an dem König Morold von Irland seinen Tribut forderte, den König Marke von früher her schuldete: Alle fünf Jahre zur Zeit der Sonnenwende mußte man neben dem Zins ein Kind aus adligem Haus als Geisel stellen.

Gerade als Tristan am Königshof eintraf, waren die Vornehmen versammelt, das Los zu ziehen. In tiefer Trauer lagen sie auf den Knien, und jeder betete zu Gott, er möge ihn vor dieser traurigen Pflicht bewahren.

»Ihr Herren«, rief Tristan entrüstet, »ist das Ritterart? Wollt ihr wie verzagte Wichte Schande auf euch laden, anstatt kühn den schnöden Menschenzins zu verweigern? Oder wollt ihr mit dem Leben eurer Kinder die Freiheit erkaufen?«

Dankbar nahmen die Herren Tristans Zusage an, im Streit gegen den gefürchteten Irenkönig anzutreten. Ein Zweikampf sollte über den Tribut entscheiden.

In dem Tjost, der nun entbrannte, siegte Tristan über den starken Morold und tötete ihn. Doch auch dieser hatte seinem Gegner eine schwere Wunde geschlagen, und bevor er starb, offenbarte er Tristan, sein Schwert sei vergiftet. Die Wunde könne nur durch seine Schwester Isolde, die Königin von Irland, geheilt werden.

Durch seine kühne Waffentat hatte Tristan sein Land von dem schmählichen Zins befreit. Unendlicher Jubel umbrandete den jungen Helden, als er sieggekrönt heimkehrte. Doch die Wunde, die ihm sein Gegner zugefügt hatte, warf ihn aufs Krankenbett.

Auf der Burg Tintajol lag der junge Held und siechte an seiner Wunde dahin. Kein Arzt vermochte ihm zu helfen. Darum faßte der todwunde Mann den Entschluß, die Königin Isolde aufzusuchen. Er ließ sich von seinen Getreuen nach Irland bringen und heimlich an Land setzen. Da er sich als Spielmann ausgab, wurde er am Hofe gut empfangen. Auch die Königin Isolde nahm ihn freundlich auf. Gern versprach sie, ihn zu heilen.

»Armer Spielmann«, sagte sie, »von Gift bist du so wund. Doch du darfst gewiß sein, daß meine Hand dich heilen wird.«

Da wurde Tristan so froh, daß er trotz aller Schmerzen das Saitenspiel ergriff. Die Königin lauschte ihm voller Entzücken und rief ihre Tochter, die blonde Isolde, herbei. Da spielte und sang Tristan vor den schönen Frauen so wundersam, wie sie es noch nie in ihrem Leben gehört hatten. Hier war es, wo der Held zum ersten Male der holden Jungfrau begegnete, die sein Lebensschicksal werden sollte.

Die Königin gab sich alle Mühe, die Wunde des fremden Spielmanns zu heilen, nicht ahnend, daß ihr eigener Bruder es war, dem der freundliche Spielmann die furchtbare Vergiftung zu verdanken hatte. Und sie wußte nicht, daß er der Mörder ihres Bruders, König Morold, war. Tristan verschwieg seinen wahren Namen, er hatte die Silben vertauscht und nannte sich Tantris.

Bald war er durch Königin Isoldes Kunst von seinem Siechtum genesen und gesund und stark wie je zuvor.

Die junge Isolde hatte diese Zeit gut genutzt; die Königin hatte sie dem Spielmann als Schülerin seiner Kunst anvertraut, und Tristan war ihr ein gar trefflicher Lehrmeister im Gesang und im Saitenspiel gewesen.

Doch nun zog es den Genesenen in die Heimat zurück, zumal da er fürchten mußte, von einem der Mannen Morolds, die in Tintajol gewesen waren, erkannt zu werden. Er gab vor, er müsse wieder zu seiner geliebten Gattin, und nahm Urlaub von der Königin und der schönen Isolde.

In Tintajol in Kurneval herrschte große Freude über die Heimkehr des Geheilten, und der junge Held war von Herzen froh, wieder am Hof des Oheims zu weilen.

König Marke liebte den Neffen und überhäufte ihn mit ritterlichen Ehren. Das erregte den Neid bei manchem Großen seines Landes, und als das Gerücht umlief, König Marke werde den Neffen zu seinem Erben einsetzen, wurden Stimmen gegen ihn laut, aus denen Haß und Mißgunst sprachen.

Um dem drohenden Sturm zu entgehen, riet Tristan selbst dem König Marke, sich doch noch zu vermählen. Er empfahl dem Oheim die schöne junge Königstochter Isolde.

»Nirgends auf der Welt«, sagte er, »findet sich so viel lichte Schönheit und lautere Herzensreinheit.« Tristan selber erbot sich, die gefährliche Brautwerbung zu wagen. König Marke zögerte lange, da er den Neffen nicht solcher Gefahr aussetzen wollte; doch schließlich willigte er ein.

So schiffte sich Tristan nach Irland ein und ließ sich wieder heimlich an Land setzen. Diesmal erschien er in Verkleidung und gab sich als Kaufmann aus; er fand freundliche Aufnahme am Hofe.

Damals hauste in Irland ein Drache, der das Land so bedrohte, daß der König demjenigen die Hand seiner Tochter zu geben versprach, der das Untier erschlagen würde. Deshalb wagte Tristan heimlich den Kampf mit dem Drachen, besiegte ihn nach schweren Gefahren und schnitt ihm die Zunge heraus; er verbarg sie unter dem Wams an seiner Brust. Dann suchte er ein Versteck, um von der Mühsal des Kampfes auszuruhen. Doch die Drachenzunge enthielt ein gefährliches Gift, das begann zu wirken, so daß der Schlafende in tiefe Ohnmacht versank.

Bald darauf erschien ein anderer Ritter, der Truchseß des Königs, an der Stätte, wo Tristan den Drachen erschlagen hatte. Er sah hier eine Gelegenheit, die schöne Isolde zu gewinnen, und hieb und stach auf den Drachen ein, obgleich das Untier bereits tot war. Dann suchte er lange nach dem Sieger, um den Entkräfteten zu töten, doch Tristan fand er nicht. Trotzdem ritt der Truchseß stolz an den Königshof und begehrte als Drachentöter den Siegespreis, die Hand der Königstochter.

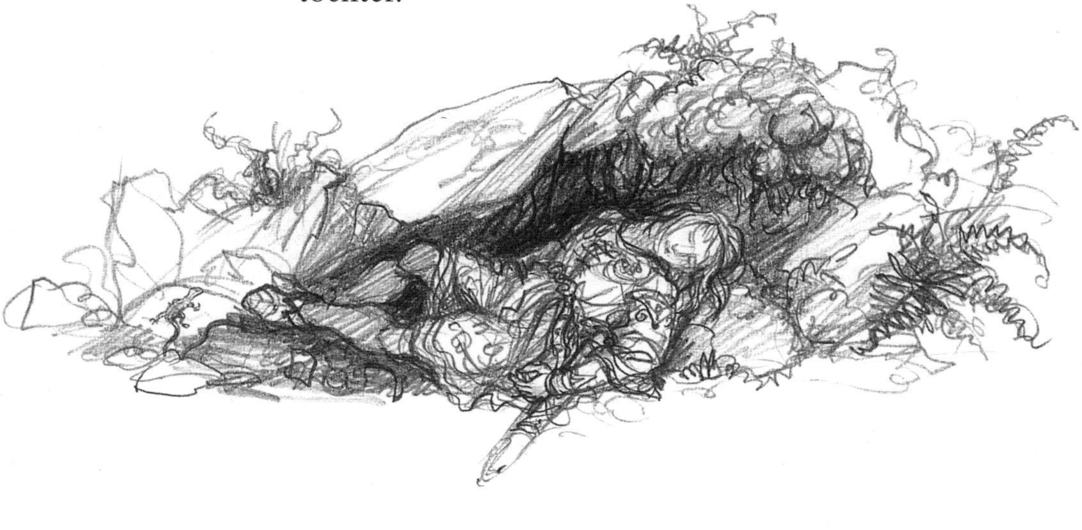

Die schöne Isolde war tief bekümmert, daß sie den anmaßenden Mann heiraten sollte. Doch ihre Mutter tröstete sie. »Laß deine Tränen und Sorgen sein«, sagte sie, »der Truchseß ist ein Betrüger, denn in einem Traum ist mir offenbar geworden, daß ein anderer den Drachen besiegt hat.«

Überzeugt von der Wahrheit ihres Traums, ritt die Königin am nächsten Morgen mit ihrer Tochter, ihrer Nichte Brangäne und einigen Knappen in den Wald, um den wirklichen Drachentöter zu suchen. Sie spürten ihn bewußtlos in seinem Versteck auf. Die Mädchen hielten ihn für tot; doch die Königin erkannte, daß der unbekannte Ritter sein Bewußtsein durch Zauberkraft verloren hatte. Sie fand die giftige Drachenzunge an seinem Körper. Da kam Tristan alsbald wieder zu sich.

Mit freudigem Erstaunen erkannten die Frauen in ihm ihren Spielmann wieder, und obwohl Tristan diesmal zugab, daß er aus Kurneval stammte, sicherte ihm die edle Königin Schutz für Leben und Leib zu.

Die Frauen nahmen nun Tristan mit auf die Burg. Als der Truchseß wiederum die Hand der Königstochter zu fordern wagte, wurde sie ihm verweigert, und die Königin verkündete, der Drachentöter werde sich am dritten Tage dem Truchseß zum Kampf stellen. Inzwischen waren die Frauen treulich besorgt, den vom Kampf ermatteten Helden zu stärken.

Da fügte es der Zufall, daß die junge Isolde, während Tristan schlief, sein Schwert in die Hand nahm, und sie erschrak tief im Herzen, weil sie daran eine Scharte entdeckte. In der Wunde des toten Morold hatten sie damals einen Splitter gefunden und aufbewahrt, den holte sie eilends herbei, und siehe, er entsprach genau der Scharte in Tristans Schwert!

Mit tiefstem Schrecken wurde ihr nun bewußt, daß sie den Sieger über ihren geliebten Oheim nun in ihrer Hand hatte, und sie empfand glühenden Haß gegen Tristan. »Er ist der Mörder deines Bruders«, rief sie der Mutter zu und wollte den Schlafenden mit dem Schwert durchbohren.

Die Königin aber erinnerte sie ermahnend daran, daß man Tristan Schutz für Leib und Leben zugesichert habe. Da ließ die schöne Isolde das Schwert fallen und brach in bittere Tränen aus. Gütig redete die Mutter ihr zu und gab zu bedenken, daß Isolde, wenn Tristan tot wäre, dem Truchseß als Siegespreis verfallen sei. Da verbarg die schöne Jungfrau ihren Haß.

Als Tristan erwachte, ließen sich die beiden Frauen nichts anmerken und redeten freundlich mit ihm.

Nun berichtete der Held von der Botschaft, um deretwillen er nach Irland gekommen war. »Seit meiner Rückkehr aus Irland habe ich zu Tintajol das Lob der blonden Isolde gesungen, und ich bin hierher gesandt, um für meinen Herrn, König Marke, um die Hand der Königstochter zu freien.«

Noch stand der Zweikampf bevor, doch der Truchseß ließ sich davon überzeugen, wer der wirkliche Sieger über das Untier war, und trat feige von dem Kampf zurück.

Es galt nun also die Werbung, die Tristan vorgebracht hatte.

Isolde ließ sich von ihrer Mutter beraten und nahm die Werbung an. Da gab auch der König seine Einwilligung zur Vermählung seiner Tochter mit König Marke, und die blonde Isolde zog zu Schiff, von Tristan und ihrer Freundin Brangäne begleitet, in König Markes Land.

Die Königin aber, die das Glück ihrer Tochter für alle Zeiten sichern wollte, hatte ihrer Nichte Brangäne einen Liebestrank anvertraut, den diese Marke und Isolde nach vollzogener Vermählung zu trinken geben sollte. »Niemand darf zugleich mit ihnen beiden von dem Minnetrank genießen«, hatte sie das Mädchen ermahnt.

Eines Tages während der Überfahrt saß Tristan in Isoldes Schiffsgemach und erzählte ihr von König Marke und dem Hof zu Tintajol. Die Jungfrau war traurig in ihrem Abschiedsleid, und immer wieder mußte Tristan ihr Trost zusprechen. Doch sie duldete nie, daß er ihr zu nahe rücke, und mit Schrecken mußte Tristan hören, daß sie ihm immer noch zürne, weil er ihr den Oheim erschlagen habe. »Auch daß ich die geliebte Heimat verlassen und in die Fremde ziehen muß, verdanke ich nur Euch«, fügte sie voller Bitterkeit hinzu.

Da geschah es nun, daß Isolde nach einem Trunk verlangte, und da Brangäne nicht anwesend war, bot eine Dienerin ihr das Gefäß mit dem Liebestrank, den sie für Wein hielt. Tristan reichte den Becher in ritterlicher Weise der Königstochter, die zaudernd trank, dann genoß auch Tristan davon..

Als Brangäne dazukam und den Becher geleert fand, brach sie in bittere Klagen aus. Zornig schleuderte sie das Gefäß ins Meer. Schon spürten Tristan und Isolde die Wirkung des Zaubers, und beide fühlten, daß sie zusammen nur ein Herz besäßen, und wagten doch aus Scham und Zweifel nicht, sich die seltsame Wandlung einzugestehen.

Wohl versuchte Tristan, in dem schweren Kampf Sieger zu bleiben, um der Treue, der Pflicht und der Ehre zu genügen, aber die Liebe zu Isolde brannte heiß in seinem Herzen. Blickte er ihr in die Augen, so waren alle festen Vorsätze dahin.

Nicht anders erging es Isolde. Auch sie lag im Liebesbann. Bald vermochte sie an nichts anderes mehr zu denken als an Tristan.

In dem quälenden Widerstreit zwischen Verlangen und Pflichtgefühl siegte die Liebe, und noch ehe Isolde in Markes Land kam, hatte sie dem zukünftigen Gatten die Treue gebrochen.

Brangäne erzählte den beiden von dem Zaubertrank und versprach ihnen ihre Hilfe und ihre Verschwiegenheit.

Als sich das Schiff der Küste näherte, sandte Tristan Boten nach Tintajol, und mit großem Gepränge ließ König Marke seine junge Braut in die Stadt geleiten. Gar bald vermählte er sich mit ihr.

Doch der Zauber, dem Tristan und Isolde auf dem Schiff verfallen waren, erlosch nicht. Nie wieder konnten die Liebenden voneinander lassen, und immer wieder mußte Isolde ihrem angetrauten Gatten die Treue brechen. Keinen anderen Gedanken hegten die Liebenden, als den, wie sie hämischem Argwohn entgehen und Isoldes Gatten täuschen konnten. Zunächst gelang dies mit Brangänes Hilfe, doch dann schöpfte Marke Verdacht. Marjado, der Truchseß, hatte das Liebespaar einmal überrascht, ging zu König Marke und verdächtigte die beiden Liebenden.

»Es geht um deine Ehre«, sagte der Truchseß, den die Eifersucht um Isolde, die Blonde, verzehrte, und Marke ließ sich, von Argwohn gequält, überreden, seinem Weib eine Falle zu stellen.

Die wachsame Brangäne war jedoch Marjados Treiben auf die Spur gekommen und warnte ihre Herrin. Deshalb zeigte sich Isolde tief bekümmert, als König Marke ihr plötzlich ankündigte, er müsse sie wegen einer Pilgerfahrt für lange Zeit verlassen. Der König, der ihr Tristans Gesellschaft während seiner Abwesenheit empfahl, fühlte sich von Argwohn und Eifersucht befreit, als sein Weib Abscheu gegen Tristan heuchelte, und in seinem Herzen vergab Marke der blonden Isolde das Unrecht, das er ihr mit seinem Verdacht angetan zu haben meinte.

Marjado, dem Truchseß, hielt er triumphierend die Treue seines Weibes vor. Der aber ließ sich nicht täuschen und erbot sich mit spöttischem Lächeln, die Liebenden zu überlisten. Marke sollte Tristan von der Königin trennen und über Land schicken; dann werde man sehen, was geschähe. Blutenden Herzens befolgte Marke den Rat des Truchsesses.

Da litten Tristan und Isolde die brennenden Qualen der Trennung und der Sehnsucht. Brangäne aber ersann eine kluge List, wie sie ihrer Herrin und Tristan helfen könnte.

Durch den Garten von Tintajol floß ein klarer Bach, darüber hatte man einen Turm gebaut, in dem jetzt Isolde zu ihrer Erholung auf Brangänes Rat Wohnung nahm. Da ließ Tristan Rindenstücke den Bach hinabtreiben, an denen Isolde erkennen konnte, bei welchen Bäumen des Gartens sie der Geliebte zur Nacht erwartete, bei den Pinien, im Ulmenhain oder bei den Eichen.

So trafen sich die Liebenden jede Nacht im Garten der Burg. Der böse Zwerg Melot, den Marjado beauftragt hatte, Tristan zu verfolgen, konnte sich wie ein Eichhörnchen von Ast zu Ast schwingen und entdeckte so das Geheimnis der Rindenstücke und offenbarte es dem König.

Da sahen sich die Liebenden im Ulmenhain zu mitternächtlicher Stunde plötzlich von den Mannen König Markes umstellt, und das Geheimnis ihrer Liebe war damit enthüllt.

Erbittert forderten das Volk und alle Barone des Landes ein Gottesgericht, wie es auf einer Insel im Meer stattzufinden pflegte. Dort sollte Isolde ihre Unschuld beweisen. Heimlich gab Isolde durch die treue Brangäne ihrem Geliebten Nachricht.

Als sie mit ihrem Schifflein nahe der Insel landete und von Rittern ans Ufer getragen werden sollte, lehnte sie es ab, sich von ihnen, die sie so hart beschuldigten, berühren zu lassen.

Am Ufer stand, in seine Kutte gehüllt, ein fremder Pilger. Der wurde herbeigerufen, und man befahl ihm, die Königin durch das seichte Wasser an den Strand zu tragen. Der Fremde folgte willig der Aufforderung, nahm die schöne Isolde in seine Arme und trug sie durch das Wasser an Land. Isolde, die in dem Pilgersmann längst den Geliebten erkannt hatte, raunte ihm ins Ohr, er solle am Ufer straucheln, so daß sie beide zu Fall kämen. Das geschah, und so lag die schöne Königin für einen Augenblick an der Seite des Pilgers in seinen Armen. Die Ritter wollten den Pilger für seine Unachtsamkeit mit Ruten züchtigen; doch die Königin bat für ihn um Gnade, da ließen sie von ihm ab.

Als man Isolde auf dem Gerichtstag zwang, ihre Unschuld zu beschwören, bekräftigte sie mit einem Eid, daß sie nie in den Armen eines anderen Mannes gelegen habe, als in denen ihres Gemahls – und des Mannes in der Kutte, der sie soeben an Land getragen habe.

So war die Wahrheit von Isoldes Worten vor aller Augen bewiesen, und König Marke nahm sein Weib wieder in Gnaden auf.

Die Liebenden wähnten sich nun in Sicherheit und setzten ihr heimliches Treiben fort, bis König Marke selbst sie eines Tages in zärtlicher Umarmung überraschte. Da erkannte er, daß sie ihn schmählich betrogen hatten, und verbannte Tristan und Isolde von seinem Hof.

Nun zogen die beiden durch den Zaubertrank der Liebe unlösbar Verbundenen in den Wald von Morois; sie nährten sich von Wurzeln und Beeren und auch von Wildbret, das Tristan auf der Jagd erbeutete. Das einsame Paar lebte einen Sommer lang glücklich mit den Tieren des Waldes. Doch als der harte Winter kam, suchten sie in einer Felsgrotte Schutz, und wenn sie diese auch »Minnegrotte« nannten, so litten sie doch durch die Kälte bittere Not. Tristan sah, wie Isoldes Kräfte durch die Entbehrungen schwanden. Ihre Haut wurde weiß, und es bekümmerte ihn tief.

Eines Tages hielt König Marke im Wald von Morois eine große Jagd, und er verirrte sich im tiefen Tann. Als er an einer Quelle vom Pferd stieg, um sich zu erquicken, bemerkte er einen Pfad, der ihn zu einer Grotte führte. Dort fand er die Liebenden auf ihrem harten Lager schlafend, und Tristans Schwert lag zwischen ihnen.

Da wurde der König zuerst von Zorn, dann aber von Mitleid ergriffen, und er nahm Tristans Schwert an sich und legte sein eigenes zwischen die Schlafenden. Als Tristan und Isolde erwachten und entdeckten, was geschehen war, erschraken sie sehr; sie brachen auf und flohen, so weit die Füße sie trugen.

Schließlich kamen sie zu einem Klausner. Der nahm die Erschöpften freundlich auf und labte sie mit Speis' und Trank. Als der weise Mann ihre Geschichte hörte, tröstete er sie und deutete ihnen Markes Tat als Zeichen des Friedens. Er beschwor Tristan, Isolde ihrem rechtmäßigen Gatten zurückzugeben und das Land zu verlassen.

Da Tristan erkannte, wie die schöne Isolde durch das rauhe Leben im Walde erschöpft und entkräftet war, ritt er auf den Rat des Klausners nach Tintajol und heftete heimlich einen Brief an das Burgtor. Darin bat er König Marke um Verzeihung und erbot sich, das Land zu verlassen, wenn der König Isolde wieder in Gnaden aufnehmen wolle.

König Marke nahm den Vorschlag an, und auf der weißen Heide führte Tristan die geliebte Isolde mit dem blonden Haar ihrem königlichen Ehegemahl wieder zu. In der ersten Nacht nach ihrem Einzug in Tintajol hörte Isolde im Garten eine Nachtigall, und als sie verwundert ans Fenster trat, erklang ein süßes Harfenspiel, und eine traurige Stimme sang. Als Gesang und Lied verklungen waren, wußte sie, daß Tristan auf immer von ihr Abschied genommen habe.

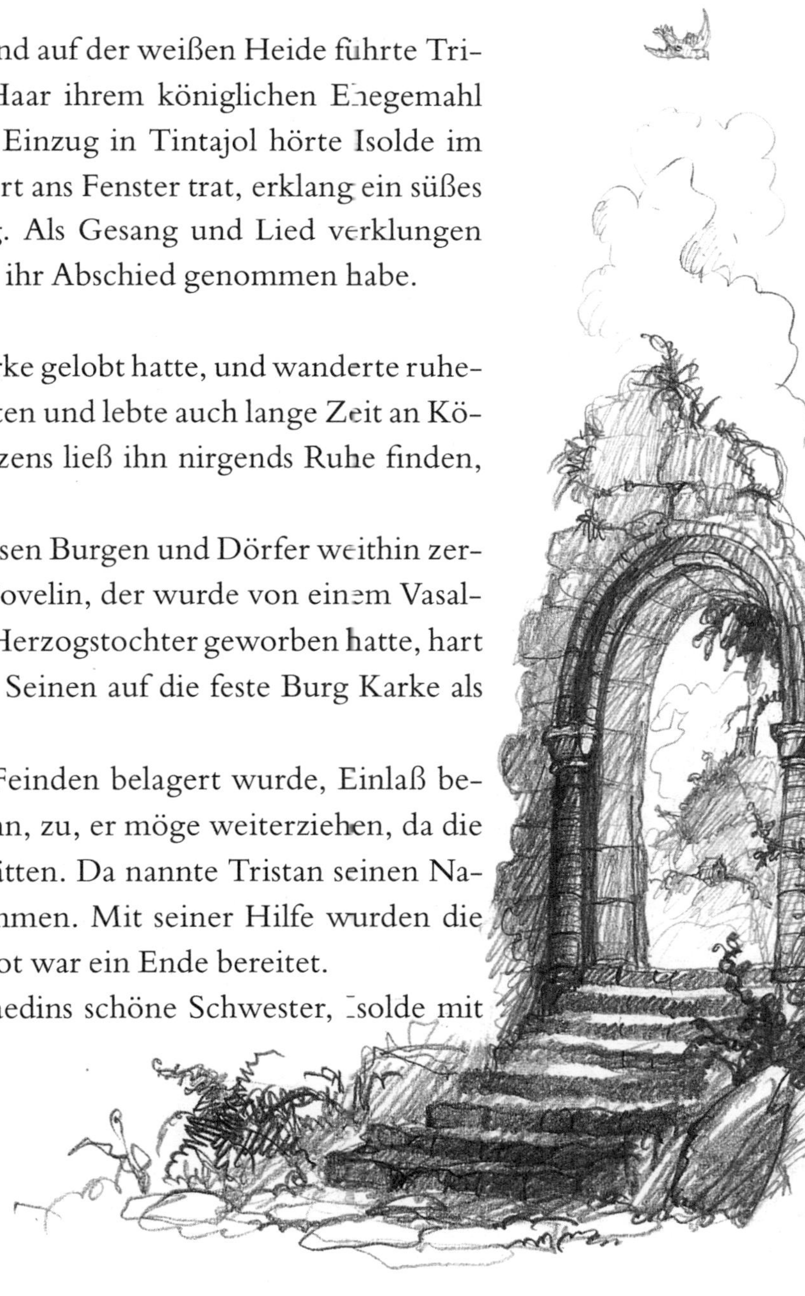

Tristan verließ Kurneval, wie er es König Marke gelobt hatte, und wanderte ruhelos durch die Lande. Er vollbrachte kühne Taten und lebte auch lange Zeit an König Artus' Hof. Doch die Unrast seines Herzens ließ ihn nirgends Ruhe finden, und so zog er wieder in die Ferne.

Einst ritt er durch das Land Arundel, dessen Burgen und Dörfer weithin zerstört waren. Das Land gehörte dem Herzog Jovelin, der wurde von einem Vasallen, der vergebens um die Hand der schönen Herzogstochter geworben hatte, hart bedrängt. Herzog Jovelin hatte sich mit den Seinen auf die feste Burg Karke als letzten Zufluchtsort zurückgezogen.

Als Tristan vor der Burg, die von den Feinden belagert wurde, Einlaß begehrte, rief ihm Kaedin, Herzog Jovelins Sohn, zu, er möge weiterziehen, da die Belagerten schon nicht mehr satt zu essen hätten. Da nannte Tristan seinen Namen und wurde nun mit Freuden aufgenommen. Mit seiner Hilfe wurden die feindlichen Belagerer geschlagen, und der Not war ein Ende bereitet.

Auf der Burg erblickte Tristan auch Kaedins schöne Schwester, Isolde mit den weißen Händen. Da trat das Bild der fernen Geliebten ihm so lebendig vor die Seele, daß er sich um des gleichen Namens willen mit Isolde Weißhand vermählte, aber seine Sehnsucht nach der blonden Isolde wurde nicht gestillt.

Tristan begleitete von nun an seinen Schwager Kaedin auf dessen Kriegszügen. Eines Tages weilten sie auf einer Burg und mißbrauchten in der Abwesenheit des Ritters das Gastrecht, weil Kaedin sich um die Liebe der Burgherrin bewarb. Der Ritter, der sich betrogen fühlte, verfolgte sie nach seiner Rückkehr, stellte sie zum Kampf und rammte Kaedin den Speer in den Leib, daß dieser tot vom Pferde sank. Dafür erschlug ihn Tristan. Aber die Übermacht der Feinde war zu groß, und Tristan erhielt eine schwere Wunde, daß er nur mit Mühe den Verfolgern entkam.

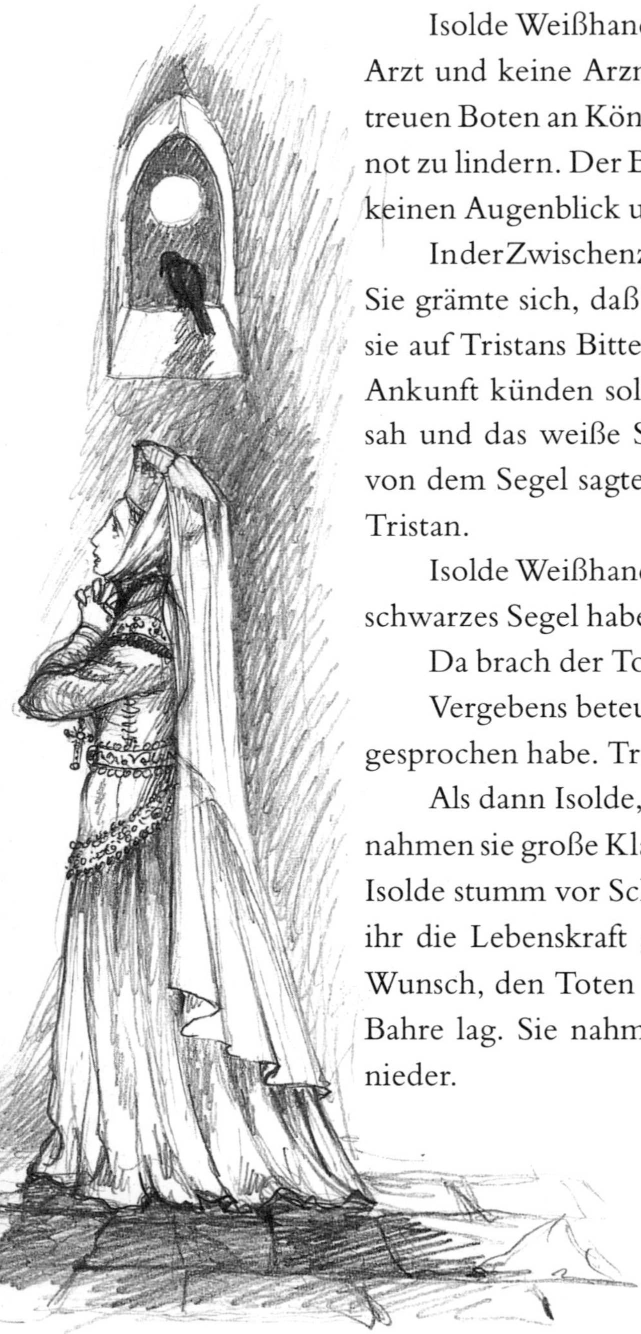

Isolde Weißhand pflegte den Schwerverletzten, der mit dem Tode rang. Kein Arzt und keine Arznei vermochten ihm zu helfen. Da sandte Tristan einen getreuen Boten an König Markes Hof und ließ die blonde Isolde bitten, seine Todesnot zu lindern. Der Bote brachte die traurige Kunde nach Tintajol; Isolde zögerte keinen Augenblick und bestieg sofort das Schiff.

In der Zwischenzeit wurde der todwunde Tristan von Isolde Weißhand gepflegt. Sie grämte sich, daß Tristan die blonde Isolde hatte rufen lassen, und oft mußte sie auf Tristans Bitte ans Fenster treten, um nach dem weißen Segel, das Isoldes Ankunft künden sollte, Ausschau zu halten. Als sie das Schiff endlich kommen sah und das weiße Segel in der Sonne glänzte, verkündete sie es Tristan; aber von dem Segel sagte sie nichts. »Liebe Isolde, sage an, wie ist das Segel?« fragte Tristan.

Isolde Weißhand sprach in dieser Not nicht die Wahrheit und erwiderte: »Ein schwarzes Segel habe ich gesehen.«

Da brach der Tod Tristan das Herz.

Vergebens beteuerte Isolde Weißhand in ihrem Schmerz, daß sie nicht wahr gesprochen habe. Tristan lag tot und hörte sie nicht mehr.

Als dann Isolde, die Blonde, und ihre Begleiter ans Ufer gelangt waren, vernahmen sie große Klage in der Stadt und erfuhren den Grund. Da stand die schöne Isolde stumm vor Schmerz und sank ohnmächtig nieder. Tristans Tod hatte auch ihr die Lebenskraft genommen. Als sie wieder zu sich kam, hatte sie nur den Wunsch, den Toten zu sehen. So gingen sie alle ins Münster, wo Tristan auf der Bahre lag. Sie nahm das Tuch von seinem Antlitz und warf sich an der Bahre nieder.

So lag sie Mund an Mund mit dem toten Tristan; da brach auch ihr das Herz, und sie starb den Minnetod.

Die Körper der Liebenden wurden einbalsamiert und in Särge gelegt, und Isolde Weißhands Vater, Herzog Jovelin, dachte, den zweien ein würdiges Begräbnis zu geben.

Inzwischen aber hatte König Marke den Tod der Liebenden erfahren und war zu Schiff nach der Burg Karke gekommen.

Als er von der treuen Brangäne vernommen hatte, wie alles gekommen war, von dem Trank der Minne, der die Herzen bezaubert hatte, daß sie nicht mehr voneinander lassen konnten, da brach er in laute Klage aus und rief: »O weh, Tristan, hättest du von Anfang an alles bekannt, ich hätte dir Isolde zur Frau gegeben. So wäre ich rein von Sündenschuld geblieben, und ihr wäret gerettet.«

Marke führte die Leichen auf seinem Schiff mit sich nach Tintajol. Dort lag das ganze Land in Trauer. Der König ließ zwei marmorne Särge anfertigen und die Toten darin bestatten. Im Burggarten von Tintajol wurden sie begraben.

König Marke gab sein Reich einem seiner Barone und ging ins Kloster. Er hatte auf Tristans Grab einen Rosenstock pflanzen lassen und auf Isoldes eine Weinrebe. Als Rebe und Rose wuchsen, neigte sich über den Gräbern jeder Zweig dem anderen zu, und dicht ineinander verflochten wuchsen Rose und Rebe auf.

Robin Hood

Auf dem Thron Wilhelms des Eroberers, der mit seinen Normannen vor drei Menschenaltern Englands Insel unter seine Herrschaft gebracht hatte, saß nun König Richard, der wegen seines hochgemuten, tapferen Wesens den Ehrennamen Löwenherz trug. Den angestammten Sachsen, die seit Jahrhunderten im Lande wohnten und nun die Normannenherrschaft ertrugen, war König Richard ein gerechter, großherziger Herrscher, er wachte streng darüber, daß die von ihm eingesetzten Grafen und Barone ihre Rechte nicht mißbrauchten, und darum anerkannte und schätzte ihn jedermann. Er hatte die Herzen der unterlegenen Sachsen besonders gewonnen, weil er ihnen alte Rechte – besonders das Jagdrecht – zurückgegeben hatte.

Doch nun befand sich der König außer Landes. Er war auf dem Kreuzzug ins Heilige Land gezogen, und sein Bruder Johann, den er als seinen Stellvertreter eingesetzt hatte, war nur ein schlechter Sachwalter des königlichen Willens. Er haßte die stolzen Sachsen, weil sie sich nicht der Fremdherrschaft beugen wollten, und darum scheute er sich nicht, ihnen die Rechte zu versagen, die Richard Löwenherz ihnen großherzig eingeräumt hatte. Johann nahm ihnen auch das Jagdrecht, in dem sie ihre angestammten Ansprüche sahen. »Geht mit Strenge gegen die Widersetzlichen vor und brecht jeden Trotz!« gebot er seinen Vögten.

Diese Mahnung befolgte mit besonderer Härte der Ritter de Lacy, der als Sheriff in der festen Stadt Nottingham waltete.

Blickt man von der Höhe ihrer Zinnen weit über das englische Land, so erkennt man in der Ferne einen dunkelgrünen Waldstreifen. Das ist der Sherwood Forest, der sich weit durch das Land zieht. Der Ritter wandte nur ungern seinen Blick dort hinüber, denn mochte er auch Herr über die weite Stadtumgebung sein: In den Sherwood Forest reichte seine Macht nicht; dort herrschte ein anderer – ein Mann, dem er den Tod geschworen hatte.

Robin Hood hieß dieser Mann; er war das Haupt einer Schar von verwegenen Gesellen, die dem Sheriff von Nottingham, ja, selbst dem königlichen Statthalter Prinz Johann manche schlaflose Nacht bereitete.

Doch heute leuchteten die Augen des Sheris in grimmiger Freude. Soeben nämlich hatte man ihm drei Gefangene zugeführt, die zu Robins Schar gehörten.

»Ihr kennt das Gesetz«, herrschte er sie an. »Wer in des Königs Wildern jagt, den trifft die Todesstrafe!« Die drei Männer, die ihm gegenüberstanden, sahen sich ganz auffallend ähnlich; es waren Brüder.

»König Richard hat uns Sachsen die alten Rechte wiederhergestellt!« rief der älteste von ihnen zornig. »Nach seinem Wort ...«

»Schweig still, du Sachsenlump!« fauchte ihn der Sheriff an. »König Richard ist weit – hier im Lande gilt der Befehl des Prinzen Johann, seines hochgeborenen Bruders. Längst hat er sein Jagdrecht verkündet!«

»Ja, rechtlos sind wir!« fuhr wieder einer der Brüder auf, doch da winkte der Sheriff dem nächststehenden Wächter. Der verstand das Geheiß seines Herrn: Er wandte den schweren Spieß und stieß ihn dem Sachsen in den Rücken, daß der Mann taumelte.

»Führt sie ins Gefängnis!« befahl der Sheriff hart. »Für Rechtsbrecher bedarf es keiner Verhandlung. Morgen müssen sie hängen!«

Am Rand des Waldes stand zu dieser Stunde ein Mann im Wams aus grasgrünem Lincolntuch. »Was bringst du für Kunde, Little John«, rief er dem hünenhaften Kerl zu, der auf ihn zueilte.

»Schlechte Kunde, Robin«, versetzte der andere. »Die Brüder Denver sind dem Sheriff in die Hände gefallen, alle drei!« Robin Hood antwortete nicht. So schlechte Botschaft hatte er noch nicht gehört, seit er das Haupt der Schar war.

»Ruf Alin herbei!« befahl er. Der Waldläufer, den er mit Little John angesprochen hatte, verschwand zwischen den Bäumen. Robin blickte sinnend in die Landschaft: Wie soll ich den Gesellen in die Augen blicken können, wenn ich diese drei prächtigen Burschen im Stich lasse – wenn ich dulde, daß der Sheriff ihnen den Strick um den Hals legt!

Vor ihm stand Alin, der Spielmann. »Ich hab schon von dem Unglück gehört, Robin«, begann er, »was kann ich tun?«

Viele Worte waren hier nicht nötig. »Du mußt nach Nottingham hinein, noch heute abend. Erkunde die Lage! Wir haben keine Zeit zu verlieren.«

Auf Alin, den Spielmann, war Verlaß. Er würde sich irgendwie verkleiden, um unbemerkt Einlaß zu finden, und würde seine Aufgabe meistern.

Während er sich auf den Weg machte, saß Robin Hood im Kreise seiner Gesellen. Gespenstisch züngelten die Flammen aus den mächtigen Buchenscheiten und warfen zuckende Schatten zwischen die Bäume. Robin gab Anweisungen. Morgen würde man dem Sheriff von Nottingham wieder einmal zeigen, daß mit entschlossenen Freiheitskämpfern nicht zu spaßen sei.

In aller Frühe waren die Männer von ihren Laubsäcken aufgesprungen, jeder kannte seine Aufgabe. Robin machte sich allein auf den Weg zur Stadt. Da begegnete ihm auf der Landstraße ein Bettler. »Was gibt's Neues in Nottingham, guter Freund?« rief Robin ihm zu.

»Neues genug«, entgegnete ihm der Alte. »Des Sheriffs Leute haben ein paar von Robin Hoods Männern erwischt, und noch heute sollen sie am Galgen zappeln.«

»Und so ein Schauspiel willst du dir entgehen lassen?« fragte Robin zurück.

»Ich mag des Sheriffs Gewalttätigkeit nicht ansehen. Und außerdem: Wer weiß, ob alles ruhig abläuft. Das Volk in der Stadt murrt gegen den Zwingherrn. Und ob Robin Hood selber müßig mit ansehen wird, wie seine besten Leute am Querholz baumeln?«

Keiner der normannischen Wächter kümmerte sich um den Bettler, der sich ein paar Stunden später inmitten der aufgeregten Menschenmenge zum Marktplatz drängte. Robin Hood hatte mit dem Mann auf der Landstraße gegen gute Bezahlung die Kleidung getauscht. Unbemerkt hatten sich mit ihm auch seine verwegenen Gesellen unter die Zuschauer gemischt.

Auf dem Podest unter dem Galgen stand der Sheriff. Nur mit Mühe kam der Herold zu Wort: »Volk von Nottingham! Der Sheriff, der hier im Namen unseres rechtmäßigen Herrn, des Prinzen Johann, über unsere gute Stadt regiert, tut allem Volk kund und zu wissen: Drei Rechtsbrecher, die gegen die Jagdgesetze verstoßen haben, sollen vom Leben zum Tode befördert werden . . .«

»Schande!« tönte es murrend. »Elende Knechtschaft!«

Voller Wut blitzten des Sheriffs Augen über die Menge. Drohend standen seine Kriegsknechte.

»... zum Tode befördert werden!« wiederholte der Herold hart. »Wer dieses ehrenhafte Geschäft übernehmen will ...«

»Schande!« tönte es wieder von verschiedenen Seiten.

»... übernehmen will, dem sagt Ritter de Lacy, unser Sheriff, vier blanke Geldstücke zu ...«

Das Murren wollte nicht aufhören. Wieder rief der Herold die Belohnung aus, da drängte sich ein zerlumpter Bettler vor: »Ich will mir das Geld verdienen.«

»Elender Henkersknecht!« tönte es aus der Menge zum Holzgerüst hinauf. »Geldgieriger Verräter!« kamen Stimmen von der anderen Seite. Aber einige der Zuschauer blickten sich bedeutungsvoll an, sie hatten gemerkt, was hier gespielt wurde. Wie sollte man auch annehmen, daß Robin Hood seine Getreuen im Stich lassen würde?

Der Sheriff war froh, in der aufsässigen Menge einen Bereitwilligen gefunden zu haben; denn so wollte es normannische Gepflogenheit: ein Freiwilliger sollte das Amt des Henkers vollziehen. Er gab dem Herold einen Wink.

»Tu nun, was deines Amtes ist!« befahl dieser dem Bettler und wies auf drei Stricke, die bereitlagen.

»Erst muß ich die Beichte dieser armen Teufel hören«, versetzte der neue Henkersknecht unerschütterlich, »so wie es das Gesetz will!«

Voller Ungeduld stampfte de Lacy mit dem Fuß auf, während Robin ruhig mit den Gefangenen flüsterte. Natürlich hatten sie ihn trotz der Bettlerlumpen längst erkannt; jetzt gab er ihnen die letzten Anweisungen.

»Fertig!« rief der vermeintliche Bettler, richtete sich aus seiner zusammengesunkenen Haltung auf und – riß die Lumpenfetzen herunter! Mit Entsetzen in den Augen war der Sheriff der plötzlichen Verwandlung gefolgt. Vor ihm stand im grasgrünen Gewand leibhaftig der Mann, dessen Bild ihn bis in seine Träume verfolgte – vor ihm stand Robin Hood!

»Packt ihn! Greift ihn!« brüllte der Sheriff wie von Sinnen. »Verrat! Verrat!« Aber Robin hatte schon sein Horn an den Lippen, dreimal blies er den Freiheitsruf – und dann hielt er das schmale Sachsenschwert in der Faust.

Ritter de Lacy, der Sheriff, wich dem drohenden Stoß aus und stolperte nach hinten. In der Zuschauermenge war es längst lebendig geworden. Wie durch Zauberhand verschwanden dort Bauernkittel und Mönchskutten, Altweibermäntel und Fuhrmannsröcke – und urplötzlich wimmelte es von behenden Gesellen im grasgrünen Wams!

Mit den drei Brüdern in der Mitte bildeten Robins tapfere Männer einen Keil, und es gelang ihnen, sich zur Stadt hinaus durchzuschlagen, ehe des Sheriffs Schergen einen Arm zu rühren wagten.

Wer war dieser Robin Hood, der den Unterdrückern seines Volkes den Kampf geschworen hatte, der als Freund der Armen den Bedrängten half und das Unrecht angriff? Wer war dieser Anführer tapferer, lustiger Gesellen, der ein unerreichter Meister im Schießen mit dem Eschenbogen war und der als »König des grünen Waldes« ein Dasein in Freiheit wählte, um sein Lebensrecht zu behaupten?

Er war der Sohn des Hugh Fitzooth Locksley, der zu jener Zeit in der Nähe der Stadt Nottingham lebte, war ein Mann aus altsächsischem Geschlecht, dessen Vorväter vor Jahrhunderten auf ihren Drachenschiffen zur britischen Insel gestoßen waren und dort seither als Freisassen gelebt hatten. Mit seinen sächsischen Freunden seufzte er unter dem Druck der normannischen Zwangsherrschaft; denn sein Amt als königlicher Waldvogt hatte er natürlich verloren, seit Prinz Johanns neue Gesetze galten.

Unzufrieden lebte der edle Herr Locksley dann mit Frau und Sohn Robert, den sie Robin nannten, am Rande des Sherwood Forest. Die normannischen Herren hatten den Sachsen ja verboten, in den Wäldern des Königs zu jagen – wie sollte ein sächsischer Edling, der nichts als das Dasein im Walde kennt und Meister im Bogenschießen ist, von seiner Liebe zur Jagd lassen?

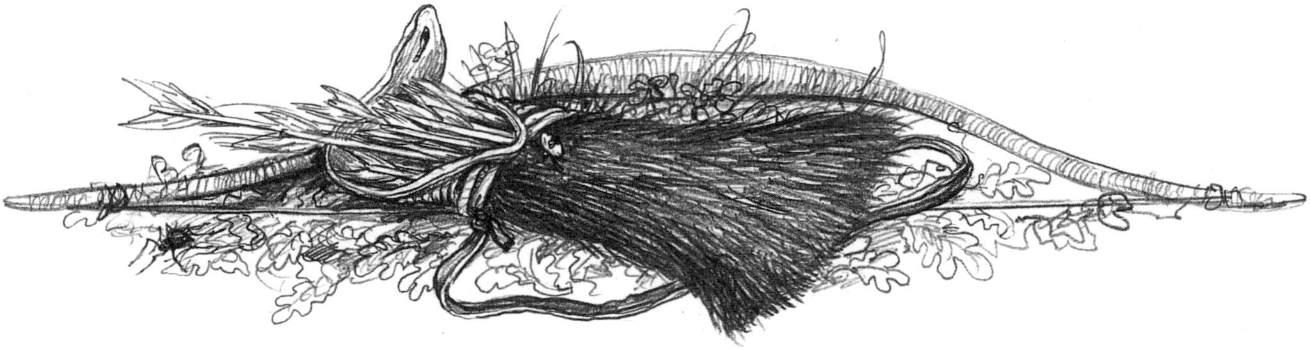

Normannische Schergen hatten den einstigen Freisassen auf der Jagd, die sie Wildern nannten, angetroffen und hatten ihn erschossen. Als Robin dann aus dem Elternhaus vertrieben wurde, fand er bei seinem Oheim Unterkunft; hier wuchs er auf – in unversöhnlichem Haß gegen die normannischen Herren, die ihm Vater und Mutter genommen hatten. Bei Muck, dem starken Knecht seines Vaters, lernte er das Stockfechten, in dem die Sachsen seit je Meister waren, und auch im Bogenschießen übte er sich mit Vollendung. Bald gab es auf hundert Schritt kein Ziel, das er mit seinem Pfeil nicht erreicht hätte.

Eines Tages drang zu ihm das Gerücht von einem Wettkampf im Bogenschießen, der zur nächsten Sonnenwende in Nottingham stattfinden sollte. »Laß mich teilnehmen, Oheim«, bat der junge Sachse, »vielleicht gewinne ich den Preis, und vielleicht macht man mich dann zum Waldvogt . . .« Das war Robins heißester Wunsch.

Robin, der Meisterschütze, gewann den Preis. Doch Schlimmes geschah: Auf dem Heimweg erschoß er in Notwehr einen normannischen Aufseher und wurde erkannt. Robin wußte nicht, daß er mit diesem Schuß seinen Vater gerächt hatte, denn er traf gerade den Mann, der einst Herrn Hugh niedergestreckt hatte.

Aber mit seiner Tat war Robin ein »Outlaw« geworden; er hatte sich außerhalb der Gesetze gestellt. So wurde er ein Geächteter, der sich nicht vor den normannischen Herren zeigen durfte. Auf seinen Kopf setzte Herr de Lacy einen Preis aus: Wer Robin Hood antraf, für den war er vogelfrei; jedermann durfte ihn töten, ohne Strafe befürchten zu müssen.

Robin lebte nun tief drinnen im Sherwood Forest, doch bald sammelten sich um ihn Männer, die geächtet und vogelfrei waren wie er, alle entschlossene Gesellen, die die Fremdherrschaft der Normannen haßten wie er.

Johann, den das Volk spöttisch den »Prinzen ohne Land« nannte, hoffte mehr und mehr, sein königlicher Bruder werde nicht zurückkehren, und immer drükkender wurde seine Herrschaft. Und immer mehr dieser tollkühnen, wildentschlossenen Freiheitskämpfer stießen zu dem Haufen der Ausgestoßenen, die im Sherwood Forest hausten – und Robin Hood war ihr Führer, denn er war der Kühnste und Verwegenste und Klügste unter ihnen.

Bald traute sich kein Normanne mehr in den Sherwood Forest hinein, so gefürchtet waren Robin und seine Gesellen. Man erkannte sie an dem Lincolnrock, den sie trugen, aber dieses waldgrüne Tuch machte sie unsichtbar. So waren sie allgegenwärtig, ein Schrecken der normannischen Häscher.

Auch die Reichen ringsum, die das Volk aussaugten, waren vor ihnen nicht sicher, denn Robin schonte keinen – zum Nutzen der Unbegüterten, die darben mußten. Darum liebten die Armen ihn, den »König des grünen Waldes«, der das freie Leben unter den Waldbäumen einem Dasein in Zwang und Unfreiheit vorzog; der Sheriff aber haßte diesen Freund und Helfer der Unterdrückten und sann auf Mittel und Wege, Robin zu fangen und zum Tode zu führen.

Schlechte Nachrichten gingen unter dem Volk um: König Richard sei auf der Heimkehr vom heiligen Grab auf der Burg Dürnstein gefangengenommen worden! Tiefe Bedrückung lastete auf dem ganzen Land. Zwar wagte das Volk seinen Schmerz nicht öffentlich kundzutun, denn Prinz Johanns Schergen lauerten überall; doch im geheimen wurden immer wieder ohnmächtige Klagen laut über das Fernbleiben des Königs.

Nur zum Schein erließ der Prinz dann einen Aufruf an alles Volk in Stadt und Land. Jedermann sollte teilnehmen an einer Geldspende, mit der man den gefangenen König freikaufen könne. Gewaltig war die Summe an Kupfer und Silber, die in die Kassen des Prinzen floß. Das treue Volk gab sein Letztes, um dem Herrscher die Freiheit zurückzugeben.

In seinem falschen Herzen jubelte der Prinz über diesen Erfolg seines Aufrufs – denn nicht den Bruder dachte er loszukaufen, sondern in seine eigene Schatzkammer sollte dieser hohe Geldbetrag fließen. So hatte er doppelten Gewinn und Vorteil, denn damit – so rechnete er – entschwand für König Richard die letzte Möglichkeit einer Rückkehr in die Heimat; ein zweites Mal würde das ausgepreßte Volk das Lösegeld nicht aufbringen können.

In aller Heimlichkeit versuchte der hinterhältige Regent, die Geldspende der Volksgenossen in seinen Palast nach London zu schaffen. Doch er hatte nicht mit

der Wachsamkeit von Robin Hoods Männern gerechnet, die ihre Augen und Ohren überall hatten. Als Herrn de Lacys Wächter den Wagen mit der kostbaren Truhe zur Stadtburg hinausführten, ahnten sie nicht, daß überall wachsame Beobachter in vielerlei Verkleidung dem Zug folgten. Kaum war er außerhalb des Stadttors im freien Gelände, da erklang von allen Seiten das gefürchtete Hifthorn, und ringsum waren Wald und Feld voll von verwegenen Grünröcken. So groß war die Überraschung, daß kaum einer der gedungenen Wächter an Verfolgung dachte, als Robin Hoods Gesellen mit der wertvollen Geldtruhe im Dunkel des Sherwood Forest verschwanden.

Was kümmerte es ihn, daß Prinz Johann ihn heuchlerisch einen feigen Verräter schalt, der dem gefangenen König die Freiheit vorenthalten wolle. »Nicht ihn, unsern treuen Vaterlandsfreund, sondern den heimtückischen Prinzen Johann trifft solcher Vorwurf«, ging es unter dem Volk von Mund zu Mund. Jeder kannte ja Robin Hoods lautere Gesinnung. Er hatte treue Männer genug, die seinen Willen zuverlässig ausführten.

Ein harter Winter folgte. Wenn die Bäume vor Kälte ächzten, dann ächzte auch wohl mancher der treuen Gesellen bei sich selber und wünschte sich ein wärmendes Dach über dem Kopf, und für die durchgefrorenen Glieder ein weiches Lager. Doch keine Klage wurde laut.

»Hofft auf den Frühling, ihr Gesellen!« So gab Robin den Freunden neuen Mut, und dann rafften sie sich auf und ließen ihren Schlachtruf bis zu den Wipfeln der uralten Waldbäume erklingen: »Hoch Robin Hood und seine verwegenen Gesellen!«

Endlich zog der Frühling ins Land mit frischem Grün und verheißungsvoller Hoffnung. Die unbeugsamen Männer faßten neuen Mut und nahmen den Kampf gegen die landfremden Unterdrücker wieder auf. Doch der Sommer ging dahin, und wieder stand der Winter bevor. Sollte das gequälte England nie seinen Frieden finden?

Nach einem harten Winter regte sich wieder zart und behutsam das Frühlingsleben, die Wälder begannen sich zu färben, immer neue Gesellen strömten den Geächteten zu. Der Mai streute mit überschwenglicher Pracht seine blühenden Wunder aus und ließ die bunten Schmetterlinge durch den Blütensegen fliegen. Das Jahr stieg zur Höhe, und der Sommer ging wieder zu Ende. In den Eichbäumen schimmerten die reifen Früchte, und bald schon rauschte in den Bäumen das goldene Oktoberlaub.

Nicht frohe Gedanken waren es, die Robin bewegten, als er mit Bruder Tuck durch den herbstbunten Wald streifte. Immer größer war die Zahl seiner Gesellen geworden – wovon sollte er sie in einem neuen Winter ernähren?

Bruder Tuck verstand Robins Gedanken. »Sei unbesorgt!« sagte er tröstend. »Auch für dich und uns kommen bessere Zeiten.«

»Halt!« tönte es den beiden plötzlich entgegen. Robin Hood zuckte zusammen. Gerade vor ihnen an der großen Eiche hielt ein Ritter, hoch zu Roß, in blanker Rüstung, das Visier heruntergeklappt.

»Was wollt Ihr hier im Walde?« rief Robin drohend und griff zum Bogen.

»Ich suche Robin Hood! Wißt Ihr, wo ich ihn finde?«

»Ich selber bin es! Was wollt Ihr?«

»Den Sherwood Forest von Geächteten befreien!«

Bruder Tuck konnte nicht mehr an sich halten. »Laßt diese herausfordernde Sprache, Herr Ritter! Und nehmt den Helm ab, oder ich schlage Euch über den Schädel!« Drohend hatte der streitbare Mönch den schweren Knüppel erhoben. Willig folgte der fremde Ritter der Aufforderung, löste den Riemen und nahm den Helm vom Kopf.

Wie auf eine Geistererscheinung blickten die beiden Männer auf den Reiter. »König – König Richard!« brach Robin fast stammelnd aus und beugte das Knie. Der Mönch tat desgleichen.

»Ihr seid wieder zurück, Majestät«, sagte Robin. Erst langsam begann er, sich zu fassen. »Vergebt mir, Majestät, das grobe Auftreten«, fügte er dann hinzu, »ich ahnte ja nicht . . .«

»Ihr habt nicht zu bitten, Robin Hood. Mit mir ist ganz England in Eurer Schuld. In Eurer und Eurer verwegenen Gesellen Schuld.« Gütig lächelnd stieg der König vom Pferd. »Robin Hood«, sagte er, »kniet nieder hier an der Stätte, wo Ihr für die Freiheit gekämpft habt!«

Der König hatte sein Schwert gezogen und legte es dem Knienden auf die Schulter. »Robin Hood, ich schlage Euch hiermit zum Ritter meiner Krone und ernenne Euch zum Herzog von Locksley. Erhebt Euch, Sir Robin!«

Seite an Seite schritten die beiden dem Waldlager zu. Bruder Tuck führte des Königs Streitroß am Zügel. Staunend blickten die Gesellen auf den Fremden, staunend vernahmen sie, was sich inzwischen ereignet hatte.

Da drängten sich von allen Seiten die Gesellen um den König, riefen und schrien und wußten sich nicht zu fassen vor Freude und beglückwünschten den jungen Herzog. Und dann trat Alin in den Kreis, faßte die beiden an der Hand und

rief: »Hoch unser König Richard! Hoch unser neuer Herzog Robin Hood!« Begeistert nahmen sie alle den Ruf auf.

Da breitete Robin seine Arme aus, als wollte er alle darin einschließen, und dann rief er, daß es hinaufklang bis zu den Baumkronen des Sherwood Forest: »Hoch Robin Hoods tollkühne Gesellen!«

England hatte seinen Frieden wiedergefunden.

Register